BIBLIOTHÈQUE CONTEMPORAINE

VICTOR DE LAPRADE

DE L'ACADÉMIE FRANÇAISE

PSYCHÉ

POEME

ODES ET POËMES

Nouvelle Édition

AUGMENTÉE DE NOUVELLES PIECES

PARIS

MICHEL LEVY FRÈRES, LIBRAIRES-ÉDITEURS

RUE VIVIENNE, 2 BIS

—

1860

PSYCHÉ

—

ODES ET POËMES

ŒUVRES

DE

VICTOR DE LAPRADE

DE L'ACADÉMIE FRANÇAISE

Paris. — Typ. de ÉDOUARD BLOT, rue Saint-Louis, 46.
(Ancienne Maison Dondey-Dupré.)

PSYCHÉ

POËME

—

ODES ET POËMES

PAR

VICTOR DE LAPRADE

DE L'ACADÉMIE FRANÇAISE

—

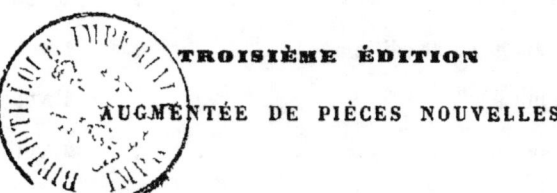

TROISIÈME ÉDITION

AUGMENTÉE DE PIÈCES NOUVELLES

PARIS

MICHEL LÉVY FRÈRES, LIBRAIRES-ÉDITEURS

RUE VIVIENNE, 2 BIS

—

1860

PRÉFACE

I

L'histoire de Psyché et d'Éros est une de ces fables charmantes où le génie hellénique a réalisé en de si merveilleuses proportions ce mélange de l'imagination et de la raison, de la vérité morale et de la beauté plastique qui est l'idéal de l'art et qui témoigne éternellement de la suprématie de la Grèce. Le poëte s'est senti attiré aussi bien par l'origine grecque de cet admirable symbole que par la grandeur de l'idée morale qui s'y cache. Il a cherché à conserver à son tableau la couleur antique, autant que le comporte l'expression d'une vérité qui est de tous les temps, mais que l'esprit chrétien et moderne éclaire pour nous d'un jour plus complet. Il a tenté de reproduire

1

le caractère grec dans ce qu'il a de plus universel; il
ne s'est pas minutieusement préoccupé de la couleur locale et de l'érudition mythologique, comme
on l'a fait depuis avec une exagération funeste à la
pensée, c'est-à-dire à la poésie elle-même. La mythologie grecque et la poésie antique ont suscité dans
ces dernières années des imitations qui portent sur
l'aspect matériel de l'art, de la religion, de la civili-
sation, mais non sur leur véritable esprit, qui restent
sans rapport avec nos propres idées, et, par conséquent, sans autre intérêt pour nous que l'intérêt
archéologique. A l'époque où fut écrit ce poëme,
l'antiquité et les divinités classiques étaient encore
sous le coup d'un anathème lancé par l'école qui ten-
tait de rattacher l'art moderne au seul art du moyen
âge. Cet anathème était en quelque sorte justifié par
l'emploi ridicule que le dix-huitième et même le dix-
septième siècle ont fait de la mythologie.

André Chénier, en renouvelant les couleurs poé-
tiques et la forme du vers, n'avait pas songé à pénétrer le sens profond des fables helléniques. S'il emprunte au génie grec la richesse de son pinceau et sa
voluptueuse élégance, il n'a voulu prendre à la mythologie que des noms harmonieux. C'est en restituant
aux mythes anciens leur sens philosophique et religieux, que l'on peut aujourd'hui leur donner cours
dans la poésie. Envisagés ainsi, ces sujets sont éternels, car ils touchent à des questions de toutes les
époques, et ils ont de plus une simplicité, une lumière,

une beauté plastique difficiles à trouver en dehors de la tradition gréco-latine.

Ce n'est donc pas sous l'influence des vieilles habitudes mythologiques des trois derniers siècles, ou par imitation de l'hellénisme plus pur d'André Chénier, que le poëme de *Psyché* a été conçu ; c'est comme un essai pour restaurer dans l'art, à l'aide de la philosophie, les symboles les plus élégants, les plus clairs, les plus humains dont l'imagination se soit servie pour exprimer dans sa langue les grandes idées métaphysiques et morales. Sainement comprises, les fables d'Homère sont aussi voisines de la vérité religieuse que les doctrines de Platon ; à ce titre, elles appartiennent à la poésie de tous les temps, et rien n'interdit à l'artiste moderne de les remettre sur la scène quand il trouve en elles les figures les mieux appropriées à sa pensée.

Pour intéresser, pour émouvoir, pour enseigner, un sujet chrétien offre sans doute mille avantages ; mais des raisons graves, indépendamment du goût personnel, indiquaient au poëte, à l'esprit philosophique, l'histoire païenne de Psyché. L'idée de ce mythe est merveilleusement conforme à la métaphysique chrétienne ; elle prouve, dans les grandes questions de l'origine du mal, de l'expiation, des destinées de l'âme, une parfaite concordance entre les données de la raison, la mythologie grecque et nos propres traditions religieuses. D'un autre côté, le caractère profane du sujet laisse au poëte toute la liberté dont l'imagination a besoin pour ajouter ou retrancher des incidents, pour les interpréter, pour combiner un drame, pour exprimer l'âme de l'artiste avec ses inquiétudes, ses croyances, ses regrets, ses aspirations, en un mot, pour faire une œuvre d'art; car il n'y a pas d'art sans liberté. Quelle que soit la matière que traite un poëte, même sous l'empire de la foi la plus absolue, il a besoin de se sentir libre dans sa pensée, de n'avoir à craindre ni l'autorité extérieure, ni sa propre conscience, et de donner franchement carrière à son sens personnel; sans quoi pas d'œuvre originale et vraiment poétique. En choisissant sa donnée dans la mythologie païenne, une donnée identique par le fond aux traditions du christianisme, l'auteur avait l'avantage de rester à la fois et dans le respect de ces traditions et dans sa pleine liberté d'esprit.

Le symbole de Psyché n'appartient pas à la mythologie proprement dite, ce n'est point un mythe primitif, comme ceux de Prométhée, de Pandore et d'Orphée; il est postérieur à l'âge sacerdotal, peut-être même à l'âge poétique de la Grèce; il est d'origine philosophique et semble ne pas remonter au delà de l'école platonicienne. Apulée est le premier qui nous ait transmis cette fable dans le célèbre épisode qui forme les livres IV, V et VI de son *Ane d'or*. Il suffit de lire ce récit pour reconnaître que, sous le voile de l'allégorie, il cache un sens métaphysique très-profond; mais il n'est pas aussi facile d'en pénétrer le véritable esprit. Les rêveries de l'illuminisme

et de la cabale y sont si intimement mêlées aux conceptions les plus hautes de la philosophie et à d'anciennes traditions génésiaques, que c'est pour nous
comme un hiéroglyphe dont nous ne possédons pas
la clef. A travers tous les détails dont Apulée a
chargé les faits essentiels et primitifs, le sens de la
fable ne pouvait plus être entièrement compris que
d'un petit nombre d'initiés et d'adeptes. Vraisembla-
blement, ces allégories renferment une partie de la
doctrine des gnostiques; mais la plupart des incidents sont si bizarres, qu'ils semblent le plus souvent
ne relever que de la fantaisie du conteur, sans se lier
dans son esprit à une pensée philosophique. En lisant
le récit d'Apulée sans nom d'auteur et sans date, on
pourrait n'y voir qu'un conte amusant, le plus ancien
de nos contes de fées, imité dans plusieurs d'entre
eux, et notamment dans l'histoire si populaire de *la
Belle et la Bête*.

Cependant, au milieu des fantasques ornements et
de l'exubérance de couleurs allégoriques dont l'écrivain de la décadence, le philosophe accusé de magie,
a recouvert la forme originelle de ce mythe, on en
retrouve bien vite les lignes primitives dans leur féconde simplicité; on arrive ainsi à une donnée si
élégante, si claire, si profonde, que l'on est forcé d'attribuer au mythe de Psyché une source bien autrement respectable que l'imagination d'un rhéteur afri-
cain du deuxième siècle de notre ère. Apulée n'a rien
fait que défigurer cet admirable symbole; il ne l'a

pas créé. Si nous n'en trouvons pas avant lui de traces
écrites, un grand nombre de monuments de l'art antique, bas-reliefs, statues et pierres gravées, attestent
que ce beau mythe des destinées de l'âme était répandu chez les Grecs bien longtemps avant de servir
de thème aux fantaisies allégoriques de *l'Ane d'or*.

En comparant le récit d'Apulée avec les monuments antérieurs qui retracent quelques circonstances
de l'histoire de Psyché, on arrive à faire la part de
l'imagination de l'écrivain latin et celle de la fable
primitive. Aucun de ces incidents inexplicables par
la saine philosophie, et qui abondent chez Apulée, ne
se retrouve dans les représentations de l'art. Le
drame s'y montre beaucoup plus simple. Les seules
scènes que la sculpture ait reproduites sont les scènes
analogues aux autres principaux mythes sur la chute
et la réhabilitation, celles dont la signification philosophique est évidente et qui se prêtent le mieux aux
conditions de la poésie et du ciseau.

La concordance du sens de cette fable avec les
idées de la Genèse et de l'Évangile ne pouvait échapper
aux premiers auteurs chrétiens, si noblement em-
pressés de rechercher dans la philosophie grecque tout
ce qui pouvait la rattacher à la tradition du Christ.
Fulgence, évêque de Carthage au sixième siècle, a
donné de l'histoire de Psyché et d'Éros une explica-
tion tirée de la mystique de l'Eglise. Mais le pieux
auteur, avec l'esprit de son temps, s'attache trop aux
allégories secondaires; son interprétation chrétienne

est tout arbitraire, comme celle qu'Apulée lui-même
aurait pu donner à son récit dans le sens de l'illuminisme et de la magie. Fulgence a été subtil comme
un docteur du moyen âge là où il fallait être aussi
simple que Moïse ou qu'Homère. Des témoignages
d'un autre genre, plus anciens et plus irrécusables,
attestent que, dès l'origine, l'Église avait expliqué dans
le sens de ses doctrines l'histoire de Psyché ; on la
voit représentée sur un grand nombre de tombeaux
chrétiens des premiers siècles.

Le côté purement poétique de cette allégorie était
de nature à séduire tous les esprits. Le sujet est devenu populaire ; il n'en est pas qui ait fourni plus
d'inspirations aux artistes et aux poëtes. Corneille et
Molière ont daigné y attacher leur nom en collabora-
tion avec Quinault, et transporter le conte d'Apulée
sur la scène, pour les plaisirs du grand roi. La
Fontaine en a fait une gracieuse pastorale à laquelle
il attachait lui-même beaucoup d'importance, car il
en a écrit : « J'ai trouvé de plus grandes difficultés
dans cet ouvrage qu'en aucun autre qui soit sorti de
ma plume. » Raphaël a donné l'immortalité à Psyché
dans ses incomparables dessins et dans les fresques
de la Farnésine.

Mais le seul auteur moderne qui semble avoir compris tout ce qu'il y a de sérieux et de profond dans
cette fable, c'est Calderon. Dans ses *Autos sacramen-
tales,* où le mythe de Prométhée est également traité
à un point de vue fort élevé, se trouve un petit drame

dont l'histoire de Psyché est le sujet ; le sens moral
du symbole y est exprimé, mais au point de vue spé-
cial de l'un des dogmes catholiques. Pour le poëte
espagnol, Éros est le Christ, Psyché l'âme du fidèle
qui aspire incessamment vers lui ; l'hymen des deux
amants dans l'Olympe n'est autre chose que l'union
mystique de l'homme et de Dieu dans l'eucharistie.
Le sens plus général qui se rapporte non - seulement à l'âme, mais à l'humanité, qui contient l'idée
de la chute originelle et du retour au bonheur après
l'expiation sur cette terre, devait échapper au cha-
noine de Tolède, dans une époque où la controverse
avec les protestants occupait les esprits beaucoup
plus que la métaphysique générale du christianisme.

En osant reprendre une donnée si souvent traitée
et par tant d'illustres maîtres, l'auteur a suivi une
voie toute différente. Il a tiré la pensée de son poëme
beaucoup moins du récit fantastique d'Apulée que des
images plus simples et plus anciennes de Psyché et
d'Éros laissées par les artistes grecs. Les bas-reliefs,
les statues, les camées lui ont présenté cette fable
dans des conditions plus favorables à l'interprétation
philosophique et à la vraie poésie que tout ce qui a
été écrit sur le même sujet, depuis le rhéteur latin
jusqu'à nos grands poëtes modernes.

Presque tous les monuments plastiques qui se rap-
portent à ce symbole sont, comme lui, d'origine grecque, et, sans contredit, plus voisins qu'Apulée des
temps où la légende s'est formée. L'antiquité de quel-

ques-uns d'entre eux assigne au mythe de Psyché
une date contemporaine de la belle époque du génie
grec. Réduite aux grandes situations retracées par
le ciseau antique, cette histoire, par sa belle ordon-
nance, sa grâce sévère, sa portée morale, est digne
d'avoir passé sur les lèvres du divin Platon. Peut-être
est-ce un débris d'une tradition antérieure recueillie
dans son école et marquée de l'élégance du maître.
Dans tous les cas, elle est bien dans l'esprit de sa
doctrine, et c'est par ses disciples qu'elle a été portée
à Alexandrie et à Rome.

On a supposé, non sans vraisemblance, que cette
fable faisait partie de quelques-uns des mystères où
les grandes vérités cosmogoniques et morales étaient
transmises aux initiés à travers des représentations
allégoriques. Il est certain qu'elle n'a jamais eu place
dans la mythologie officielle et populaire. Son origine
et sa date fixe restent indécises, et l'on peut admettre
également : ou bien que c'est un écho des traditions
primitives sur la chute de l'homme, conservé dans
les sanctuaires d'initiations ; ou bien que c'est un
fruit plus récent, germé du sol de la Grèce, à qui la
philosophie a donné la substance et le parfum et
que l'art a revêtu des vives couleurs, des formes élégantes communes à toutes les productions du génie
athénien. Cette incertitude même sur la date et la
source du mythe est une condition des plus favorables
à la liberté nécessaire au poëte. Au fond, l'idée de la
fable de Psyché est identique à l'idée chrétienne. On

pouvait donc sans anachronisme, dans un pareil
sujet, animer la forme grecque du souffle chrétien,
ajouter aux figures une certaine expression moderne,
tout en visant à garder la simplicité des lignes antiques. On pouvait conserver les scènes consacrées, les
costumes, les noms païens, avec leur belle ordon-
nance et leur harmonie, et se servir très-légitime-
ment de tout cela pour exprimer la pensée chrétienne
et moderne, c'est-à-dire les vérités éternelles de la
philosophie. Ce n'est qu'à cette condition que nous
comprenons aujourd'hui l'usage poétique de la
mythologie. Rechercher les noms, les récits, les
physionomies, les sites grecs et latins, pour ce qu'ils
ont de couleur locale, pour rivaliser d'hellénisme
avec Homère, Sophocle ou Théocrite, c'est là une fantaisie, permise sans doute aux artistes, mais qui
risque fort de n'engendrer que des pastiches plus ou
moins fidèles, pareils à ces fruits de marbre peint,
qui peuvent tromper l'œil un instant, mais qui se
trahissent, même de loin, par le manque de parfum.

L'auteur de ce poëme n'a donc pas prétendu
sculpter un bas-relief d'après le ciseau grec, ou ré-
gler un drame sur les conditions de la scène antique;
il a pris au monde ancien les personnages, parce
qu'ils sont les plus beaux que l'on puisse trouver, les
situations, parce qu'elles sont grandes et d'une signification profonde, enfin l'ensemble du sujet, parce
qu'il est déjà consacré par l'admiration.

A ces acteurs qui sont des types éternels, qui sont

l'on a écrites loyalement, et corriger son œuvre ancienne dans une œuvre nouvelle.

Ce scrupule nous semble applicable à la forme
elle-même et au style, sauf l'absolue nécessité de la
correction du langage, de la clarté, de la netteté des
contours, de l'harmonie des couleurs en tout ce qui
est matière d'art. Lors même qu'un artiste croit avoir
acquis une main plus sûre, une palette plus riche et
plus vigoureuse, il commet une faute s'il applique à
des toiles d'un autre temps ces couleurs d'une date
nouvelle.

En soumettant au criterium d'une grammaire et
d'une prosodie plus sévères un grand nombre de pas-
sages de *Psyché*, en corrigeant beaucoup de vers,
nous nous sommes abstenu de donner à beaucoup
d'autres certaines qualités qu'ils pourraient recevoir,
aujourd'hui, d'un art plus expérimenté, mais au
risque de trop se détacher de l'ensemble et de changer la physionomie du style. La peinture est donc
exactement la même, mais nettoyée avec soin et plus
mûre de quelques années.

Des arguments ont été placés en tête de chaque
livre; c'était l'usage dans les poëmes de forme épi-
que, c'est une nécessité dans un récit auquel se mêle
une intention morale. Une partie de ces arguments
est empruntée à un travail sur *Psyché*, publié dans
une revue par l'ami à qui s'adresse la dédicace des
Odes et poëmes. Il m'a été doux de mêler ainsi ma
pensée à la sienne, comme elle s'y mêlait dans cette

intime communion de chaque jour où j'ai puisé tant
de nobles enthousiasmes et de fertiles conseils. Il me
semble que je discute encore avec lui chacune des
idées, chacun des vers de ce poëme copié tout entier
et annoté de sa main, et que j'entends quelques paroles de vie venir à moi du fond de cette tombe fermée depuis quatorze ans.

II

Le livre des *Odes et poëmes*, réimprimé à la suite
de *Psyché*, a été augmenté de quelques morceaux
publiés ailleurs, mais qui par la couleur et la date
appartiennent à ce recueil. Les pièces ont été ran-
gées dans un nouvel ordre plus propre à faire res-
sortir la pensée. Les principaux poëmes gagneraient
sans doute à être interprétés d'avance en quelques
lignes de prose, si l'auteur, en multipliant les arguments philosophiques, ne craignait de placer un
épouvantail aux abords de sa poésie. Cependant,
comme l'esprit du lecteur ne peut manquer d'attribuer un sens philosophique à des compositions telles
qu'*Éleusis*, pour ce poëme, au moins, il convient
d'indiquer ici, en quelques mots, les véritables in-
tentions de l'écrivain.

Le but principal est de peindre l'inquiétude des âmes au moment où les symboles religieux s'évanouissent sous la libre interprétation et la critique, où l'ancienne foi se retire des esprits, sans que ce principe de la vie morale soit encore remplacé par un dogme nouveau ; de faire sentir le vide immense qu'une croyance disparue laisse dans le cœur, dans l'imagination, dans la volonté. Altérés de vérités nouvelles, des hommes ont frappé à la porte de tous les sanctuaires, de toutes les écoles, poursuivant une révélation plus complète de l'idéal, implorant leur initiation à l'idée inconnue. La scène est placée au déclin du paganisme grec, cette religion de la beauté. Toutes ces fables si élégantes et si profondes, ces mythes admirables des grandes lois cosmogoniques et morales, ces divinités charmantes qui personnifiaient sous les formes les plus vives, les plus parfaites, toutes les forces, tous les principes que la science laisse à l'état d'idées abstraites ; ces habitants de l'Olympe qui ont reçu de l'imagination des Grecs tant d'élégance et de beauté, et qui l'ont rendu si largement à leurs poëtes, toutes ces nobles figures sont tombées sous le marteau de l'initiateur philosophe. Éblouis à la fois et consternés, incapables de supporter l'éclat de la vérité vue directement, sans être tempérée par un symbole qui en divise l'impression entre l'esprit, les sens et le cœur, les nouveaux initiés sont pris de douleur et de remords devant les débris des idoles maternelles ; ils exhalent leurs

plaintes chacun dans le sens du charme et du secours particulier qu'il recevait des symboles éva-
nouis. *Ils ont demandé la lumière, et ils gémissent de
l'avoir reçue.* Les poëtes surtout, les artistes, les
jeunes gens, les femmes pleurent ces divinités qui
donnaient aux amants de si tendres conseils, aux
sculpteurs de si merveilleux modèles, de si puissantes inspirations à la lyre. Alors, de l'antre même
des impitoyables initiations, une voix s'élève, prophétique et consolante, à laquelle répond la secrète espérance de toutes les âmes : les dieux s'en
vont! mais non la beauté, l'amour, les douces et
fortes vertus. Un Dieu nouveau est près de naître!
Et le poëme se termine sur ce vague pressentiment
du christianisme, que l'on a signalé chez quelques-
uns des poëtes et des philosophes de l'antiquité.

Hermia est une œuvre toute d'imagination et de
fantaisie; elle repose sur une façon d'aimer, de sentir presque physiquement la nature, et non pas sur
une théorie positive. C'est une conception qui se rattache à la poésie de l'Inde, mais en toute liberté, par
l'analogie de la constitution intellectuelle de l'auteur
et non par imitation de tel ou tel poëme indien. Tout
en donnant, selon l'occasion, pour enveloppe trans-
parente à des vérités morales quelques-uns des symboles que la nature fournit si abondamment, le poëte
ne prétend pas tirer de cette œuvre une conclusion,
une moralité formelle. Il s'est donné, cette fois, le
plaisir d'exprimer sans arrière-pensée des rêves, des

sensations, des hallucinations, si l'on veut, tout per-
sonnels. Aussi confesse-t-il une certaine prédilection
pour ce poëme, comme pour tous ceux dont le sentiment de la nature est le ressort. Sans chercher à définir *Hermia*, plus qu'il ne s'explique à lui-même
certains modes de sa vitalité, certaines aspirations inno-
mées que les bruits des forêts, leurs senteurs, les acci-
dents de la lumière, les vagues perspectives suscitent
en nous, il pourrait écrire en tête de ce poëme, comme
épigraphe, cette phrase du chef-d'œuvre trop peu
connu de Ballanche, *la Vision d'Hébal :* « Il lui semblait que l'atmosphère fût l'organe général de ses propres sensations, et tous les troubles qu'elle éprouvait,
il les éprouvait lui-même, comme s'ils se fussent passés
en quelque sorte dans la sphère de son être. » Au
lieu de l'atmosphère, mettez le monde extérieur, la
nature, vous trouverez la donnée d'imagination et
l'état physiologique qui ont inspiré *Hermia*.

Ce serait ici le lieu de relever encore ce gros mot
de panthéisme dont on s'est servi si souvent comme
du quartier de roche de Polyphème, non pas seulement pour couler bas quelque énorme barque chargée d'hérésie, mais pour écraser les plus minces
touffes d'herbe et de fleurs. Un peu de sympathie
pour la nature, de douce volupté à se pénétrer de
ses harmonies, d'intelligence de ses rapports secrets
avec le monde invisible, quelque tendance à enve-
lopper la pensée des images vivantes dont Dieu a revêtu les idées semées dans la création, tous ces sym-

ptômes ont paru suspects. A ce compte, c'est la poésie
tout entière qu'il faut accuser de panthéisme; car
dans la poésie tout s'accomplit comme dans la nature
elle-même. La poésie est une autre nature, œuvre de
l'homme, et dans laquelle, comme dans la nature,
poésie de Dieu, la pensée se produit nécessairement
incarnée dans la forme et dans la couleur. Nos grands
écrivains modernes, à partir de Chateaubriand, ont
donné à la littérature française cette richesse toute
nouvelle, le sentiment de la nature. Cette poésie d'un
ordre encore inconnu devait soulever d'innombrables
objections en face d'une tradition littéraire où la prose
avait jusqu'alors régné souverainement, et dans une
race tout oratoire qui, par ses qualités mêmes, se
trouve particulièrement privée de ce don d'intime
pénétration avec la nature, si commun dans d'autres contrées. A la suite des maîtres qui ont ouvert à
l'imagination française ce monde entièrement neuf,
l'auteur de ces poëmes croit avoir découvert au sentiment de la nature quelques horizons nouveaux,
l'avoir ressenti d'une façon toute personnelle et qui
n'a pas de précédents littéraires. C'est là surtout
qu'il a marqué son caractère individuel; c'est l'ap-
port, modeste sans doute, mais du moins original,
qu'il aura fait au contingent poétique de notre temps.
Quand parurent dans la *Revue indépendante*, en 1842,
Un grand arbre, *Hermia*, *la Mort d'un chêne*, ces
poëmes semblèrent, aux esprits les plus exercés, dé-
river d'un mode nouveau de la sensibilité et de l'ima-

gination. Ce caractère a été imité depuis, mais n'a pas encore subi de transformation originale. Le reproche de panthéisme, jeté à tant de productions de notre temps, ne pouvait pas épargner cette poésie issue d'un sentiment plus intime et plus complet de la vie et de la signification morale du monde extérieur. A ces accusations, il faudrait opposer toute une théorie du sentiment poétique de la nature.

Quelles sont les conditions légitimes, les bases rationnelles du sentiment de la nature dans la poésie et dans les arts? Ce n'est pas là le sujet d'une préface, mais d'un livre. L'auteur des *Odes et poëmes* et des *Symphonies* a commencé ce travail. Un fragment : *Du sentiment de la nature dans la poésie d'Homère*, en a été détaché et publié pour quelques amis ou lecteurs spéciaux. L'ensemble de l'ouvrage détournera ces reproches de panthéisme, comme il combattra ce mode grossier d'interprétation de la nature, qui, dans la recherche exclusive de la couleur et de la réalité matérielle, abolit le principe même de la poésie.

Dans une préface aussi tard venue, et postérieure aux jugements portés sur le livre, il convient d'adresser à la critique sérieuse des remercîments et quelques observations. En dehors de l'accusation banale de panthéisme, on a reproché au sentiment de la nature, principe d'un grand nombre de ces poëmes, l'emploi de certaines formes et certaines tendances dont l'excès peut être un vice, mais qui, dans

une juste mesure, restent un des droits, une des né-
cessités de la poésie. On nous a blâmé, par exemple,
comme d'une hérésie personnelle, de donner des voix
aux objets de la nature, de faire parler les plantes,
les animaux, les éléments. C'est là une licence poétique aussi vieille que le monde. Sans remonter jusqu'aux roseaux phrygiens du roi Midas, les roseaux
français eux-mêmes n'ont scandalisé personne en
dialoguant avec les chênes dans la comédie aux cent
actes divers de notre grand fabuliste. Et cependant
cette poésie fait exprimer par les objets de la nature les sentiments les plus exclusivement humains,
comme l'égoïsme calculé, le scepticisme et l'ironie.
Pourquoi n'admet-on pas que la nature reçoive aussi
la parole dans un ordre de compositions où les voix
qu'on lui attribue ne font qu'exprimer les modes gé-
néraux de la sensibilité, les harmonies de la vie morale et de la vie extérieure, les rapports de toute
forme visible à une idée dans la création; en un mot,
ce qui fait toute la signification, toute la poésie de la
nature?

Une accusation plus considérable et plus fondée,
en apparence, contre cette idée d'attribuer des voix
aux puissances de la nature, c'est d'amoindrir sin-
gulièrement l'importance de l'homme : « L'homme,
une fois devenu l'égal des choses, il est très-difficile
d'intéresser en racontant ses joies et ses douleurs. »
Mais on n'a pas assez remarqué que le poëte ne fait
jamais parler les objets de la nature pour leur propre

compte et sans faire entendre au-dessus de cet orchestre la voix de l'homme qui le domine et le conduit. La nature n'est donnée pour interlocutrice à l'homme que comme une confidente qui sollicite ses épanchements, qui les complète en les reproduisant sous des images, et leur communique ainsi plus de grandeur et d'éclat. Quand ces voix lyriques de la nature se font entendre, c'est comme des instruments qui varient sur différents tons le motif tombé de la voix humaine, comme l'harmonie d'un orchestre qui accompagne la mélodie chantée par l'acteur. Dans cette symphonie, la nature ne supprime pas l'âme humaine, elle lui aide au contraire à se mieux comprendre; elle traduit en de vivantes figures les divers enseignements que le Créateur a enfermés dans son œuvre; elle nous parle éloquemment d'un monde supérieur à nous-mêmes. Si grand que soit l'homme, il n'est pas tout; il y a quelque chose de plus grand que lui; il y a cet être dont la gloire est racontée, non pas seulement par les cieux, mais par le brin d'herbe, l'insecte et la goutte d'eau. C'est Dieu, en réalité, qui nous parle continuellement à travers la nature, où chaque objet n'est autre chose qu'un des accents de son langage, une des syllabes de son poëme.

Certes, dans la poésie dramatique, dans cette peinture de la lutte des volontés, des intérêts, des devoirs, des passions, on serait mal venu à introduire d'autres acteurs que l'homme. Mais dans le poëme

qui a pour théâtre l'âme toute seule et l'âme tout
entière, sentiment, intelligence, imagination, sensa-
tion même; dans la poésie lyrique, en un mot, la
nature prend forcément la parole, parce qu'il y a en
nous une multitude de pensées, d'émotions, d'aspirations dont la parole humaine ne trouverait pas
l'expression, la forme visible, si cette forme ne leur
était offerte par le langage de la nature. Ce besoin
nouveau de mettre en jeu les facultés lyriques de la
nature, de la forcer à parler elle-même, s'est intro-
duit dans la poésie moderne à mesure que s'introdui-
saient dans les âmes des sentiments nouveaux plus
complexes, et si l'on veut plus vagues et plus subtils,
mais vrais, profonds, et qui par conséquent avaient
aussi le droit de s'exprimer; pour s'exprimer sur le
mode lyrique, ils étaient forcés de choisir leurs instruments là où ils se trouvent, c'est-à-dire dans la nature. Selon quelles proportions, et dans quel partage
avec la voix humaine, cet orchestre doit-il concourir
avec elle? voilà toute la question. L'auteur n'ose se
flatter d'avoir rencontré cette juste mesure; s'il l'a
dépassée, il s'en accuse comme d'une faute, mais
d'une faute qui ne préjuge rien contre le droit.

Faute bien involontaire, car nul n'a redouté plus
que nous d'attenter par la poésie à l'activité, à l'ini-
tiative, à la liberté de l'âme, à la prédominance de
l'élément moral; nul n'a désiré plus ardemment aider
par ses écrits à toutes les nobles aspirations et susciter
les esprits vers une sphère supérieure à celle des

intérêts et des vulgaires passions. Aussi, de toutes
les critiques, celle que nous aurions le plus à cœur de
détourner, c'est le reproche, émané d'ailleurs d'une
plume bienveillante et distinguée, de prêcher l'affais-
sement et la langueur, et de pousser l'âme dans une
sorte de Thébaïde. Ce blâme s'est formulé quelquefois
en un seul mot, on a répété que notre poésie n'était
pas assez humaine, ce qui veut dire au fond assez
passionnée. Dans un petit nombre de pièces de ce
recueil, comme celle : *A un grand arbre*, on peut
blâmer, en se plaçant un peu en dehors du sentiment poétique, au point de vue d'une logique rigou-
reuse, l'expression d'une certaine lassitude, l'horreur
des agitations et des inquiétudes, un besoin de paix
et de sérénité mêlé d'un vif attrait pour les champs,
pour les grandes forêts, pour les plantes, ces charmantes et pacifiques créatures de Dieu. L'on a taxé
cette innocente sympathie d'aspiration à la vie végé-
tative. Mais ces morceaux forment une exception,
même dans le recueil des *Odes et poëmes*, le seul qui
puisse donner quelque prise à un soupçon pareil. Si
l'auteur ne se fait pas une étrange illusion, le vrai
sens moral de *Psyché* et de l'ensemble des pièces
lyriques qui l'accompagnent, c'est au contraire un
perpétuel *sursum corda* que le poëte s'adresse à lui-
même et à l'âme de ses lecteurs. C'est du moins avec
la conscience très-vive de ce sentiment d'aspiration
vers l'idéal, vers une vie morale plus élevée, plus
pure, plus intense, que toutes ces poésies ont été

écrites. Mais précisément parce qu'elles s'adressent à
ce qu'il y a de plus intime dans la vie morale, elles
n'offrent aucune de ces sollicitations à l'action qui se
traduisent avec plus d'éclat, mais qui aboutissent à
l'imagination, aux passions, au tempérament beaucoup plus qu'à l'âme elle-même. Nous comprenons
très-bien, du reste, cette accusation à nous jetée d'être
en dehors de la vie, de la part des esprits entraînés
par le mouvement littéraire et social qui semble
triompher aujourd'hui.

La renaissance littéraire de la Restauration a engendré ses excès comme tout ce qui vivifie et renou-
velle. Il y eut dès le commencement, dans cette école
romantique qui nous restera toujours chère, une mal-
heureuse tendance à faire dominer dans la peinture
de l'homme d'abord la sensibilité sur la raison et
l'activité morale, puis l'imagination toute seule sur
la sensibilité, enfin à remplacer les passions par le
spectacle des symptômes physiologiques qui sont les
indices de la passion, qui sont la forme extérieure,
mais non la réalité, la substance du sentiment. Tout
ce qui s'est passé dans la société contemporaine a
concouru à faire prédominer dans les lettres et dans
les arts cet élément matériel au préjudice du principe
moral. A mesure que la peinture, la musique, la
poésie ont été contraintes par mille causes diverses
de se mettre à la portée d'un public plus nombreux,
de s'adresser à des esprits de moins en moins cul-
tivés, de moins en moins maîtres d'eux-mêmes, en

si vastes que l'homme pourra encore progresser
dans leur sein à travers l'autre monde, sans atteindre le terme de cet infini. Exciter l'âme, la fortifier
par la contemplation et l'amour du beau, qui fait
croître ses ailes, comme le dit Platon, et l'élever ainsi
au-dessus de tout ce qui est moins pur, moins noble,
moins durable qu'elle, pour la rapprocher de ce qui
est immortel et divin ; faire éclore et nourrir à la
chaleur douce et continue que répand la beauté
calme et sereine, c'est-à-dire la vraie beauté, cet enthousiasme intime, patient, car il est éternel, qui
est l'essor même de l'âme vers son vrai but, qui se
distingue de la passion, qui la contient, qui la dompte,
qui la dirige, telle doit être l'œuvre intérieure de la
poésie. Quand elle a pu l'accomplir, elle est suffisam-
ment humaine, vivante et morale ; il n'est pas nécessaire
pour cela qu'elle exalte le tempérament par la violence
des couleurs matérielles, ou qu'elle apporte à l'esprit
des raisonnements et des convictions mathématiques.

Les aspirations qu'elle suscite en mettant l'âme en
présence du beau, la poésie doit les diriger sans doute
vers la justice, la force, la tempérance, le respect et
la domination de soi-même, la patience, le sacrifice,
l'amour des hommes et l'adoration de Dieu. Or,
toutes ces vertus avaient un nom et des modèles
avant l'heure présente, et les siècles à venir n'y
ajouteront pas un nom nouveau, parce qu'elles com-
prennent tout. La poésie qui les fait aimer est suffi-
samment sociale. Si elle a été capable de donner à

un seul homme quelques bonnes pensées pour sa direction intime et personnelle, elle a mieux servi la cause du progrès qu'en cherchant à passionner les esprits par des déclamations sur les misères du passé ou sur les félicités de l'avenir.

L'auteur de ce livre a trouvé jusqu'ici la critique bienveillante et n'a que des remercîments à lui adresser ; il devait, cependant, discuter les objections soulevées contre les tendances générales de son œuvre. Il a d'ailleurs, pour rassurer pleinement sa conscience sur la portée morale de ses écrits, la sanction du jury suprême en matière d'art et d'idées. C'est en signalant sa poésie comme *une œuvre d'une haute moralité, animée d'un souffle bienfaisant et propre à élever l'âme,* que l'Académie française, à plusieurs reprises, et l'Institut réuni dans une occasion solennelle, ont honoré ses travaux de leur suffrage. En motivant ainsi le jugement de l'Académie, l'illustre secrétaire perpétuel lui a imprimé le sceau de l'autorité la plus éminente dans la critique de ce siècle. Il y a peut-être quelque vanité à rappeler cette couronne, mais il y aurait de l'ingratitude à ne pas s'en parer, quand, pour la première fois, on se présente en personne au public, et que l'on plaide pour soi-même dans une préface.

A

MON PÈRE

PSYCHÉ

INVOCATION

Il est une vallée où l'harmonie habite ;
Un dieu veille à sa porte aux mortels interdite ;
L'esprit seul, dans son vol, emporté loin du temps,
Aux clartés de l'amour l'entrevoit par instants :
Quel que soit le doux nom dont chaque âge la nomme,
Sa pensée est vivante au fond du cœur de l'homme ;
Mais nul en l'écoutant ne saurait définir
Si c'est une espérance ou bien un souvenir,
Tant l'âme, balancée en sa plainte secrète,
Flotte entre ces deux mots : J'attends, et je regrette.
Chaque peuple a rêvé ce merveilleux jardin,
Soit qu'avec Jéhovah il ait connu l'Éden,
Soit qu'Homère ait pour lui, sur la lyre sacrée,
Fait chanter l'âge d'or de Saturne et de Rhée,
Soit qu'enfant, sous la tente, il aime à s'endormir
Bercé par les Péris des songes de Kashmir.

Là, fleurissent toujours, sur l'arbre de science,
Le vrai, le beau, le bien, unique et triple essence;
Et, dans l'or du feuillage, aux Grâces réunis,
Là des blanches vertus les essaims font leurs nids
Avant d'aller chanter leur mélodie auguste
Sur le front de la vierge et dans l'âme du juste.
C'est là qu'avant le jour de leurs aveux charmants
S'étaient choisis déjà les couples des amants;
C'est de là qu'à la voix du poëte ou du sage
Descendent dans nos nuits la pensée et l'image;
Là que toute harmonie a résonné d'abord
Avant qu'un luth mortel en répétât l'accord.

Les graines de nos fleurs ont mûri dans ce monde;
L'art est un rameau né de sa séve féconde.
Là-haut furent cueillis, sur les prés en émail,
Le mystique rosier qui flamboie au vitrail,
L'acanthe et le lotus qu'en légères couronnes
L'Ionie a tressés aux faîtes des colonnes.
Avant qu'un ciseau grec et qu'un pinceau romain
Les fixât pour toujours sous l'œil du genre humain,
Les vierges au long voile et les nymphes rivales
Là-haut menaient en chœurs les danses idéales;
Et, suspendant leurs jeux, là, ces filles du ciel,
Ont posé devant vous, Phidias, Raphaël!
Là, ton âme, ô Platon, par le vrai beau guidée,
Remontait d'un coup d'aile au séjour de l'Idée.
C'est là qu'à son amant Béatrice a souri,
Et là son regard d'aigle, ô Dante Alighieri!
T'emportant dans sa flamme à travers les dix sphères,
T'a du monde divin révélé les mystères.

C'est là qu'enfin Psyché vécut son premier jour
Tant qu'avec l'innocence elle garda l'amour;

Comme en un lit joyeux de fleurs et de rosée,
Par le souffle divin l'âme y fut déposée,
Et, près d'elle, éveillés dans l'herbe de ce sol,
Du bord de son berceau mes chants prendront leur vol.

Mais au seuil de ton œuvre inscris donc la prière,
Et dis en commençant d'où te vient la lumière,
O poète! malheur aux hymnes qui naîtront
Sans que le nom d'un dieu soit gravé sur leur front!

Je sais, au Ciel, trois sœurs qui, les mains enlacées,
Font jaillir sous leurs pas l'or des bonnes pensées;
La Grèce en adora les corps chastes et nus,
Beaux vases qui cachaient des parfums inconnus.
C'est vous! entre vos bras je m'abandonne, ô Grâces!
C'est vous qui vers le but portez les âmes lasses;
Vous par qui les présents de Dieu nous sont comptés;
Vous qu'on appelle mieux du nom de Charités.
Par vous, de l'homme au Ciel et du Ciel à la terre,
Se fait du double amour l'échange salutaire;
Le cœur vous doit son aile, et l'esprit son flambeau :
Sans vous tout homme hésite incapable du beau.
La Sagesse avec vous n'a jamais le front triste;
L'œuvre abonde et sourit sous les doigts de l'artiste.
Grâces, en qui j'ai foi, saintes filles de Dieu,
Touchez, touchez mon front de vos lèvres de feu.

Ah! l'inspiration n'appartient à personne,
Pas plus qu'à ce rameau, dont la feuille résonne,
Le vent qui le caresse et qui le fait chanter;
Et le dieu qui la donne est libre de l'ôter.
Nul ne peut devancer l'heure par vous choisie,
O Grâces! pour verser en lui la poésie.
Mais l'artiste pieux, au cœur pur et sans fiel,
Peut, à force d'amour, vous arracher au Ciel.

Venez donc! vous savez si l'art m'est chose sainte,
Si j'ai touché jamais à la lyre sans crainte,
Si j'attends rien de moi, si l'orgueil me nourrit...
Et dans quel tremblement j'invoque ici l'esprit.
O Grâces! descendez, belles vierges antiques,
Formez autour de moi vos cadences mystiques,
Et qu'en un juste accord, sur trois modes divers,
La douceur de vos voix coule à flots dans mes vers.

LIVRE PREMIER

ARGUMENT

I. Psyché s'éveille dans les jardins de l'Amour. — L'âme humaine est placée par Dieu au sein d'une merveilleuse nature appropriée à tous nos besoins. — L'être nouveau-né sent la parole éclore sur ses lèvres, et répond de lui-même aux harmonies du monde extérieur, qui le salue comme son frère et comme son roi. — Toute la création parle à Psyché d'un maître invisible et tout-puissant, d'un époux à qui elle est destinée. — Les pressentiments de l'âme, la révélation intérieure lui avaient déjà promis cet époux divin. — Toutes les voix de la nature, messagères de Dieu, annoncent à la jeune fille la venue d'Éros. — Le soir leurs noces mystiques sont célébrées dans un palais ténébreux. — Il est interdit à Psyché de chercher à voir son époux.

II. Bonheur de Psyché dans cette union de l'innocence et de l'amour. — Félicité primitive de l'Éden fondée sur l'ignorance du bien et du mal. — Intimité de l'homme avec la nature et avec Dieu, dont il reçoit une révélation obscure encore et incomplète par la voix de tous les êtres. — Dialogue de Psyché avec les créatures toutes amies et pacifiques; elle les interroge sur l'époux invisible. — L'attrait de l'inconnu, le besoin de l'infini, naturels au cœur de l'homme, commencent à agiter l'épouse d'Eros au milieu des douceurs de son union mystérieuse.

III. En vain le nocturne amant revient consoler Psyché; l'inquiétude de l'esprit et du cœur augmente. — Le désir de connaître l'idéal invisible, de posséder l'infini trouble les délices du chaste hymen. — En vain toute la nature invite l'âme à la soumission, à la confiance; l'implacable besoin de savoir et de sentir, une curiosité mêlée de concupiscence et d'orgueil l'emportent dans le cœur de Psyché sur la tendresse et sur la crainte. — Elle transgresse l'ordre de son époux et les lois du destin; la lampe fatale est allumée. — Psyché reconnaît, dans le dieu qui la visite chaque nuit, l'Amour, le plus beau, le plus puissant des dieux. — Touché par une goutte d'huile brûlante, Éros se réveille et prononce l'arrêt qui bannit Psyché et termine l'âge d'or. — Ainsi s'est consommée la première faute à laquelle se rattache l'origine de tout mal; Ève a mangé le fruit défendu; la boîte de Pandore est ouverte; la douleur est entrée dans le monde. Mais en proclamant la déchéance, le dieu fait entrevoir un présage de réhabilitation. — En annonçant à Psyché les épreuves de l'exil, Éros laisse tomber une larme, et, avec cette larme, la promesse de la rédemption.

I

Le matin rougissant, dans sa fraîcheur première,
· Change les pleurs de l'aube en gouttes de lumière,
Et la forêt joyeuse, au bruit des flots chanteurs,
Exhale, à son réveil, ses humides senteurs.
La terre est vierge encor, mais déjà dévoilée,
Et sourit au soleil sous la brume envolée.

Entre les fleurs, Psyché, dormant au bord de l'eau,
S'anime, ouvre les yeux à ce monde nouveau;
Et, baigné des vapeurs d'un sommeil qui s'achève,
Son regard luit pourtant comme après un doux rêve.
La terre avec amour porte la blonde enfant;
Des rameaux par la brise agités doucement
Le murmure et l'odeur s'épanchent sur sa couche;
Le jour pose, en naissant, un rayon sur sa bouche.
D'une main supportant son corps demi-penché,

3.

Rejetant de son front ses longs cheveux, Psyché
Écarte l'herbe haute et les fleurs autour d'elle,
Respire, et sent la vie, et voit la terre belle;
Et, blanche, se dressant dans sa robe aux longs plis,
Hors du gazon touffu monte comme un grand lis.

Les aromes, les bruits et les clartés naissantes,
Les émanations de partout jaillissantes,
Ont envahi son âme, ébranlée un moment;
Et devant la nature elle hésite en l'aimant.
Dans une langue, alors, que la vierge surprise
Sut comprendre et parler sans qu'elle l'eût apprise,
Les fleurs et les oiseaux étant là seuls vivants,
Un invisible chœur chantait avec les vents :

CHŒUR INVISIBLE.

Viens, nous t'aimons déjà; viens, ô douce inconnue!
La terre où tu manquais tressaille à ta venue.
Viens, habite avec nous ce monde jeune et pur;
Nul être malfaisant n'en trouble encor l'azur.
Prends avec nous ta part de ses faveurs fécondes,
Goûte avec amitié ses épis et ses ondes;
Ses arbres innocents n'ont pas de fruits amers,
Et la douceur du miel coule au fond de ses mers.
Mêle au sien ton bonheur, et ta grâce à ses grâces;
Ses germes de beauté fleuriront sur tes traces.
Sois belle, sans rougir, dans ton jardin natal;
On n'y connaît pas plus la pudeur que le mal.
Viens! de tes frais pensers ne fais point de mystères
A ces plantes tes sœurs, à ces oiseaux tes frères!

PSYCHÉ.

Que la lumière est douce, et que l'air plein d'encens
Baigne d'un flot sonore et pénètre mes sens!

Quel souffle harmonieux me caresse et m'enivre!
Et si la vie est telle, oh! qu'il est bon de vivre!
Vivais-je avant cette heure? ai-je vu ce soleil?
N'est-ce pas ma naissance et mon premier réveil?
J'ai bien, au fond du cœur, j'ai de vagues images;
Je revois des vallons, des fleuves, des rivages,
Où, le front couronné, j'allais, fille de roi,
Guidant au bord des eaux des vierges comme moi.
Mais dans ce pâle monde aux formes indécises,
Ni chansons ni parfums ne flottaient sur les brises;
La terre était muette et le ciel sans clarté;
Et je n'y sentais pas la vie et la beauté.
Ah! j'ai dormi peut-être : en un rêve encor sombre,
De ce monde promis j'aurai vu passer l'ombre.
Chœur des vivants, salut! salut, ô monde vrai,
En qui je me réveille et dans qui je vivrai!
Terre, fleuves, oiseaux, divin peuple des êtres,
Êtes-vous, dites-moi, mes hôtes ou mes maîtres?
Bruits, souffles embaumés, rayons, charme des yeux,
Faut-il que je t'adore, ô monde harmonieux!

CHŒUR INVISIBLE.

Nous entourons d'amour la couche où tu reposes,
Enfant, toi la plus belle et la reine des choses.
Vois! partout, dans ces bois, ces prés, sur ces hauteurs,
Dans ces fleuves, il est pour toi des serviteurs.

PSYCHÉ.

La terre à mon réveil portait, déjà parée,
Les chênes, peuple antique, et la moisson dorée.
Ces flots avaient coulé, ces rochers étaient vieux,
Et la plus jeune fleur s'ouvrit avant mes yeux.

Sans moi l'herbe a verdi, l'onde a trouvé sa pente ;
Un autre ordonna tout, avant mon âme absente;
Un maître ici se cache, et si ce n'est pas toi,
O voix de ces beaux lieux! quel est donc notre roi?

CHOEUR INVISIBLE.

Réglant l'être et la vie en un accord suprême,
Le roi de cet empire asservit les dieux même;
Par lui le fier lion rugit dans les forêts,
Et les monstres des mers bondissent sous ses traits.
Nous, tour à tour chantant, voix joyeuses ou graves,
Venant de lui vers toi, nous sommes ses esclaves.

PSYCHÉ.

J'ai gardé du sommeil un rêve, un rêve aimé,
Éclos à la même heure où mon cœur fut formé :
Une voix qui semblait descendre des collines
M'appelait, m'invitait à des noces divines.
Les vierges me paraient pour un hymen certain.
Vers l'époux inconnu, roi d'un pays lointain,
Entraînée, et cédant à d'invisibles charmes,
J'allais avec amour, mais non sans quelques larmes.
Le réveil, ces beaux lieux, ce jour qui luit sur moi,
De mes désirs craintifs ont redoublé l'émoi.

CHOEUR INVISIBLE.

Espère! A son vrai but, comme la source vive
A l'éternelle mer, toute espérance arrive.
Chaque rêve et chaque ombre ont leur réalité.
Viens! par le jeune époux ce monde est habité;
C'est lui qui nous envoie, abrégeant ton attente,
Au seuil de son palais saluer son amante.

Et la voix s'éteignit; mais le son prolongé
Flottait encor dans l'air de musique chargé.
Sur l'haleine de l'onde et de l'herbe attiédie,
Comme un soupir du sol montait la mélodie.

Psyché, livrant son âme aux souffles merveilleux,
Aux accords, aux rayons émanés de ces lieux,
S'avance au bord du fleuve, et, dans sa marche lente,
Ecoute chaque oiseau, répond à chaque plante.
La tendre sympathie illumine son œil;
Les cygnes et les lis lui rendent son accueil;
Flots et feuilles, près d'elle ont un plus frais murmure,
La terre abondamment exhale une odeur pure.
Tous les êtres domptés semblent, pour sa douceur,
L'adorer comme reine et l'aimer comme sœur.
L'enfant partage entre eux les grâces du sourire,
Et prend possession du fraternel empire;
Sa main des grands lions flatte les crins épais,
— Car rien n'avait alors troublé l'antique paix,
Tout ce qui vit formait une seule famille; —
Mille oiseaux par les bois suivent la jeune fille;
La mousse s'épaissit lorsqu'elle y veut s'asseoir.

Ainsi dans la vallée elle erra jusqu'au soir,
Admirant tout, les fleurs, les cieux, et l'air sonore...
Et rêvant de ce roi qui se cachait encore.

Or la nuit, déployant ses ailes de vapeurs,
Ramène vers Psyché les invisibles chœurs;
C'est d'abord sur la brume une rumeur qui vole,
Et le son rapproché devient une parole.

CHŒUR INVISIBLE.

Voici l'heure d'hymen! nous précédons l'époux;

Il éteint les flambeaux de son bonheur jaloux.
Revêtant ses plaisirs de calme et de mystère,
Il attend pour aimer l'heure où s'endort la terre.
Les petits des oiseaux, l'un sur l'autre serrés,
Et l'abeille en sa ruche, et la cigale aux prés,
Et les nappes d'azur que nuls souffles ne plissent,
Et le vent dans sa grotte, et les bois s'assoupissent.
Sur les insectes d'or les lis sont déjà clos,
Et le dernier rayon est rentré sous les flots.
Sans que bruits ou lueurs troublent sa paix suprême,
La sainte volupté peut jouir d'elle-même.
Que l'ombre sur ton front pleuve sans t'alarmer;
Viens, l'inconnu t'attend; viens, c'est l'heure d'aimer!

Devant elle glissant comme un zéphyr paisible,
Le chœur, chantant toujours et toujours invisible,
Sur sa trace écartait doucement les rameaux;
Et Psyché, telle on voit sur l'écume des eaux,
Derrière un grand navire une fleur qui surnage,
Suivait à son insu l'harmonieux sillage;
Et le flot la porta vers le palais heureux;
Par la vertu des chants il s'ouvrit devant eux.
Or, sous les toits déserts, les mêmes voix mystiques
La conduisaient encore à travers les portiques;
Elle y semblait voguer sur des courants secrets;
Tel, sur le lac tombé, le rameau des forêts,
Par des eaux qu'on dirait immobiles, sereines,
Est poussé jusqu'au fond des grottes souterraines.
La vierge ainsi s'avance, effleurant les tapis,
Entre les murs jaspés de marbre et de lapis,
Où, de mille flambeaux, sous l'azur des arcades
L'or étincelle au front des blanches colonnades.
Et l'invisible guide a déposé Psyché
Sur le lit nuptial dans la pourpre caché.

La voix expire alors, le palais devient sombre :
L'enfant s'étonne et tremble, et pleure au sein de l'ombre ;
Rien ne la distrait plus du trouble intérieur,
Son innocence ajoute encore à sa frayeur.

Une autre voix bientôt monta dans ce silence,
Un chant si doux, si plein de grâce et de puissance,
Qu'auprès de sa musique, ornement de la nuit,
Les premières chansons n'étaient rien qu'un vain bruit.
C'est l'invisible roi du vallon de délices,
Il vient de l'âme en fleur posséder les prémices ;
C'est l'archer qui répand ses flèches en tout lieu,
C'est l'époux, c'est Éros, c'est vous, ô jeune dieu !

Ne crains pas, ô Psyché ! dans cette nuit propice,
Souffre, en toi que l'espoir avec l'amour se glisse.
Voici, voici l'époux ; son visage est voilé,
Mais son cœur à tes yeux s'est déjà révélé,
Et tu peux, à travers l'ombre qui l'environne,
Juger par ces trésors celui qui te les donne.
Vois cette heureuse terre ! est-ce un dieu sans amour
Qui pour don nuptial t'offrit ce doux séjour?
Toute chose est à toi dans ce fécond royaume,
Le chêne t'y doit l'ombre, et la rose le baume ;
Le vent, l'onde et l'oiseau, tous bruits mélodieux
Sont nés pour ton oreille, et le ciel pour tes yeux ;
Pour tes lèvres le miel, le lait, ce qui ruisselle
A flot de chaque ruche et de chaque mamelle ;
La mousse pour tes pieds, les gazons caressants,
Tout est fait pour payer un tribut à tes sens.
Lorsque tu parleras, partout dans les campagnes
Des voix te répondront, tes fidèles compagnes.
Chez les êtres vivants avec toi conviés,
Tu pourras à ton gré choisir des amitiés.

Durant le jour, souvent, la voix de l'époux même
Te fera souvenir qu'il te suit et qu'il t'aime ;
Et chaque soir ici tu viendras reposer
Sur sa douce poitrine et goûter son baiser.
Mais si tu ne veux voir s'effacer comme un songe
Ces beaux lieux et l'extase où ce baiser te plonge,
O Psyché ! n'ose pas, d'un flambeau curieux,
Interroger d'hymen le lit mystérieux.
Le destin plus puissant, et, sans doute, plus sage,
Ne veut pas de l'époux te montrer le visage ;
Mais livre-lui ton âme, enfant, et tu verras
S'éveiller tout un monde éclos entre ses bras.

Et les lèvres d'Éros touchant son front pudique
Y déposent le sceau de l'union mystique.
Bientôt la vierge laisse, en son trouble charmant,
Sa ceinture tomber sous les doigts de l'amant,
Et, parmi les soupirs et les baisers sans nombre,
Les rites de l'hymen s'accomplirent dans l'ombre.

Le palais nuptial brillait, plein de soleil,
Au matin, quand Psyché, secouant le sommeil,
Cherchait près d'elle Eros et lui parlait encore ;
Mais le nocturne époux avait fui dès l'aurore.

Sur l'herbe encore humide et les cailloux d'argent,
Psyché pose au hasard ses pieds, et va songeant,
Et suit du souvenir la pente involontaire.
Les plaisirs de la nuit, ces terreurs, ce mystère,
Revivent à la fois dans son cœur retracés ;
Elle tremble et rougit à ses propres pensers.
La terre ce matin semble à ses yeux nouvelle,
Et sur les flots penchée elle s'y voit plus belle.
Elle cherche avec crainte, avec ravissement,
Les vestiges sacrés de l'invisible amant ;
Elle va regardant sous les eaux diaphanes,
Dans les creux de rochers couverts par les lianes,
Dans les touffes de fleurs, et dans l'ombre des bois,
En tout lieu d'où s'échappe un parfum, une voix ;
Et partout, du gazon, de l'eau, de la feuillée,
Une voix lui répond par la sienne éveillée.

PSYCHE.

C'est bien la même terre, et le même printemps
Y verse un jour pareil aux mêmes habitants.
Entre les mêmes fleurs, le fleuve aux couleurs tendres,
De son mobile azur promène les méandres.
Hier, un chant planait déjà sur ces roseaux ;
La pourpre et l'or paraient les plumes des oiseaux ;
Et cependant la nuit, sans m'en dire la cause,
Semble avoir à ce monde ajouté quelque chose.
J'ai vu ces gais bouvreuils, cet aigle au regard fier :
Tout m'est nouveau pourtant, tout m'est plus beau qu'hier ;
Plus qu'hier la nature et me charme et m'invite,
Et comme dans mon cœur la séve y court plus vite !

CHOEUR INVISIBLE.

C'est que le roi nous a visités cette nuit,
L'époux mystérieux vers ta couche conduit !
C'est qu'il a, pour te voir, traversé son empire,
Et répandu sur nous l'éclat de son sourire :
Et chaque fois qu'il vient, puissant avec bonté,
Il sème à pleines mains la vie et la beauté.

LES OISEAUX.

Il est des jours où l'air supporte mieux nos ailes ;
Un mouvement plus doux berce les rameaux frêles ;
Les grains au bord des champs s'épanchent par milliers,
Et les fruits sont plus mûrs aux arbres familiers.
Nos appels amoureux de plus loin se répondent ;
Près des nids à bâtir mousse et duvets abondent.
Les brebis ont laissé plus de laine aux buissons ;
Les chênes sont peuplés de joyeuses chansons.

Au roi qui fait pleuvoir tant de biens sur ses traces,
A l'amant de Psyché, les oiseaux rendent grâces.

LES PLANTES.

Il est aussi pour nous des jours où tout fleurit,
Au souffle calme et chaud d'un invisible esprit;
Une poussière d'or jaunit les étamines,
Des sucs plus nourrissants abreuvent les racines,
L'épi laiteux jaillit et s'enfle sur le blé,
Le nombre des bourgeons sur la branche est doublé,
Et dans le sein des fleurs apportant des délices,
Un doux vent l'un sur l'autre incline nos calices.
Ce qu'alors nous puisons dans la terre ou le ciel,
En nos veines devient parfum, couleur et miel;
La lumière et la séve à nos tiges affluent...
O roi jeune et fécond, les plantes te saluent !

LES SOURCES.

Il est des jours sacrés, des jours que nous aimons,
Où la source descend plus pure aux pieds des monts;
Où, sur le sable fin, sans pluie et sans tourmente,
L'onde semble dormir, et pourtant suit sa pente.
Alors, nul flot n'écume et ne gronde en marchant :
Le peuple des forêts s'égaie à notre chant;
Le vent ne jette rien que fleurs et vert feuillage
Sur l'argent des graviers, sur l'or des coquillages;
Et mille êtres, mêlés par un amour fécond,
S'agitent sous les eaux sans en troubler le fond.
Et tu seras béni des sources éternelles,
Toi, qui gardes le calme et la fraîcheur en elles;
Toi, qui dans un seul lit sais faire parvenir
Toutes les gouttes d'eau se cherchant pour s'unir;
Toi, par qui nous sentons, en notre onde ravie,
Descendre la lumière et palpiter la vie.

PSYCHÉ.

Oh ! tout ce que j'entends et tout ce que je vois,
Oiseaux, sources, forêts, mystérieuses voix,
Oh ! dites-moi son nom, parlez-moi de mon maître !
Plus heureux que Psyché, vous l'avez vu peut-être ?
Comme il charme le cœur, il doit charmer les yeux,
Et sans doute il est bon, puisqu'il vous rend heureux.

LES OISEAUX.

S'il croît comme un grand chêne ou coule comme une onde,
S'il descend comme l'air et le jour sur le monde,
S'il habite le sein des grottes et des fleurs,
S'il revêt comme nous la plume aux cent couleurs,
S'il a tes cheveux d'or, ton front blanc et superbe,
Sur deux pieds gracieux s'il effleure ainsi l'herbe,
Ce n'est pas des oiseaux que tu peux le savoir ;
Car nous l'avons aimé sans chercher à le voir.
Mais nous reconnaissons à des signes fidèles,
A l'air plus frémissant qui fait battre nos ailes,
A notre chant plus pur, à nos baisers plus doux,
Qu'un céleste pouvoir s'est approché de nous.

LES PLANTES.

Des habitants divers qui vivent à son ombre,
Des oiseaux et des fleurs chaque arbre sait le nombre ;
Il sait d'où vient le flot qui passe auprès de lui,
D'où le vent a soufflé, d'où le soleil a lui.
Pour un vieux chêne, il est peu de choses cachées ;
Nous avons vu beaucoup, quoique au sol attachées.
Mais les plantes des monts, ni les plantes des eaux,
Le cèdre ni le thym, pas plus que les roseaux,

N'ont de celui qui t'aime aperçu le visage :
Chaque feuille pourtant tressaille à son passage.

LES SOURCES.

Les sources de la terre ont traversé les flancs,
Et les antres d'Éole, et les métaux brûlants,
Et creusé leur passage en des canaux de pierre
Bien avant de jaillir et de voir la lumière.
Jusqu'au vaste Océan, avant de s'y plonger,
Par des détours sans fin il leur faut voyager :
Ruisseaux, fleuves et lacs, fontaines, mers sans bornes,
Elles ont réfléchi bien des jours clairs ou mornes;
Neige ou pluie, elles ont visité les hauteurs,
Et monté jusqu'au ciel en subtiles vapeurs.
Des germes créateurs l'onde est le véhicule;
Par elle toute séve et toute âme circule;
Elle voit les vivants arriver par essâim,
Pour se purifier et boire dans son sein.
Mais de l'époux sacré, par qui l'onde palpite,
Aux sources, comme à toi, la vue est interdite;
Tout esprit n'en connaît que ce qu'il en ressent :
Nous ne t'en dirons rien, sinon qu'il est puissant.

CHOEUR INVISIBLE.

Nous l'avons contemplé le dieu que tu réclames;
C'est nous qui lui portons les prémices des âmes :
La vierge qu'il choisit et qu'il doit visiter
Se pare sous nos mains, et nous entend chanter.
Du lin et des parfums nous ornâmes la couche
Où le premier baiser se posa sur ta bouche.
Serviteurs de l'époux, nous gardons ses secrets;
Nous ne lèverons pas le voile de ses traits.
Qui d'ailleurs oserait le peindre en ton langage,

Ne tracerait de lui qu'une infidèle image.
Tu ne comprendrais pas son nom mystérieux...
Et ce que nous voyons n'est pas fait pour tes yeux.

PSYCHE.

Sans ôter pleinement le voile à sa nature,
Dites-moi qu'il est beau, que sa jeune figure
Peut d'une ombre douteuse écarter le secours;
Que son regard est tendre, ainsi que ses discours;
Et que la nuit est bonne, et qu'au fond des ténèbres
Ne glisse autour de vous nul spectre aux pieds funèbres;
Que ce monde est pour moi peuplé d'êtres amis;
Que l'époux m'aime enfin, comme il me l'a promis;
Qu'il ne me berça pas d'une ivresse illusoire.
J'ai besoin de bonheur; je suis prête à vous croire.

CHŒUR INVISIBLE.

En ces lieux que l'époux gouverne sans rival,
Le soleil quelque part t'a-t-il montré le mal?
La même âme régit la nuit et la lumière.
Tu viens d'interroger les hôtes de la terre;
As-tu trouvé chez eux doute, amertume, effroi?
Est-ce un peuple incertain de l'amour de son roi?

Psyché recueille ainsi les chansons dispersées,
Et respire avec l'air de sereines pensées.
La nature paisible et dans sa fraîche fleur,
Verse le calme en elle et l'invite au bonheur;
Et l'enfant de sa bouche acceptant l'espérance
— Tant le premier amour est plein de confiance —
Par des nœuds éternels sentit son cœur lié,
Et l'effroi d'un moment fut bien vite oublié.

Chaque jour se passait aux longues rêveries,

Aux bains des lacs, aux fruits des vergers, aux prairies,
A la danse, au sommeil, à ce divin concert,
Qu'avec l'homme amoureux font les voix du désert ;
A réveiller l'écho des grottes endormies,
A redire aux oiseaux, aux gazelles amies
Et ses songes d'amante, et même, aveu plus doux,
Les secrets de la couche et les mots de l'époux.
Chaque nuit ramenait, dès les premières ombres,
Glissant comme un vent frais sous les portiques sombres,
L'époux mystérieux, et jadis effrayant,
Qu'on implore aujourd'hui d'un cœur impatient :
Mais après chaque nuit, si remplie et si brève,
Du lit aux cent baisers il fuyait comme un rêve.

III

Le plaisir tombe en toi comme un fleuve à la mer,
Sans te remplir, ô cœur ! il y devient amer.
Les plus fortes amours meurent dans l'habitude ;
Rien chez l'homme ne dure, hormis l'inquiétude,
Le désir éternel de l'idéal caché,
Et l'antique vautour à nos flancs attaché.

Quel bonheur plus d'un jour est resté sans mélange ?
Cependant, ô plaisir, ce n'est pas toi qui change.
Près de l'homme enivré, le vin à flots pareils
Coule des mêmes ceps entre tes doigts vermeils ;
Du vase offert par toi l'écume est aussi douce
Qu'on y trempe sa lèvre ou bien qu'on le repousse.
Quand l'odorat lassé refuse leurs senteurs,
C'est le même parfum qui monte à nous des fleurs.
Quand l'air trop répété de la chanson qu'on aime
Amène au bout l'ennui, la musique est la même :

Le dégoût à l'extase a trop tôt succédé,
Et tout trésor est vil dès qu'on l'a possédé !

Rien de l'heureux vallon n'a troublé les délices;
La rosée aussi pure y blanchit les calices,
Et le miel abondant, les fruits, l'ombrage frais,
Les bruits mélodieux s'épanchent des forêts.
Par tous les habitants de l'air, des mousses vertes,
Les mêmes amitiés à l'âme sont offertes.
Pourquoi rester muette à leur appel joyeux ?
Psyché, mille regards sollicitent tes yeux.
Pourquoi marches-tu seule, et de larmes baignée,
Sans un mot pour ta mère, avec eux dédaignée ?
Vois; la terre sourit d'un rire bienveillant
Comme tu souriais toi-même en t'éveillant.
Vallon qu'elle admirait, nature toujours belle,
Quel nuage entre vous et Psyché s'amoncelle ?
Charme des premiers jours, qu'êtes-vous devenu ?
Ah ! c'est qu'elle a senti l'attrait de l'inconnu.
Ce monde est à ses yeux caché par l'invisible;
Elle a voulu connaître... aimer n'est plus possible !

Près d'elle chaque soir Eros vient se poser:
Douce est toujours sa voix, et plus doux son baiser :
Mais Psyché, froidement, l'a reçu sans le rendre,
Sans réjouir l'amant d'une parole tendre,
Et ne songe, malgré le châtiment prédit,
Qu'à voir l'époux mystique à ses yeux interdit.

Quelquefois, pour donner le change à ses pensées,
A travers la nature, en fougues insensées,
Elle répand son âme. Au fond des horizons,
Aussi loin que le jour peut darder ses rayons,
Elle aspire, elle vole, et son esprit se pose
Sur les monts d'où descend l'aurore aux pieds de rose.

4

Ses yeux suivent les flots dans les gouffres roulants ;
Elle veut des glaciers percer les vastes flancs,
Et, plongeant jusqu'au fond, voir quels hôtes recèlent
Les cavernes d'azur d'où les ondes ruissellent.

Souvent, lasse d'errer dans l'inconnu lointain,
Elle s'assied, et pleure, et maudit son destin ;
Et l'amour la relève, et le doute la brise :
« Elle n'est pas aimée, et l'époux la méprise ;
Car deux cœurs peuvent-ils, quand leurs amours sont vrais,
Sur le lit nuptial se cacher leurs secrets ? »

La passion, le doute, et la soif de connaître,
Et l'orgueil et l'effroi troublent ainsi son être.

« S'il est beau, pourquoi fuir la lumière du jour ?
Il craint que la terreur n'efface en moi l'amour.
Quelque monstre hideux, masqué par les ténèbres,
M'apporte chaque nuit ses caresses funèbres.
Pourtant, comme ils sont doux ces champs dont il est roi !
Quels peuples gracieux grandissent sous sa loi !
Et lui seul resterait, en qui la force abonde,
Privé de la beauté qu'il répand sur le monde !
Non ! sa forme est divine autant que son pouvoir ;
Celui-là devient dieu qui peut l'apercevoir ;
Le connaître en plein jour, c'est voir la beauté pure !
Pourquoi donc me cacher sa céleste figure
S'il m'aime, et si son cœur, heureux de mes désirs,
De mon propre bonheur sent doubler ses plaisirs ?

» L'admirer dans mes bras, ô volupté sacrée !
Être par tous les sens à la fois enivrée ;
Quand la flamme languit, dans ses yeux l'attiser !
Ce charme à mon amour peux-tu le refuser ?
C'est l'orgueil, le dédain, qui te voilent peut-être :

Au lieu d'un jeune époux, n'ai-je donc rien qu'un maître
Qui se fait du mystère un vêtement royal,
Et peut-être en Psyché redoute son égal ?
Car je suis belle aussi : la forêt, la fontaine,
Les oiseaux, m'ont souvent donné le nom de reine.
Quand j'approche du lac, l'eau baise mes pieds nus ;
Au bord pour m'adorer les cygnes sont venus ;
Le vent courbe les fleurs quand je passe près d'elles,
Et, douces, devant moi se couchent les gazelles. »

Mais, par toutes ses voix, le monde adolescent
Lui disait de garder son bonheur innocent.

LES OISEAUX.

Sur la terre abondante, où nul ennui n'existe,
Pourquoi son plus bel hôte est-il devenu triste ?
Vois les oiseaux joyeux planer dans les cieux purs,
S'entr'aimer et goûter aux arbres les fruits mûrs ;
De leurs lointaines sœurs apporter les nouvelles
Aux plantes, et semer la graine des plus belles.
Quand les blés sont dorés, l'eau bleue et le ciel clair,
Que l'aile en des parfums se baigne au sein de l'air,
Sous les fruits et les fleurs que toutes branches ploient,
Qu'est-il besoin de voir plus que nos yeux ne voient ?

LES PLANTES.

Bois la blanche rosée, et, sans désir jaloux,
Laisse-toi par le vent bercer ainsi que nous ;
Au zéphyr caressant, d'où que son baiser vienne,
Les fleurs livrent leur âme... Enfant, livre la tienne !

LES SOURCES.

Trempe tes pieds de nacre en nos sables d'or fin,
Et laisse-nous toucher l'ivoire de ton sein,

Et monter à flots doux vers ta lèvre vermeille,
Et chanter en glissant au bord de ton oreille.
L'eau sur tes flancs polis dort avec volupté.
Reste ! Quel bras mortel, errant sur ta beauté,
Comme l'onde enlaçant ta blancheur qu'elle azure,
Flatterait tout ton corps d'une étreinte plus pure ?

Reste ! Nous te dirons : Sois paisible toujours,
Nous sages qui coulons depuis les anciens jours ;
Car au fond de l'eau vive une prudence habite.
Nous savons que, portée ou lentement, ou vite,
Quand de l'antre natal elle a franchi le seuil,
Chaque goutte, malgré le rocher ou l'écueil,
Remontant, s'il le faut, pluie, ou neige, ou rosée,
Dans le grand Océan est enfin déposée !

Mais l'antique serpent, chez tout homme caché,
L'orgueil, l'adroit orgueil, tient le cœur de Psyché,
Avec son noir venin y répand goutte à goutte
La fureur de connaître, et le trouble, et le doute,
Et des sens révoltés l'implacable désir,
Et l'ennui curieux, mortel à tout plaisir.

Elle fuit la nature, et n'en sent plus les charmes ;
Dans le palais désert, elle va tout en larmes.
Ni les divins tableaux, sur le marbre gravés,
Ni dans l'or et l'onyx les breuvages trouvés,
Ni l'acier des miroirs, ni la lyre d'ivoire,
Rien ne distrait l'enfant de sa tristesse noire ;
Et ses pas, tour à tour lents ou précipités,
Trahissent de son cœur les rêves agités.

Sur les marbres secrets d'une salle lointaine,
Qu'en ses jours de bonheur elle approchait à peine,
— D'où venait un tel don nouveau, mystérieux ? —

Une lampe, un poignard, se trouvent sous ses yeux.
Elle s'arrête, et croit ouïr dans le silence :
« Ta main peut conquérir la force et la science. »
De ces seuls mots jetés tout son être a frémi.
Ces murs ont-ils couvert les pas d'un ennemi?
Est-ce un instinct fatal dont la voix parle en elle ?
Un sombre esprit, chez nous funeste sentinelle,
Pousse-t-il l'âme au mal, jaloux de son bonheur,
Ou l'homme n'a-t-il d'autre ennemi que son cœur?...
Mais Psyché, tout entière au désir qui l'obsède,
Laisse la voix monter, et l'écoute, et lui cède;
Et, dans un lieu caché, pour s'en armer plus tard,
Pose, hélas ! en tremblant, la lampe et le poignard.

Le chant accoutumé, suivi des odeurs pures,
Pénètre avec le soir sous les voûtes obscures;
De l'époux qui descend c'est l'amoureux signal;
Il ramène Psyché vers le lit nuptial.

CHŒUR INVISIBLE.

Voici la nuit portant sur ses ailes paisibles
La rosée et l'amour, tous les deux invisibles,
Mais que sentent bientôt couler avec douceur
La fleur dans son calice et l'homme dans son cœur;
Car leur souffle s'amasse et se métamorphose
En doux soupirs dans l'âme, en perles sur la rose.

Laisse ton cœur chanter sous l'invisible doigt;
Bois les pleurs de la nuit, comme une fleur les boit.
Si l'harmonie est douce et le flot pur, qu'importe
Quel point du ciel les verse, et quel vent les apporte ?
Le cygne, ivre d'amour, frémit sur le flot pur,
Sans connaître le fond de sa couche d'azur;
L'oiseau qui pour la rose a des chansons divines,

4.

De la fleur adorée a-t-il vu les racines ?
Aime, ainsi, sans savoir, aime au sein de la nuit;
Le jour a des éclats que la volupté fuit.
Sans que les yeux distraits fassent trembler le vase,
Le cœur, pendant la nuit, recueille mieux l'extase.
Vois; quand le dieu du jour, au palais de la mer,
Va chercher le repos, et plonge pour aimer,
Avant de s'approcher de la couche odorante,
Il éteint ses rayons au seuil de son amante.

Les voix ont répandu le chant mélodieux,
Sans guérir de Psyché les désirs curieux;
Et l'orgueil et le doute, et la soif de science
S'agitent à la fois dans son âme en démence.

Sur les coussins de pourpre, à côté d'elle assis,
Éros, par les baisers combattant ses soucis,
Lui tient de doux propos sur sa tristesse étrange,
Et l'ardeur du plaisir renaît dans cet échange.

ÉROS.

Tu pleures; tu me fuis et reviens tour à tour!
Ce cœur bat, ô Psyché! mais ce n'est pas d'amour.
En des bonds inégaux ton sein monte et s'abaisse;
Il semble s'agiter sous un poids qui l'oppresse.
Ma lèvre étouffe en vain tes soupirs renaissants;
Une crainte, un désir, se disputent tes sens.
Que veux-tu? N'as-tu pas une royauté douce?
Tu vois dans les forêts, vers ton trône de mousse,
Les vivants saluer ta grâce et t'adorer.
Les perles et les fleurs s'offrent pour te parer;
A la terre qui t'aime, et qui t'appartient toute,
Aux charmes de mon lit que faut-il que j'ajoute ?

PSYCHÉ.

Oh ! vous ne m'aimez pas, et la triste Psyché
N'est pour vous qu'un jouet par instant recherché.
Pourquoi, me dérobant votre aspect que j'implore,
Venir avec la nuit, partir avec l'aurore,
Et ne laisser jamais les rayons d'un beau jour
Illuminer pour moi ce lit de notre amour ?
Le jour va caresser les grillons dans la gerbe,
Mille insectes unis sous la mousse et sous l'herbe ;
Les oiseaux et les fleurs s'aiment en plein soleil ;
Le soir sur chaque nid pose un flambeau vermeil :
Vous seul gardez, malgré mes plaintes échappées,
Nos furtives amours, dans l'ombre enveloppées.

EROS.

D'un dieu plus fort que moi c'est l'inflexible arrêt.
Ne gâtons pas du moins notre bonheur secret ;
Meure sous les baisers ta folle inquiétude !
A ton front délicat ma lèvre est-elle rude ?
Comprends-tu plus d'amour dans la voix d'un époux,
Plus de jeunesse ardente et des baisers plus doux ?
Reste ainsi ! Quand tes yeux auraient vu mon visage,
Mon cœur ne pourrait pas te donner davantage.

PSYCHÉ.

Lorsqu'en serrant ta main j'entends ta voix de près,
Que je sens de ton cœur les battements secrets,
Mon âme oublie encore, ivre et sous ton empire,
Cette ardeur de te voir, puisqu'elle te respire.
Mais quand seule je marche à travers la clarté
Qui sur le moindre oiseau verse tant de beauté ;

Quand je rêve à ces nuits, à nos baisers de flamme,
Sans avoir une image à parer dans mon âme ;
Lorsque je vois la terre et le ciel radieux :
Alors tout désir cède au désir de mes yeux.

ÉROS.

Étouffe cette envie, ô Psyché ! si tu m'aimes;
Espère et te résigne, ou crains des maux extrêmes.
Mais viens, ouvre les bras; goûtons, jusqu'au matin,
Cette part de bonheur que permet le destin.

Comme un chant de cigale éteint sous une gerbe,
A travers le baiser expira leur doux verbe;
Et sur le lit de pourpre, aux pieds d'argent sculpté,
Dans l'ombre commença l'hymne de volupté,
Soupirs, cris étouffés, syllabes inouïes,
Fleurs sonores d'amour, dans l'ombre épanouies.
La curieuse ardeur des regards impuissants,
Abandonnant l'esprit a passé dans les sens;
L'inconnu l'aiguillonne. Avide et provocante,
Psyché donne à l'époux des baisers de bacchante,
Et cherche avec fureur, trompant le vrai désir,
Cet infini caché qu'elle n'a pu saisir.

Ah! la volupté même a sa pudeur divine.
Quand le corps règne ainsi, c'est que l'âme décline;
Que le souffle idéal est là-haut remonté !
Tu meurs avec l'amour, ô fleur de chasteté !
Adieu la sainte ivresse, où le réel s'oublie.
Au calice des sens on boit jusqu'à la lie,
Et dans l'épais breuvage où n'est plus l'eau du ciel,
De la première goutte on cherche en vain le miel;
Le cœur n'y goûte plus la tendresse et l'extase,
Et la lèvre en vain s'use aux bords amers du vase.

Or le sommeil qui suit le plaisir prodigué
Versait ses lourds pavots sur l'amant fatigué.
Mais Psyché veille, hélas! Qui peut enchaîner l'âme?
Pour assoupir le doute, où cueillir un dictame?
Quel lit sait endormir les désirs de l'orgueil
Et l'ardeur de savoir?... Pas même le cercueil!

Des bras de son époux, dont l'étreinte amollie
Sous son adroite main doucement se délie,
Psyché glisse, et du lit descend d'un pied furtif.
Elle écoute; son souffle en son sein est captif,
Et, sur l'épais tapis muet contre la dalle,
Elle sort à pas lents et sans bruit de la salle.
Elle brave l'effroi des dédales obscurs,
Et dans l'ombre, guidée en s'appuyant aux murs,
Jusqu'à l'endroit secret où son arme est fermée,
Elle y prend le poignard et la lampe allumée.
Longuement elle hésite aux approches du lit;
Son cœur bat, son regard se trouble; elle pâlit.
Elle va donc le voir! Elle craint, elle espère,
N'ose encor sur l'époux projeter la lumière.
Elle se penche enfin... Et qui frappe ses yeux?
L'Amour!... le dieu puissant, et beau parmi les dieux!...
A peine elle aperçoit sa face inattendue,
Toute force lui manque; elle tremble, éperdue.
L'œil mortel ne saurait porter tant d'idéal.
Sous le poids fléchissant, vers le lit nuptial,
Ses genoux ont frémi... La lampe vacillante
A versé sur l'époux une goutte brûlante.
Le dieu, de son repos brusquement réveillé,
Profané par les yeux, et par l'huile souillé,
Se dresse avec courroux, voit l'amante coupable,
Et, cachant sa pitié, de cet arrêt l'accable:

EROS.

Ah! ce regard détruit le bonheur de tous deux!
Tu romps entre nos cœurs les invisibles nœuds,
Et ta lampe grossière éteint la pure flamme
Par qui l'âme d'en haut pénétrait dans ton âme.
Mon front te restera caché comme autrefois,
Et tu perds mes baisers, mes caresses, ma voix.
Je ne descendrai plus dans ta nuit solitaire;
Tu n'auras plus l'amour, mais toujours le mystère.
Le secret de mon nom, dans mon sommeil surpris,
Du divin idéal ne t'aura rien appris.
Ce vallon, ce palais d'où t'exile ta faute,
Avec toi condamnés, n'ont plus un dieu pour hôte.
Marche dans la douleur; chez les pâles humains,
Tes pieds nus traceront de pénibles chemins;
La faim enchaînera, dans les travaux serviles,
La blancheur de tes mains et tes ailes mobiles.
Pour t'aider à porter l'exil austère et lourd,
Tu criras vers l'époux; mais l'époux sera sourd.
La nuit entre nous deux épaissira ses ombres,
Et tes rêves s'iront heurter à des murs sombres,
Sans trouver hors du doute une issue à tes pas;
Car ton flambeau d'orgueil brûle et n'éclaire pas.

L'immuable destin a dicté ces menaces
A ce cœur pacifique où résident les grâces.
Mais toujours une larme, aux yeux du triste amant,
A chaque mot cruel, jaillit et le dément;
Et si Psyché tremblante eût pu voir ce visage,
Si de ses sens l'effroi n'eût pas troublé l'usage,
Des tourments à souffrir et de l'arrêt porté,
Devant tant de douleur, son âme aurait douté.

Mais trop faible à sentir d'une bouche si chère
Ces traits inattendus lancés par la colère,
Mourante, elle s'affaisse, et tombe au pied du dieu.
Et lui! Comme son cœur saigne à quitter ce lieu!
Qu'il voudrait y laisser sa parole meilleure!...
Le destin a parlé... L'Amour fuit... mais il pleure!
Et, douce entre les pleurs que sa pitié versa,
Sur le sein de l'épouse une larme glissa...
Germe consolateur, graine du ciel tombée
Dans le sillon récent par cette âme absorbée,
Et qui devait porter, en ce champ de douleur,
Sous la ronce et l'épine une immortelle fleur.
C'est toi, belle espérance, ô fleur que rien n'arrache!
O le plus vrai témoin de ce dieu qui se cache,
Souvenir qu'à Psyché l'époux lègue en partant,
Moisson lente à mûrir, mais que l'amour attend!

ÉPILOGUE

Nuit féconde, où l'esprit grandit pour la lumière,
Et qu'embaume en sa fleur l'innocence première ;
Mystère ! ô gardien qui veille également
Sur l'âme du fidèle et celle de l'amant ;
De leurs saintes ardeurs éternisant le zèle,
Tu caches la pudeur et la foi sous ton aile ;
Tout bonheur ici-bas revêt ton voile obscur,
Et toi seul maintiens pur ce que Dieu créa pur.
Tu donnes à l'autel ses majestés sans nombre,
Et le lit nuptial s'embellit de ton ombre.
Ah ! malheur au mortel contre toi révolté,
Qui possédant le calme, aspire à la clarté !

Maudit soit ce flambeau qui met l'amour en fuite !
Pâle orgueil du savoir ! le mal vient à ta suite.
Dans un cœur innocent, comme en un vallon frais,
Sitôt qu'ont pénétré les rayons indiscrets,

Adieu sur le beau lis les perles matinales,
Et la sérénité des pudeurs virginales !

Quel songe n'a pas fait, et que n'a pas tenté
L'âme que tu séduis, ô Curiosité !
Pour tendre à l'impossible, à l'inconnu qu'elle aime ;
Lasse des biens réels, elle a fui son Dieu même.
A l'arbre offert par toi cueillant le fruit fatal,
Du souffle de ta bouche Ève enfanta le mal.
Par toi, des noirs fléaux l'urne, captive encore,
Épancha ses torrents sous la main de Pandore.
Tu prêtas à Psyché sa lampe et son poignard,
Comme pour forcer Dieu de subir ton regard :
Oubliant que l'amour est la seule püissance
Qui force l'idéal à souffrir violence !
Vois ton œuvre aujourd'hui, vois ces jardins déserts ;
Vois la veuve immortelle, errant par l'univers.
Sur les pas de Psyché tu vas régner en maître,
O toi qui perdis l'âme ! ô désir de connaître !
Par les fureurs du corps et celle de l'orgueil
Tu conduis le troupeau des humains au cercueil :
Les uns, pâles, penchés vers toute chose obscure,
Sourds aux voix de l'esprit, dissèquent la nature ;
D'autres plongent, sans frein, au fond des voluptés,
Cherchant leur infini dans les sens exaltés ;
Tous blasphémant l'amour et la beauté féconde,
Ces hôtes merveilleux qu'ils ont chassés du monde ;
Prolongeant jusqu'au bout votre éternel péché,
Eve, ô sein trop fécond ! Pandore ! et toi, Psyché !

LIVRE DEUXIÈME

ARGUMENT

LA VIE TERRESTRE OU L'EXPIATION. — LA SÉRIE DES ÉPREUVES. — LES
DIVERS AGES DE L'HISTOIRE.

I. Psyché au désert. — Après la faute d'Ève, Dieu maudit la terre,
dit la Bible. La nature est devenue l'ennemie de l'homme, qui dans
ces premiers temps est vaincu par elle — En proie aux douleurs de la
faim, exposée à la rage des bêtes fauves au milieu des sables torrides
ou des forêts glaciales, la veuve de l'idéal, Psyché, rejetée du sein de
l'Amour, perd presque entièrement dans les souffrances du corps le
souvenir de l'époux mystique. — Après la chute, l'obscurcissement
de la vérité est presque complet. — Etat sauvage; les premiers arts
matériels ne sont pas encore inventés. — Dieu ne cesse pas néan-
moins de veiller sur l'âme. Éros, resté invisible, garantit Psyché des
dangers de ce voyage à travers la nature vierge et la barbarie primitive.

II. Psyché, victime humaine. — Les premières sociétés barbares. —
Les religions de sang et de ténèbres. — Le souvenir des révélations
de l'Éden s'est effacé. — L'humanité déchue reçoit ses premiers dieux

de la terreur; elle se prosterne devant des idoles monstrueuses. —
Prise par une tribu de chasseurs, Psyché est réservée comme la plus
précieuse victime d'une hécatombe humaine; elle va monter sur le
bûcher, lorsqu'elle est délivrée à la suite d'un combat des peuples no-
mades. — Les nationalités commencent à se former sous ces dieux
exclusifs et sanguinaires; tout étranger est ennemi, tout ennemi doit
mourir.

III. Psyché, esclave. — Premières sociétés régulières; premières
villes. — L'étranger n'est plus condamné à mourir; la vie matérielle
lui est conservée, mais il est esclave; il est exclu du temple et de la
cité. — Psyché prépare la nourriture grossière des captifs qui construi-
sent Babylone. — Chant des esclaves bénissant la Nuit, divinité de
l'oubli et du repos. — Un souvenir du bonheur antique et de l'apparition de l'idéal s'est réveillé dans l'âme de Psyché. — Écrasée par la
servitude, elle veut chercher un refuge dans la mort. — Ses lamenta-
tions au bord du fleuve. — Mais la nature, par toutes ses voix, lui con-
seille de vivre. — L'humanité commence à recevoir de la nature une
révélation meilleure, à y puiser le sentiment du bien.

IV. Psyché en Égypte. — Commencement des temps historiques. —
Fin des religions de la nature; renaissance de la tradition spiritua-
liste. — Invention des arts et des sciences. Commencement de la domination de l'homme sur la nature et de l'exploitation régulière du globe.
— Satisfaction des besoins du corps. — Servitude religieuse — Dans
ce premier apaisement des besoins physiques, et sous l'empire d'une
théocratie dépositaire d'une grande tradition, le sentiment de l'idéal
se réveille et se manifeste plus clairement. — L'Égypte initiatrice de
l'Occident. — Psyché, employée au service des temples, retrouve dans
son cœur le souvenir d'Éros; l'époux mystique lui apparaît dans ses
rêves avec un divin sourire — Elle fuit les dieux monstrueux de
l'Égypte pour chercher ce dieu plus jeune, plus libre et plus beau.

V. La Grèce orphique et sacerdotale. — Psyché, dans sa fuite
d'Égypte, a fait naufrage; elle est recueillie dans un temple de la
haute Grèce. — Consacrée à la déesse, elle connaît une divinité plus
élevée et plus douce, une divinité à forme humaine. — L'homme étant
un être successif, la révélation de la vérité religieuse est ainsi succes-
sive. Avant de posséder l'idéal, l'humanité est obligée de traverser plusieurs religions où la vérité divine se dégage de plus en plus. Les voiles
sont arrachés l'un après l'autre; les symboles deviennent plus transpa-
rents. — Psyché, qui aperçoit chaque jour plus clairement dans sa
pensée la radieuse figure de l'époux, s'enfuit pour jamais du temple
malgré l'effort du prêtre pour la retenir violemment. — L'anathème

des vieilles religions idolâtriques impuissant devant l'appel de l'idéal.
— Psyché, disciple émancipée du sacerdoce, a emporté la lyre sacrée.

VI. Les temps héroïques et la Grèce d'Homère. — Émancipation
de la poésie et des arts. — Psyché aux jeux Pythiques; elle y rem-
porte le prix du chant. — Son hymne, en célébrant Apollon, chante,
à travers les symboles helléniques, l'évolution de l'âme humaine et ses
destinées célestes. — Psyché cède la couronne au chanteur aveugle.
— Hommage de l'esprit humain au génie de la Grèce. — Psyché ne
sera plus enfermée dans un temple; elle poursuivra librement la
recherche de l'époux divin.

VII. Psyché à Sunium. — La Grèce philosophique. — Liberté complète de la pensée humaine; l'homme choisit entre les traditions, et
les interprète selon la lumière intérieure. — Dialogue de la veuve
d'Éros avec le sage des sages. — Le beau, splendeur du vrai et souverain mobile de l'âme; par lui elle est emportée vers l'idéal et remonte jusqu'au dieu qu'elle a perdu.

VIII. Psyché, reine. — Accomplissement des destinées terrestres de
l'humanité. — La nature extérieure domptée par la science, mais par
une science mêlée d'inspiration et d'amour analogue à la science in-
tuitive des premiers âges. — La charrue de l'homme a labouré dans
tous les sens le double domaine terrestre et intellectuel. L'âme a ob-
tenu et épuisé tout ce que ce monde peut lui donner de bonheur et de
lumière. — C'est alors que le désir d'idéal et d'infini se réveille plus
dévorant que jamais. — Tristesse divine de Psyché à travers son existence royale. — Ardente invocation à l'époux mystique. Cri de l'âme
saturée des biens de la terre vers Dieu et les biens infinis. — Toute la
création s'associe aux immenses aspirations de Psyché. Déchue avec
l'âme, la nature pressent aujourd'hui comme elle la réhabilitation prochaine. — Tous les êtres ont connu le besoin d'union avec Dieu; l'attente de l'infini les fait tous tressaillir. — L'océan palpite; les forêts
tressaillent; les lions vont atteindre la proie inconnue qu'ils poursuivent éternellement sur la montagne. Le Sphinx du désert va révéler
l'énigme qu'il garde depuis le commencement sur ses lèvres fermées.
— Mais ce n'est pas dans cette vie et sur ce globe que l'ineffable union
peut s'accomplir. Brisée par le désir de l'infini, Psyché, dans un élan
d'amour surhumain, expire en appelant Éros. Le cercle de l'épreuve
est parcouru; l'expiation est consommée.

I

Ce n'est plus le jardin, asile de délice,
Où l'âme dans les fleurs buvait à plein calice,
Le joyeux sanctuaire, à l'amour préparé,
Que dorait un soleil égal et tempéré,
De miel et de beaux fruits le sol inépuisable,
Où tout sentier était de mousse et de fin sable ;
C'est le désert vainqueur, libre du joug humain,
L'exil errant, l'exil sans tente et sans chemin ;
C'est une terre aride ou des marais sans bornes,
Et des bois hérissés que glacent des eaux mornes !
Horribles premiers-nés de ce royaume affreux,
Mille monstres sanglants s'y déchirent entre eux :
Les tigres, les lions rugissent ; les reptiles
Exhalent en poisons leurs haleines subtiles.
Dans chaque antre, dans l'air, dans les flots insoumis,
Dans l'arbre et dans la fleur l'homme a des ennemis.

De l'amour offensé la haine a pris la place ;
Car le monde est sans dieux quand notre âme les chasse.
Du séjour pacifique avec leur reine exclus,
Tes sujets, ô Psyché ! ne t'obéiront plus.
Cette vallée en fleurs, si fraîche avant ta chute,
La terre n'est qu'un champ préparé pour la lutte,
Où ton cœur va saigner à toute heure, en tout lieu,
Mais qu'il faut traverser pour atteindre ton dieu.
Maintenant la nature, inféconde et rebelle,
D'elle-même à ta soif n'offre plus sa mamelle ;
Tes yeux ne liront plus dans ses yeux obscurcis.
C'est le Sphinx éternel sur la montagne assis :
Sa bouche à flot répand l'ironie et le doute,
Et son corps immobile intercepte la route.
De lui nul voyageur ne peut se détourner ;
Devant l'énigme, il faut mourir ou deviner.

Quoi ! ce corps affaissé, cette ombre qui chancelle,
Ce fantôme tremblant, c'est Psyché ? C'est bien elle !
Le vent mêle du sable à ses cheveux épars ;
Son front pur s'est ridé ; l'eau de ses yeux hagards
En sillons inégaux creuse sa pâle joue ;
Ses pieds nus sont rougis de sang et noirs de boue ;
Ses habits en lambeaux, sur ses flancs amaigris,
Cachent mal sa poitrine et ses membres flétris ;
A peine si debout, sous la chair affaissée,
Dans ses yeux par instants se trahit la pensée.
Qui dirait en voyant, sur ces plaines en feu,
Ce fantôme sans voix : c'est l'épouse d'un dieu ?
Elle-même, à l'exil ici-bas condamnée,
Semble avoir oublié le céleste hyménée.
Son orgueil est vaincu par de vulgaires soins.
Les hauts désirs sont morts sous les rudes besoins ;

Les rêves sont muets ; la faim les a fait taire,
La faim sombre, et l'horreur de ce désert austère.
Quoi ! l'être, hier encor, par l'amour absorbé,
S'élance, avide ainsi, vers quelque fruit tombé,
Prêt à vendre sa part des promesses divines
Pour un filet d'eau pure et pour quelques racines !
A peine séparé du dieu qu'il a perdu,
L'homme au rang de la brute est déjà descendu.
Orgueil, ô triste orgueil, comme la faim te dompte !
A rabaisser l'esprit, ah ! que la chair est prompte !

Marcher dès le matin sous des cieux incléments ;
Tout le jour s'agiter pour de vils aliments ;
Disputer le breuvage et la pâture aux bêtes ;
N'avoir, pour s'abriter des nuits et des tempêtes,
Qu'une caverne humide où l'on entre en rampant,
Le tronc d'un arbre creux qu'habite le serpent ;
Se traîner à pas lourds dans la fange ou l'arène :
C'est maintenant le sort de celle qui fut reine,
Que les êtres vivants, à ses gestes soumis,
En esclaves servaient ou suivaient en amis.
A ses mille besoins la nature est hostile ;
Sa vie est avec tout une lutte inutile,
Et le jeune univers, contre elle révolté,
Fait sentir à son tour son âpre royauté.

Sous les arbres géants, que seul l'orage émonde,
Croupit la verte fange, et glisse l'hydre immonde ;
Toute sève y jaillit d'après ses seules lois.
Dans les nids monstrueux, fourmillant sous les bois,
Aux rameaux bourgeonnants, que nul maître ne plie,
La vie, à flots versée, abonde et multiplie.
Au fond d'un lit marqué nul flot n'est contenu.
Reste-t-il une place à l'homme faible et nu,

Pour qui le ciel encor n'a pas forgé des armes,
A l'amante exilée, et qui n'a que ses larmes?
Oh! l'hydre du désert est rude à terrasser!
Quels travaux douloureux tu devras entasser
Pour bâtir ta maison sur cette cendre amère;
Et ce n'est rien, hélas! qu'une tente éphémère,
O Psyché! noble reine, enfant de lieux meilleurs;
Mais tu dois marcher là pour arriver ailleurs!

A travers les écueils où ta course commence,
Que peut ton faible corps sur le désert immense?
Cette main faite au sceptre, aux étreintes d'amour,
Te sert moins aujourd'hui que les pieds du vautour.
Obéis au plus fort, désormais c'est ta règle :
Tu n'es plus qu'un sujet du lion et de l'aigle;
Eux seuls ils sont les rois de ce globe naissant.
Prince au manteau d'or fauve, hérissé, rugissant,
O lion, pour ravir sa part de ton domaine,
Que de jours avec toi lutta la race humaine!
De sang vif altéré, quand tu grondes le soir,
A l'heure où les troupeaux encombrent l'abreuvoir,
Tout fuit, tout a subi la crainte universelle,
Et la panthère tremble autant que la gazelle.

Qui sauvera Psyché? Son corps n'obéit pas :
La fatigue et la peur ont enchaîné ses pas.
Sur ses genoux meurtris, plus faible à chaque haleine,
Vers un chêne au tronc creux, dans l'herbe elle se traîne.
Mais le roi du désert, à son large festin,
Destine une autre proie, et la cherche au lointain.
Tu peux, en attendant une nouvelle épreuve,
T'asseoir et t'endormir une heure, ô triste veuve!

Mais que fais-tu là-haut, jeune époux qui l'aimas?
Elle a porté ton deuil de climats en climats;

5.

Goûtes-tu sans remords la paix olympienne?
Cette âme a-t-elle au moins un dieu qui s'en souvienne,
Et tes pleurs de sa coupe adoucissant le fiel,
Mêlent-ils une grâce aux justices du ciel?
Ah! c'est toi qui, posant une invisible égide
Entre elle et ses douleurs, la ranime et la guide.
Le lion qui la suit meurt sous tes javelots;
Du rocher pour sa soif tu fais jaillir les flots;
Du lieu de son sommeil tu chasses les reptiles,
L'air des marais impurs et les fièvres subtiles.
Par toi l'arbre à ses pieds laisse tomber le fruit,
Et la biche amicale, arrivant à son bruit,
La lèche en lui tendant le bout de sa mamelle,
Dont le faon gracieux s'est écarté pour elle.
Par toi l'étoile d'or, au fond de l'antre noir,
Va porter à Psyché le sourire du soir.
Il est par toi des jours où, dans sa solitude,
Le désert consolé prend un aspect moins rude.
Par toi vole auprès d'elle, et chante au bord du nid,
L'oiseau mélodieux dont la voix la bénit.
Les essaims bourdonnant lui font un gai cortége,
Et des fleurs ont poussé du sable ou de la neige.
Alors un vent plus calme, un horizon plus clair,
Le salut d'une branche, une senteur dans l'air,
Remuant dans son cœur un souvenir prospère,
La font pleurer pourtant, mais lui disent : Espère!

II

Les guerriers chevelus, vêtus de grandes peaux,
Armés d'arcs, ont en cercle, au milieu des troupeaux,
Dressé tentes et chars. Sur l'herbe, aux intervalles,
Errent, libres du frein, les joyeuses cavales.
Les enfants, les vieillards, ont traîné les captifs
Sous le dôme sacré des chênes primitifs,
Où s'élève dans l'ombre une sanglante pierre;
La sauvage tribu s'y range tout entière.
C'est le jour d'honorer les mânes des aïeux,
Et de nourrir de chair l'horrible faim des dieux.

Aux piéges des chasseurs, pendant la nuit surprise,
Dans l'hécatombe humaine une femme est assise.
C'est Psyché! Les autels, de son sang étranger,
D'après l'antique loi, vont bientôt se gorger.
Près d'elle les vaincus du glaive et de la flèche
Des tombeaux vénérés rougiront l'herbe sèche.

De mille coups déjà leurs membres ont saigné ;
Leurs yeux ne pleurent pas, leur front est résigné.
Debout et couronné, le roi du sacrifice,
Pour fouiller dans leurs flancs, attend l'heure propice.
Les guerriers en silence entourent le devin.
Lui, cherchant dans le ciel quelque signe divin,
Interroge le vent, voit comment l'aigle vole ;
Des charmes sur l'autel fait couler la parole ;
Les rites sont réglés par son geste et sa voix,
Et le chant des guerriers résonne au fond des bois :

« Le dieu dans les forêts que notre peuple habite,
Domine par son arc sur tout ce qui palpite ;
Les grands cerfs et les daims s'engraissent là pour nous,
Fils du dieu qui courbons devant lui les genoux.
L'heureux chasseur au dieu fait une belle offrande
Et remplit jusqu'au bord la coupe la plus grande.
Le dieu reçoit sa part des brebis et des bœufs,
Pour que ses traits mortels ne pleuvent pas sur eux.
Il donna cette terre à notre race élue ;
Par ses puissantes mains toute autre en est exclue.
Par lui nos javelots percent les daims légers,
Et s'abreuvent au cœur des hommes étrangers,
De ceux qui n'ont chez nous des dieux, ni des ancêtres.
Il est de noirs esprits régnant sur tous les êtres ;
Pour sauver de leur faim nos fils adolescents,
La hache doit frapper les captifs gémissants ;
Les dieux partageront leur chair expiatoire :
Le sang paie à l'autel le prix de la victoire. »

LE PRÊTRE.

Quand le sang a coulé sur l'image du dieu ;
Quand les corps palpitants se tordent dans le feu ;

Quand on frotte de chair l'idole sur la bouche,
Les dieux sentent au cœur une ivresse farouche.
Les esprits attisant le brasier souterrain,
Où se fondent pour nous l'or, le fer et l'airain ;
Le Cabire accroupi près des laves brûlantes ;
Ceux qui veillent parmi les racines des plantes,
Et dans l'antre azuré d'où s'épanchent les eaux ;
Ceux dont l'aile invisible agite les roseaux ;
Ceux qui, cachés aux troncs des chênes, des érables,
Vivent dans le profond des bois impénétrables ;
Ceux qui sur les sommets, rarement éclaircis,
Dormant dans leurs manteaux, sur les neiges assis,
Alimentent l'été les rivières accrues ;
Ceux qui, loin des frimas, guident les pâles grues,
Ou, marchant les premiers sur les plateaux déserts,
Mènent paître les daims au bord des fleuves verts :
Tous, agiles, pesants, cachés, profonds, sublimes,
Les dieux ont toujours eu soif du sang des victimes.
Les captifs les plus beaux, choisis dans le butin,
Les plus blanches brebis, seront pour leur festin ;
Car les plus sombres dieux, pour la rançon féconde,
De l'homme et des coursiers n'acceptent rien d'immonde.
Rassasiés enfin de la chair des troupeaux
Et du sang étranger, ils rentrent en repos.
Ils ne parcourent plus nos forêts et nos tentes,
Pour y prendre la nuit leurs pâtures sanglantes.
La tribu dont le glaive arrose leurs autels,
De son camp voyageur chasse les vents mortels.
Ses taureaux, ses brebis, ses cavales superbes,
Sans toucher aux poisons broutent les grandes herbes.
Mais pour sauver le sang il faut toujours du sang ;
Car un pouvoir terrible, éternel, tout-puissant,
Des dieux méchants, dont tout sur terre est le domaine,
Pèsent incessamment sur cette race humaine.

Et les prêtres entre eux disaient des mots secrets.
Achevant du bûcher les magiques apprêts,
Ils rangeaient vers l'autel les haches et les urnes.
Psyché seule, au milieu des captifs taciturnes,
Aux lueurs du passé rêvant des dieux meilleurs,
Résistait à son sort par l'espoir et les pleurs.

PSYCHÉ.

Près de mourir ainsi, qu'ai-je vu dans moi-même?
Des fleurs, un jeune dieu qui me parle et qui m'aime,
Me dit que je suis belle, et qu'il est mon époux.
Son haleine est suave et ses regards sont doux.
Dieu paisible, dieu bon, oh! n'es-tu rien qu'un songe?
Avant que dans mon sein le fer cruel se plonge,
Pourquoi ces frais pensers, ces paroles d'amour,
Si de chair et de sang dieu vit comme un vautour?
Où donc est ce jardin qu'un si beau fleuve arrose,
Si l'horrible douleur règne sur toute chose?
Quel dieu peut accomplir cet espoir que je sens?
Les dieux bons sont vaincus par les dieux plus méchants.
Le mien a succombé, l'autre est là dans sa joie,
Et le mal éternel a faim d'une autre proie.
Je te cède ma vie, et meurs sans murmurer;
En la quittant, hélas! je n'ai rien à pleurer.
Tous les hommes au front sont marqués par la haine,
Et le poison entre eux s'échange avec l'haleine.
C'est la même discorde entre chaque élément.
Moi, par eux tous, hélas! je souffre également;
La terre sous mes pas frémit pour me maudire,
Et je n'ai vu qu'en songe un être me sourire.
Vienne, vienne la mort! Mais si tout doit finir,
Que fais-tu dans mon cœur, ô divin souvenir?
Rêve par qui j'aimais, espérance secrète,

Sous le couteau sanglant, c'est toi que je regrette.
Ah! lorsque du repos je touche enfin le seuil,
Pourquoi me rappeler que j'emporte ton deuil?
Es-tu là pour me suivre en un lointain royaume?
Où t'ai-je vu? Réponds. Où vas-tu, doux fantôme?...

Les génisses, les bœufs au front de fleurs paré,
Et les captifs tombaient sous le couteau sacré.
La terre boit le sang. Les membres qui ruissellent,
Sur les pins odorants du bûcher s'amoncellent.
Deux victimes encore... et ce sera ton tour,
O toi par qui la terre est veuve de l'amour!

Mais la forêt frémit. D'un arc caché dans l'ombre,
Un trait vole, suivi par des flèches sans nombre.
Le sacrificateur tombe, le cœur percé,
Dans les flots du sang noir que sa main a versé.
Mille ennemis couverts par l'épaisseur des chênes,
Descendent, tout à coup, des collines prochaines.
Un nuage de dards pleut sur le camp surpris.
Les chasseurs étrangers, avec d'horribles cris,
Précipitant leur nombre, égorgent la peuplade,
Comme un troupeau de daims poussés dans l'embuscade.
Les guerriers à genoux, sur le tertre divin,
La rage dans le cœur, se relèvent en vain.
Tous ceux de la tribu, près de son dieu frappée,
Sont emmenés captifs, ou meurent par l'épée;
Et parmi le butin, les armes et les chars,
Les troupeaux des vaincus dans la forêt épars,
Psyché sous ses liens tombe, sans épouvante,
Chez des peuples nouveaux, esclave mais vivante.

III

Assis dans la splendeur au faîte de sa tour,
Ce soir, le roi disait : « Cent peuples, tout le jour,
Ont travaillé là-bas pour ma ville superbe ;
D'ici je les vois tels que des fourmis dans l'herbe.
Cent peuples de vaincus, par mon glaive épargnés,
Là-bas courbent leurs fronts par la sueur baignés.
Les pierres, le ciment, les briques s'amoncellent ;
Sur les murs des palais les marbres étincellent.
Des fleuves suspendus amènent leurs flots clairs
Aux fleurs de mes jardins élevés dans les airs.
Trois rochers de granit de leur cime abattue
Forment un piédestal pour l'or de ma statue.
C'est bien. Je veux qu'on donne aux immenses troupeaux
Des captifs haletants cette nuit de repos ;
Dans les flancs creux des monts, leur asile nocturne,
Je verrai s'enfoncer ce peuple taciturne. »

LES ESCLAVES.

Voici la nuit propice à l'esclave, la nuit
Douce au corps fatigué, douce à l'homme qui fuit;
La nuit qui du travail délivre tous les êtres,
Et qui vient à son heure, et qui brave les maîtres.
Son pied, jusqu'au matin, se pose comme un sceau
Sur les rudes outils étalés en monceau.
Quand aux plis de sa robe un esclave se cache,
Il demeure invisible, et nul ne l'en arrache.
Les rêves sur ses pas montrent leurs fronts aimés :
Elle arrête un moment les bras de fouets armés.
O ténèbres! l'esclave en son cœur vous implore,
Retardez bien longtemps, oh! retardez l'aurore!

PSYCHÉ.

Les esclaves, rentrés dans les antres profonds,
Avec les gardiens, dorment dans leurs prisons.
L'ombre a couvert mes pas; ma trace est inconnue.
Près du fleuve cherché me voilà parvenue.
C'est assez de douleurs. Je ne tenterai pas
La fuite et le désert; la faim suivrait mes pas,
L'horrible faim. La mort, qu'à mon aide j'appelle,
S'offre à moi sur ces bords plus prompte et moins cruelle.

Elle marche, et déjà sous ses pieds a frémi
Le flot dans les roseaux et les joncs endormi;
Et s'avançant toujours : « Finis mon temps d'épreuve;
Pour jamais dans ton sein reçois mon âme, ô fleuve!
Les sources m'ont fait voir, en leur limpidité,
Mes yeux creux, mon cou hâve, et mon front sans beauté.
J'ai reculé d'horreur devant ma propre image,
Sous le masque hideux qu'y posa l'esclavage!

Sur mes membres, flétris de haillons et de coups,
Répands tes flots sacrés ; ton sable frais et doux
Offre un lit ondoyant qui calme et purifie,
Au corps vil de l'esclave ; à toi je me confie.
Je ne veux plus souffrir le froid, le soleil lourd,
Le fouet sanglant du maître, impitoyable et sourd.
Aux sauvages tribus qui travaillent la pierre,
Préparant tous les jours leur pâture grossière,
Je n'apporterai plus les aulx et les oignons,
A travers le concert des malédictions ;
Car la haine au regard sinistre, au parler rude,
Règne entre les captifs avec la servitude.
J'abandonne ma vie à tes flots incertains.
Si mes songes sont vrais, s'il est des bords lointains
Où, comme les oiseaux, innocente et joyeuse,
Je vécus autrefois sur une terre heureuse,
Prends-moi. Si tu connais le chemin du retour,
Porte, oh ! porte mon corps vers ce pays d'amour,
Ou d'un lit éternel dote-moi sur ta rive.

Déjà l'onde atteignait sa ceinture, et plus vive
Déjà la soulevait. Les joncs et les roseaux
Plus rares annonçaient la profondeur des eaux ;
Mais la voix du courant, de plus près entendue,
L'arrête, et sur le bord la rejette éperdue.

LE FLEUVE.

Ne souille point mes flots du crime de ta mort :
Le grand fleuve est sacré, car toute vie en sort.
Souvent l'esprit des dieux, pour visiter le monde,
S'étend sur mon azur et flotte sur mon onde.
Si tu viens pour mourir, et si malgré le ciel
Ton âme en moi s'exhale, un orage éternel

Tourmentera mon sein. Vers l'île bienheureuse
Je ne porterai pas ta dépouille odieuse :
Mais sur ce sol funeste à qui je la rendrai,
Aux serres des vautours ton corps sera livré.

LES SAULES.

Quand tombe au cours de l'onde une fleur, une feuille,
C'est qu'un oiseau les brise ou qu'une main les cueille,
Ou que, mûres, le vent les sème dans le jonc :
Nul rameau de son gré ne s'arrache du tronc.

LES CYGNES.

Un pêcheur a détruit l'espoir de la couvée;
Les roseaux la cachaient, mais rien ne l'a sauvée.
Deux petits emplumés tentaient le vol joyeux,
La flèche du chasseur les a percés tous deux.
Le fleuve a retenti des plaintes maternelles,
Et pourtant sur l'eau bleue et dans les fleurs nouvelles
Nous vivons, attendant le chasseur incertain,
Dont la flèche est pour nous, et l'ordre du destin.

LES ROSEAUX.

Les roseaux inclinés, que l'orage tourmente,
Font glisser sur les flots leur voix qui se lamente.
Tu peux comme eux gémir au souffle des douleurs :
Les saules, les roseaux, les cieux, tout a des pleurs.
Mais quand luit le soleil, et que le vent fait trêve,
Que ton front consolé comme nous se relève.

LE FLEUVE.

Plonge-toi dans mon sein, mais non pour y mourir.
Viens, et fuis cette terre où l'on te fait souffrir.

Moi-même te berçant sur mes flots, si tu nages,
Je te dirigerai vers de meilleurs rivages.
Pour que de l'esclavage un dieu t'aide à sortir,
Au travail de la vie il te faut consentir.
Espère en nous. Les eaux et les plantes sont bonnes.
Mais que faire pour toi, si toi tu t'abandonnes?
Viens, enfant, nous t'aimons; un esprit jeune et doux
Nous invite vers toi... Souvent il parle en nous!

LES ROSEAUX.

Entre l'œil du chasseur et les oiseaux leurs hôtes,
Joncs, roseaux et glaïeuls, dressent leurs tiges hautes.
Viens, si l'on te poursuit, viens dans nos verts remparts
Epaissis sur ton front, à l'abri des regards.

LES SAULES.

Marche et nage à nos pieds; les longs rameaux des saules
Des rayons de midi défendront tes épaules.
Près de nous l'herbe est molle, et tu pourras, le soir,
Tout danger disparu, dans le sommeil t'asseoir.
Pour ta faim le miel vierge en nos troncs creux abonde;
Le lotos à côté penche ses fruits sur l'onde.
Pour ta soif, de grands lis, dans l'ivoire et dans l'or,
De la pure rosée ont gardé le trésor.
Viens; nous avons pour toi la nourriture et l'ombre.

LES CYGNES.

Vois! tu trouves encor des amitiés sans nombre.
Fuis, tu peux vivre encor; fuis. Peut-être qu'ailleurs,
Même chez les humains, il est des lieux meilleurs.
Essaie au loin ton vol. Au fil des eaux limpides,
Si tu veux t'élancer, viens, nous serons tes guides;

Et vers les îles d'or que tu vois en rêvant,
Nous voguerons peut-être, ouvrant notre aile au vent.
Si les flots te font peur, des terres non foulées
Si ton pied doit tenter les monts et les vallées,·
Viens; au-dessus de toi les cygnes voleront;
En lieu sûr pour dormir, la nuit, ils descendront;
Et sans doute, à la fin, du dieu qui nous attire
Dans un grand lac d'argent nous verrons les yeux luire.

IV

« Loin de Babel où règne un colosse d'airain,
Où je tournais la meule en un lieu souterrain,
Du maître armé de fouet j'ai bravé la poursuite.
Les astres, les oiseaux guidèrent seuls ma fuite.
Enfin la caravane, aux cent groupes divers,
Qui de l'Euphrate au Nil va par les grands déserts,
Dans la foule étrangère en tumulte campée,
Me reçut une nuit, moi l'esclave échappée.

» Avant de parvenir au bord du fleuve-dieu,
Nous marchâmes deux mois sur des sables en feu.·
Sur le Nil jaune et lent, parmi d'autres captives,
Un marchand m'entraîna. Vingt jours, le long des rives,
Aux efforts des rameurs rompant le cours de l'eau,
Du côté du soleil monta notre vaisseau.
Le soir nous entendions crier les crocodiles ;
Des temples, des palais s'élevaient dans les îles ;

L'obélisque montait sur une mer d'épis ;
Et les sphinx aux deux bords, près du fleuve accroupis,
Dressant contre nos yeux leur front impénétrable,
Semblaient venir à nous sur leur base immuable.
La nature gardait le silence comme eux,
Et posait sur sa bouche un doigt mystérieux.

» Nous avions dépassé Memphis, les Pyramides ;
Le navire aborda, sur des plages arides,
Près du grand labyrinthe, où les dieux desséchés
Sont auprès des rois morts dans les ombres couchés.
Les signes que les dieux veulent sur leurs esclaves
Furent trouvés en moi. Des prêtres aux fronts graves
Revêtirent Psyché des mystiques habits.
Dans leur temple, c'est moi qui nourris les ibis ;
Les animaux sacrés mangent dans mes corbeilles ;
Par moi les anneaux d'or pendent à leurs oreilles.
Apis a de mes mains reçu le pur froment.
Je verse les parfums dans le brasier fumant.
Sur les métiers sacrés tissant de blanches toiles,
A la profonde Isis j'ai préparé des voiles.
D'encens et de natrum remplissant les dieux morts,
De bandeaux embaumés j'enveloppe leurs corps ;
Et, près de leurs cercueils, le long des noirs dédales,
C'est moi qui verse l'huile aux lampes sépulcrales.

» Ces travaux achevés, je puis m'asseoir, souvent,
Et regarder en moi, soupirant et rêvant.
Pour la première fois, dans l'Égypte divine,
J'ai connu le repos sans l'horrible famine.
L'abondance et le calme, et des maîtres moins durs,
Ont endormi longtemps mon âme dans ces murs.
Mais au pied des autels quoique ma faim s'apaise,
J'y suis esclave encore, et la prison me pèse ;

Et je crois sur mon front y sentir par moment
Les plafonds de granit descendre lentement.

» Je voudrais respirer, voir les flots et la terre,
Fuir la captivité du labyrinthe austère ;
Des désirs inconnus m'y poursuivent partout.
De ces dieux mugissants j'approche avec dégoût.
Je tremble entre ces morts rangés en longues files ;
Ces sphinx, me regardant de leurs yeux immobiles,
Ces figures sans voix, ces monstres, me font peur.

» J'avais cru là d'abord trouver un dieu meilleur,
Moins altéré de sang, plus doux pour tous les êtres ;
Et j'admirais de loin les voix sages des prêtres.
A chaque enseignement au temple dérobé,
Je sentais un rayon d'espoir en moi tombé.
Mais en vain j'ai tenté les intimes retraites
Où s'arrache le voile aux images secrètes ;
Dans ce vaste tombeau, le grand mort adoré,
Le dieu que j'ai servi, de moi reste ignoré.
Je n'y vois que des fronts muets, un peuple horrible,
Et qui semble garder quelque énigme terrible.

» Mais dans la nuit pourtant qui m'environne ici,
Un obscur souvenir en moi s'est éclairci,
Et l'ébauche d'un dieu, qui me visite en rêve,
Chaque jour en mon cœur s'embellit et s'achève.
Dieu jeune, au pied rapide, aux yeux vifs et luisants,
Serais-tu là voilé parmi ces dieux pesants ?
Quand, parmi les oiseaux, dans mes songes tu passes
En un jardin peuplé de fleurs pleines de grâces ;
Que mon esprit entend vos accords merveilleux,
Ce temple où je languis me paraît plus affreux.
Je hais ces mille dieux, ces simulacres mornes
Aux bras sans mouvement, aux fronts armés de cornes,
Éternellement droits contre les lourds piliers ;

Ces têtes de serpents, de chiens et de béliers,
Et le glapissement des tristes crocodiles,
Surchargés par mes mains d'ornements inutiles.
L'aspect de ces dieux laids assombrit ma prison;
Leurs prêtres à ces murs bornent mon horizon.
L'air manque à ma poitrine, en ce temple enfermée;
Je veux revoir la vie et la terre animée !

» Ah ! qui m'emportera parmi des dieux plus beaux,
Des dieux dont les autels ne soient pas des tombeaux;
Dont la libre lumière ait doré les fronts ternes,
Et qui ne dorment pas assis en des cavernes,
Les pieds enracinés et des chaînes aux mains,
Immobiles, réglant d'immobiles humains !
Quand reverrai-je un monde où l'on marche, où l'on vive,
Où la voix dans les cœurs ne reste pas captive,
Où l'homme enfin s'agite, où l'on puisse vouloir,
Où le fleuve ne soit pas seul à se mouvoir !
C'est le jeune univers que mon époux habite;
C'est la terre où tout aime, où tout chante et palpite;
Où l'éternel zéphyr balance les rameaux ;
Où ne se taisent point les flots et les oiseaux !

» Que ne puis-je, mêlée au souffle des tempêtes,
Avec le sable ardent qui passe sur nos têtes,
Comme un grain de palmier vers l'oasis volant,
Dans ce pays sacré m'enfuir avec le vent !
Quand du pied de ces murs, par notre ciel sans nues,
Dans l'azur, j'aperçois le triangle des grues
Plus vite que le Nil descendant vers la mer,
Je m'assieds pour pleurer mon esclavage amer.
Heureux l'oiseau, les grains ailés, la feuille morte,
Le sable voyageur que le simoun emporte ! »

Ainsi Psyché maudit les palais odieux
Où l'Égypte la garde esclave de ses dieux ;

6

Et sonde tristement, sous leur joug révoltée,
La prison de granit par ses ailes heurtée.

Or la guerre propice, avec ses bras d'airain,
Fit une brèche aux murs du temple souterrain.
Tout un peuple envahit les mystiques enceintes;
Et, non sans dérober sa part des choses saintes,
Psyché, libre en sa fuite, et gagnant les vaisseaux,
Partit au cours du fleuve, et vit les grandes eaux.

Trente jours un vent frais, sous d'heureuses étoiles,
De la rouge carène enfla les blanches voiles.
Comme un dauphin léger, fendant les larges flots,
Le navire berçait l'espoir des matelots.
Déjà la terre au loin, comme un bouclier sombre,
Sur l'eau verte élevait son disque entouré d'ombre.
Mais tout à coup, tombant des quatre points des cieux,
Les vents, gros de la foudre, effrénés, furieux,
Ballottent le vaisseau sur les plaines marines,
Comme en un champ, l'hiver roule un faisceau d'épines :
Et les flots montueux, sur leurs flancs assombris,
Des chênes et des pins dispersent les débris.

Mais tu suivais, ô dieu! la blanche naufragée,
Vers le port inconnu par l'amour dirigée.
Invisible, effleurant les vagues de tes pieds,
Tu conduis devant toi le mât où tu l'assieds;
Et penché, sur un bras supportant son corps frêle,
Contre le choc des eaux tu la couvres de l'aile.
Ainsi guidée, un fleuve au sein tranquille et doux,
Qui verse un azur calme à ces mers en courroux,
L'accueillit; et le dieu, comme un souffle insensible,
L'y poussa lentement sur la rive paisible
D'où les chênes, montant vers les sommets dorés,
Jusqu'à de blancs parvis s'élevaient par degrés.

V

LE PRÊTRE.

Le temple s'enrichit des présents du naufrage ;
A l'antique déesse ils sont dus sans partage ;
C'est le tribut des mers, du fleuve obéissant.
Mais la déesse est bonne, et ne veut pas ton sang.
Notre autel à sa voix cessa d'être homicide ;
De captifs égorgés il fut jadis avide ;
Elle y donne à présent asile à l'inconnu
Que le flot écumeux nous jette pâle et nu.
Elle-même, autrefois, chez de barbares hôtes,
Un vaisseau d'Orient l'amena sur ces côtes ;
Elle y bâtit son temple ; à leurs peuples épars,
Sa parole donna les lois, les mœurs, les arts.

Le fleuve, en t'apportant, t'a vouée à son culte.
Viens à l'autel. Ici, nul homme qui t'insulte ;

Nul maître, te courbant aux serviles travaux,
N'a droit de t'imposer l'amphore ou les fuseaux.
Viens. Instruite par nous aux divines cadences,
A former les chansons et le réseau des danses,
Tu guideras le chœur aux autels embellis
De rameaux par tes mains tressés avec les lis.

La déesse t'invite. Aux pieds de sa statue,
De fine laine et d'or tu seras revêtue.
La pourpre des bandeaux brillera sur ton front ;
Et dans les lieux secrets, qui pour toi s'ouvriront,
Des mystères, peut-être, en clartés variées,
Les images luiront à tes yeux déployées.

PSYCHÉ.

Que ce pays est doux ! Quel est le jeune dieu
Dont le doigt créateur fait son œuvre en ce lieu ?
Ces cimes, ces coteaux, toute cette nature,
Revêtent sous ses pas la forme la plus pure.
La terre est dans sa grâce et dans sa floraison ;
Un parfum de beauté monte à chaque horizon.
Sur le sommet touffu que ce temple couronne,
Sous un faisceau d'acanthe, à voir chaque colonne,
On dirait une nymphe, au front de fleurs couvert,
Nue, et blanche, et debout derrière un myrte vert.

Un chœur léger vers moi descend ; et les zéphyres
M'apportent des parfums avec la voix des lyres.
O terre ! que mon pied te touche avec bonheur !

Des vierges par la main prennent leur jeune sœur ;
Et l'eau tiède du bain, les aromes, les huiles,
Et le peigne d'ivoire, et, sous des doigts habiles,
La perle et les bandeaux tressés aux blonds cheveux,
Et les riches habits, et des dons faits aux dieux

Des ruches, des vergers, les suaves prémices,
Et les coupes de vin, et le lait des génisses,
Et sur la toison molle un long sommeil goûté,
Et l'espoir, sur son corps, ramènent la beauté.

Dans le temple bientôt, entre toutes insigne,
Comme entre les oiseaux, sur le lac, un doux cygne,
Par sa voix, par sa forme égale aux immortels,
Sainte et belle prêtresse, elle orna leurs autels.

Lorsqu'au bord des forêts elle guidait les fêtes,
Les nymphes pour la voir sortaient de leurs retraites ;
Et les travaux sacrés, les ombrages épais,
Les Muses lui donnaient l'oubli des jours mauvais.

Mais dans son calme heureux une image connue,
Comme l'aube au milieu des étoiles venue,
Éclipse par degrés le monde extérieur,
Aux clartés des rayons qu'elle jette en son cœur.
Chez elle un souvenir, qui réveille une attente,
De rêves inquiets remplit l'heure présente ;
Un dieu l'avait aimée, un dieu fut son époux !
Beau, jeune, tout-puissant. Un écho triste et doux,
De la voix de ce dieu la poursuit sans relâche.
Le doit-elle revoir ? Quel asile le cache ?
Comment de son séjour retrouver le chemin,
Et renouer l'espoir de ce céleste hymen ?
Vers lui, vers l'avenir, son cœur se précipite,
Sans donner un regret aux douceurs qu'elle quitte.
Tel un oiseau captif, malgré sa cage d'or,
S'il entrevoit le ciel, cherche à prendre l'essor.
Telle, aspirant au dieu que son cœur lui révèle,
Psyché s'offre à subir une épreuve nouvelle.

PSYCHÉ.

O prêtre ! à l'horizon une voix me dit : Viens.

6.

C'est l'époux qui m'a fui, mais dont je me souviens.
Mon âme lui répond, et m'invite à le suivre.
Depuis que je respire, et que je me sens vivre,
Fiancée avec lui jadis en un doux lieu,
Comme un flot à la mer j'appartiens à ce dieu.
Je veux chercher partout ses traces incertaines,
Et demander son temple aux nations lointaines.

LE PRÊTRE.

O race humaine, ingrate envers les immortels!
Quel démon inconnu t'arrache à nos autels?
Toi que je ramassai mourante sur la grève;
Toi que revendiquaient le bûcher et le glaive,
Et qui reçus pourtant la vie et la beauté;
Ame en qui notre main sema la vérité;
Toi qu'aime la déesse, et qu'elle daigne instruire
Du secret des accords et des lois de la lyre;
Toi, des vases sacrés méditant le larcin,
De fuir vers d'autres dieux tu formes le dessein!

PSYCHÉ.

Je ne quitterai point la déesse propice,
Sans qu'un hymne suprême et sans qu'un sacrifice
N'offrent à ses autels mon cœur reconnaissant;
Son bras me recueillit sur le flot mugissant,
Son temple m'a nourrie, et la beauté perdue
A fleuri sur mon front par sa main répandue.
Par elle aux rites saints mes yeux se sont ouverts,
Et j'ai connu la lyre et ses modes divers.

Reprends donc ces bandeaux, ces urnes que je laisse,
Et ces robes de lin, les présents, ô déesse!
Et la pourpre du voile à mon front attaché;
Prends cette douce larme... et l'adieu de Psyché.

Laisse-moi jusqu'au bout suivre ma destinée,
Et le dieu qui m'appelle et la loi d'hyménée.

LE PRÊTRE.

Quel est ce dieu plus grand, et cet autel plus beau,
Plus entouré de peuple, et ce culte nouveau
Devant qui pâlira l'or de nos tabernacles?
Femme, dis-nous son nom et ses sages oracles!...
Tremble! ton cœur entend la sombre voix du mal;
Le dieu que nous servons est un dieu sans rival;
Quand l'âme ose chercher, tout penser est un piége,
Et la mort punirait ta fuite sacrilége.

PSYCHÉ.

D'un époux merveilleux l'image flotte en moi,
Comme un souvenir tendre, un espoir plein d'émoi;
De quel nom l'univers le salue et l'adore,
Quel pays voit surgir son temple, je l'ignore;
Mais je l'aime, et, souvent, un songe à mon côté
Me le montre; il est dieu, j'en crois à sa beauté!

LE PRÊTRE.

Non, tu nous resteras! L'autel garde sa proie;
Ceux qui veulent nous fuir, notre dieu les foudroie.
Que cet époux, ton dieu, si c'est un immortel,
Ose ici t'arracher, esclave, à notre autel.
Tout homme ayant franchi le seuil des sanctuaires
Et vu, même de loin, s'accomplir nos mystères,
Dont la lèvre a trempé dans un vase divin,
De nos libations bu le miel et le vin,
Et goûté, parmi nous, la chair de l'hécatombe,
N'est libre de l'autel qu'en passant par la tombe.
Le sceau de la déesse à ton front est gravé,

Comme au taureau sans tache au temple réservé;
Dévouée à jamais, par amour ou par crainte,
Tu ne franchiras pas notre inflexible enceinte,
Dût le couteau sacré s'enfoncer dans tes flancs,
Et tes os se briser sur nos marbres sanglants.

Troublant du dieu nouveau l'image pressentie,
Le prêtre ainsi du temple entrave la sortie,
Et, sombre gardien, par la force et la peur
Conserve aux vieux autels un jeune serviteur.
Mais quel bras enchaînant la lumière et la flamme
Au veuvage éternel peut emprisonner l'âme?
De la fuite Psyché méditant l'heureux jour
Vers l'époux entrevu s'élance avec amour.
Son esprit vole errant vers les choses lointaines;
Mais le dieu qu'elle fuit appesantit ses chaînes,
Et le temple jaloux lui fermant l'horizon,
L'asile nourricier devient une prison.
Car, le prêtre l'a dit, jamais un dieu ne cède
Et ne livre l'autel au dieu qui lui succède,
Il veut, pour prix des biens qu'il apporte en naissant,
Garder jusqu'à la mort le monde obéissant.

PSYCHÉ.

D'un miel doux et fécond ces prêtres m'ont nourrie.
Si je n'entrevoyais ton image chérie,
O mon époux, ce front paisible et résigné
Resterait sous leur joug aujourd'hui dédaigné!
Mais j'entendis ta voix, et, bravant les épreuves,
Par les monts et les mers, les forêts et les fleuves
Je pars, je vais à toi. S'il le faut, je saurai,
Lentement, chaque nuit, creuser le mur sacré;
Ou de ma faible main que l'amour rend hardie,
Du temple pour ma fuite allumer l'incendie.

Mais, toi, dieu que j'invoque, oh! révèle-toi mieux,
Et qu'un signe certain me guide vers les lieux
Où tu m'attends sans doute, où je te vois en songe,
O roi de l'avenir, où déjà mon cœur plonge !

Le prêtre vigilant par la ruse trompé,
Cherche en vain à l'autel son esclave échappé.
La jeune âme fuyait, et les brises divines
Faisaient battre son aile au loin sur les collines.
Nul des vases sacrés au temple ne manquait,
Ni les coupes d'onyx de l'austère banquet,
Ni l'argent ciselé, le bronze où l'encens fume,
Les cratères d'airain où le charbon s'allume,
Les patènes d'agate et le calice d'or.
Psyché n'emporte rien du mystique trésor ;
Mais, comme sa beauté, la lyre l'a suivie,
Attachée à ses flancs et sur l'autel ravie,
Prête à chanter les dieux, leurs amours, leurs exploits,
Dans une cité libre et fière de ses lois.

VI

— « Ta ceinture d'où pend une lyre d'écaille,
La lente majesté du port et de la taille,
Ce front large et serein, quoique privé des yeux,
Tout m'atteste, ô vieillard, un chantre aimé des dieux.
Dans la sainte Pitho, nourrice des athlètes,
Du laurier des chansons tu viens orner les fêtes.
Mais ce chemin est long; l'enfant qui te conduit
Va dans les bois sacrés errer jusqu'à la nuit.
Vers ces myrtes épars, si tu me veux pour guide,
Prenons sur la montagne un sentier plus rapide,
Et, devant que Phœbus ne plonge à l'horizon,
Tes pieds auront touché la ville et ma maison.
Je passai là, souvent, sur les bruyères sèches,
En invoquant Diane, armé d'arcs et de flèches,
Et mon bras jeune et fort t'y saura diriger. »

— « C'est un dieu qui t'amène, ô pieux étranger !

Ainsi que tu l'as dit, les dieux que je vénère
M'ont accordé la voix, en m'ôtant la lumière.
Mon âme ne saisit qu'à travers le passé
Le doux tableau du monde à mes yeux effacé.
Je ne vois plus fleurir les roses de l'aurore;
Mais du miel des chansons mon urne est pleine encore,
Et devant tous les Grecs de mes fables épris,
En louant Apollon, je veux gagner le prix. »

— « Viens, les jeux seront beaux! A ta muse indigente
Plus d'un riche vainqueur d'Argos ou d'Agrigente
Offrira, pour son nom dans tes hymnes chanté,
Avec dix taureaux blancs sa coupe d'or sculpté :
Car le chantre sonore, aimé de Mnémosyne,
Donne seul à l'athlète une gloire divine.
Dis-nous les vieux combats et les récents travaux;
Tu seras applaudi par d'illustres rivaux,
Phémius de Naxos, Hylas de Sicyone
Doivent des vers entre eux disputer la couronne.
Une femme, on la crut déesse, et parmi nous
Le peuple en l'écoutant l'adorait à genoux,
Tant sa voix de sa forme égale l'harmonie,
Chantera notre dieu sur le luth d'Ionie.
Viens, ô vieillard, franchis le seuil de mes aïeux ;
Le toit se réjouit d'un hôte harmonieux. »

— « Qu'Apollon Pythien qui protége ta ville
T'accorde une vieillesse opulente et tranquille.
Un dieu toujours sourit à l'homme hospitalier,
Et le chanteur aveugle assis à ton foyer,
Apportant son offrande à tes dieux domestiques,
Fera vivre ton nom dans les récits antiques. » —

Des monts chers à Phœbus les flancs étaient chargés
De tous les peuples grecs près du stade rangés;

Ceux dont la voix garda, moins sévère et plus tendre,
Le mode ionien que l'amour aime entendre ;
Et la race d'Hercule en qui le fier accent
Du héros dorien survit avec son sang.
Après les grands taureaux offerts en hécatombes,
Et les vins répandus en mémoire des tombes,
Après le disque et l'arc par le dieu protégés,
Les lutteurs frottés d'huiles et les coureurs légers ;
Après le javelot, le pancrace et le ceste,
Et les divers combats d'origine céleste ;
Sur les chanteurs rivaux tour à tour entendus,
Longtemps les yeux des Grecs restèrent suspendus.
Ils remplissaient leurs cœurs du chant aux flots sonores
Comme aux torrents sacrés l'argile des amphores.
La lyre avait parlé sous les doigts du vieillard ;
Après lui, déployant les récits avec art,
Les autres avaient vu leurs fraîches mélodies
Par le peuple joyeux dans l'arène applaudies,
Quand Psyché vers l'autel à la fin s'avança,
Et c'est par Apollon que l'hymne commença.

Elle chanta Délos, le palmier de Latone ;
Les premiers cris du dieu dont l'Olympe s'étonne ;
Il demande sa lyre, et son arc et son char ;
Sa bouche au lieu de lait boit déjà le nectar,
Et ses langes rompus laissent ses pieds rapides
Commencer en naissant leurs courses intrépides.
Aux champs Phocidiens Python meurt sous ses traits ;
Par lui de l'avenir Delphes sait les secrets ;
Il traverse en un jour et la Grèce et ses îles,
Les sillons sous ses pas nous deviennent fertiles.
Il est le roi léger des chars et des coureurs ;
Ses pieds sans les courber se posent sur les fleurs,
Le vent de ses coursiers balaie au loin la neige ;

Les Heures, les Saisons forment son beau cortége.
Il atteint chaque soir le bout de l'univers,
Et Téthys l'y reçoit dans ses grands palais verts.
Sur la pourpre changeante où le dieu se repose,
Les Nymphes de la mer lavent ses pieds de rose ;
Et la déesse, après le festin partagé,
L'enivre d'un sommeil par l'amour prolongé.

Le méchant, ô Phœbus, craint tes flèches hardies !
Sonore et lumineux, les saintes mélodies
Et les rayons à flots s'épanchent sous tes doigts ;
Le temps ne peut tarir ton luth ni ton carquois.
Les Nymphes, les Sylvains, les Muses et les Grâces,
La forêt et les vents se meuvent sur tes traces ;
Tous les pas cadencés sont réglés par tes chants ;
Le cygne et la cigale et l'onde aux pleurs touchants,
Tout être harmonieux qui danse ou qui murmure
A connu par toi seul le mode et la mesure.

Quand, las de visiter les temples des humains,
L'Olympe te revoit, les dieux battent des mains ;
Latone avec fierté te donne ses caresses ;
Junon même sourit, et les jeunes déesses
Rêvent à la douceur de ton lit embaumé.
Mais tu t'assieds auprès de Jupiter charmé ;
Tu chantes, et les dieux retenant leurs haleines
Négligent du nectar les coupes encor pleines,
Et le chœur des heureux, à ta voix transporté,
Par toi sent mieux le prix de l'immortalité.
Chacun fait aux humains des présents plus splendides ;
Téthys offre la perle aux plongeurs intrépides ;
Cérès, du pur froment, verse à flots le trésor ;
Et la blanche Aphrodite aux longues tresses d'or,
Rougissant de bonheur, laisse de sa ceinture
Tomber plus de désir sur toute la nature.

7

Dieu des chars rayonnant, dieu de l'arc et du luth,
Dieu rapide, dieu beau, dieu des chansons, salut !

Après Phœbus chanté, l'hymne agile et sonore
De la terre à l'Olympe erra longtemps encore,
Cueillant les grands accords, les tableaux éclatants
Dans les mille contours de l'espace et du temps,
Et venant, sa vendange une fois réunie,
Des choses sous ses doigts exprimer l'harmonie.

Elle dit les climats, les lois, les mœurs, les dieux,
Les secrètes vertus des races et des lieux,
Les terres d'Orient, l'Inde à Bacchus soumise,
L'Atlantide lointaine aux pilotes promise,
Les navires cherchant les jardins d'Hespérus,
Des vieilles nations les berceaux parcourus,
Babylone, Memphis de mystère entourées,
Et du fleuve Egyptus les sources ignorées ;
Puis l'âge d'or, la paix régnant aux anciens jours,
Et les dieux recherchant de terrestres amours ;
Et d'un bonheur passé la merveilleuse histoire
Dont chaque peuple encore a gardé la mémoire ;
L'urne pleine de maux, présent de Jupiter,
Et la main de Pandore ouvrant l'âge de fer ;
Les agresseurs du ciel que le tonnerre écrase,
Et l'inventeur du feu puni sur le Caucase.
Mais dans l'Olympe un jour le Titan entrera ;
Ta chaîne, ô Prométhée, à la fin se rompra ;
Un dieu, déjà présent dans ton cœur prophétique,
Doit percer le vautour sur le gibet antique.
Pandore a retenu dans le vase fatal
L'espérance compagne et remède du mal ;
Elle est là pour panser la morsure éternelle ;
L'oiseau rongeur sera plus vite lassé qu'elle !

Ainsi d'un bien perdu, d'un retour annoncé
Le tableau dans son hymne est souvent retracé.
Elle aime à célébrer les regrets et l'attente,
Au milieu des douleurs la tendresse constante,
Et le cœur s'élançant vers un être perdu,
Et d'un trésor cherché le désir assidu;
Les courses de Cérès, Proserpine enlevée,
Les pommes d'or, Colchos, Ithaque retrouvée,
Ariadne, Adonis, et les enfers jaloux,
Eurydice deux fois ravie à son époux,
Et la mort éprouvant les amoureuses flammes,
Et l'Elysée heureux, ce rendez-vous des âmes.

D'un cri si triomphal, après qu'elle eut chanté,
La foule salua sa voix et sa beauté,
Qu'on eût dit les clameurs des forêts et de l'onde,
Le bruit des pins penchés sur un gouffre qui gronde,
Se heurtant par le faîte, et brisant leurs rameaux,
Et répondant la nuit au bruit des grandes eaux,
Quand Borée ou Notus, de leurs fortes poitrines,
Ont soufflé sur les bois et les plaines marines.
Et le peuple unanime a proclamé son nom
Pour le prix des chanteurs que décerne Apollon.

La couronne à l'autel attendait la victoire.
Le roi des jeux sacrés, de son siége d'ivoire
Se levant, la saisit, et debout vers Psyché,
Du rameau verdoyant ceignit son front penché.
Mais elle : « O Grecs divins, à ce vieillard auguste
Le laurier d'Apollon serait un don plus juste. »
Et marchant vers l'aveugle : « Oh! si tu n'es pas dieu,
Et si tu n'as pas droit à nos autels en feu,
Laisse : que pour ton chant, inspiré des Charites,
Je te rende, ô vieillard! le prix que tu mérites. »

Et le laurier orna l'aveugle aux cheveux blancs.
Et le peuple admirait.

                    La chanteuse à pas lents
S'éloigne, et, près des eaux de l'antique Telphuse,
Grande, et de blanc vêtue, et semblable à la Muse,
Sous les cyprès touffus s'enfonçant par degrés,
On la voit disparaître au sein des bois sacrés.

PSYCHÉ.

Où se cache l'époux ? J'ai vu toute la Grèce,
Les promontoires d'or qu'un flot d'azur caresse,
Et les coteaux mûris par ce soleil divin
Qui parfume l'olive et le miel et le vin ;
Les bois de Thessalie, et les rives du fleuve
Où des chevaux guerriers le noir troupeau s'abreuve ;
Les temples sur les monts assis de toutes parts.
J'ai vu les mille dieux sur cette terre épars ;
Et, pour y découvrir mon idole secrète,
J'ai suivi chacun d'eux au fond de sa retraite.

Je connais leurs forêts, leurs antres merveilleux.
J'ai vu les dieux errant dans l'ombre épaisse, et ceux
Qui couchés gravement au sommet des montagnes,
La tête dans leurs mains, regardent les campagnes ;
Et ceux qu'en pleine mer aperçoit le pêcheur,
De leurs flancs sur l'eau bleue étalant la blancheur ;

Et ceux, au pied léger, qui mènent sur les pentes
A la piste du cerf les meutes halctantes;
Ceux qui forment en rond la danse sur les prés;
Ceux qui, debout et fiers, dans les frontons sacrés,
Règnent sur les cités du haut des acropoles;
Ceux dont l'onde et le vent nous jettent les paroles.
Du sol hellénien, saintement parcouru,
Devant moi tour à tour les dieux ont comparu;
Celui seul dont mon cœur implorait la venue
A trompé jusqu'ici ma recherche assidue.

Dieux de l'antique Olympe, oh! gardez mon encens;
Les œuvres de vos fils vous révèlent puissants,
Et la Grèce par vous de la beauté fut mère.
Vous méritez de moi plus qu'un culte éphémère;
Mais le destin m'entraîne au-devant de l'époux
Rayonnant d'un attrait qu'en vain je cherche en vous.
Nul de vous ne réveille, au fond de l'âme émue,
Tout le monde d'amour que cet autre y remue.
Triste, il a cependant des éclairs souverains :
Et ce regard profond manque à vos yeux sereins.

Ah! quand je vois glisser, au fond de ma pensée,
Ton ombre seule en moi vaguement retracée,
Toi qu'un rêve éternel me prédit pour amant,
J'en goûte plus d'extase et de ravissement
Que devant tous ces dieux, quand, aux clartés du temple,
Dans toute leur grandeur, mon esprit les contemple!
Dois-je à l'espoir d'hymen renoncer pour toujours,
O dieu! dont mon enfance a goûté les amours?
Où faut-il que Psyché s'élance et te devine,
Toi qu'elle cherche en vain dans la Grèce divine?

Du désir qui m'entraîne, ah! tu n'éprouves rien ;
Ton cœur ne bondit pas pour s'approcher du mien!

Si tu vois sans gémir l'exil qui nous sépare,
Pourquoi ce nom d'époux dont mon âme te pare ?
Sans un foyer divin je n'ai pu m'enflammer ;
Si tu ne m'aimes pas, qui m'enseigne à t'aimer,
Et, m'offrant une image à jamais poursuivie,
Au fil de ta pensée a dirigé ma vie ?
Mais un dieu, je le sens, a souffert comme moi ;
Il a souffert d'amour, et je comprends pourquoi,
Grave et des dieux joyeux fuyant le ciel frivole,
Son front de la tristesse a fait son auréole.
Ah ! ta douleur m'est douce ! et c'est aux jours meilleurs
Que mon rêve aperçoit tes yeux baignés de pleurs !

VII

Assis sur le penchant du promontoire Attique,
Où Pallas Suniade a sa demeure antique,
Parle un vieillard divin. Étendus à ses pieds,
De beaux adolescents, sur le coude appuyés,
Reçoivent dans leur cœur ses paroles fécondes,
Dont l'avide Psyché sollicite les ondes.

PSYCHÉ.

O sage ! réponds-moi : ce dieu que je t'ai dit,
L'époux dont chaque jour l'image en moi grandit,
Et qu'en vain je demande aux flots, aux monts, aux grèves,
N'existe-t-il donc pas ailleurs que dans mes rêves ?

LE VIEILLARD.

Tout rêve de l'amour a sa réalité
Dans un monde immuable où règne la beauté.

Notre âme y va revoir, sitôt qu'ont crû ses ailes,
Des choses d'ici-bas les célestes modèles.

D'un dieu l'idée en toi ne germe pas en vain,
Car l'espoir est issu d'un souvenir divin.
Crois-en ton propre cœur ; tout ce qu'il cherche existe.

PSYCHÉ.

Ta parole, ô vieillard ! est douce à ce cœur triste.
Un dieu dans mon regard a donc gravé ses traits !
Il existe, il est beau ; tous mes rêves sont vrais !
Mais il oublie, hélas ! une épouse mortelle.

LE VIEILLARD.

Il t'aime ; il veut te faire à jamais jeune et belle ;
Ta faute vous sépare, et non sa volonté.
Mais tu dois accomplir la loi de la beauté :
Pour enfanter le bien, les dieux l'ont mise au monde,
Et l'amour est celui qui la rendra féconde.

PSYCHÉ.

Je t'ai dit mes destins, mêlés de tant de maux,
Et, pour chercher l'époux, mes courses, mes travaux.
Quels chemins à tenter me garde encor la terre ?

LE VIEILLARD.

N'a-t-elle plus pour toi nulle part de mystère ?
Ton cœur a-t-il tout vu, tout compris, tout aimé ?
Contre l'illusion est-il assez armé ?

Scrute encor les grands bois, où, des épaisses voûtes,
La lumière à nos pieds ne pleut qu'à rares gouttes.
Écarte les rameaux les plus mélodieux,
Et les touffes de fleurs qui t'embaument le mieux.

Cherche au fond de l'azur des plus pures fontaines;
Remonte jusqu'au nid des brises incertaines;
Jusqu'à la grande mer suis la chute des eaux;
Vers l'éternel printemps suis le vol des oiseaux.
Marche sans te lasser vers toute chose belle;
La beauté, de l'amour c'est la forme éternelle!
C'est ici-bas le voile aux contours radieux
Qui nous laisse arriver le sourire des dieux;
Et, sur nous descendu, ce rayon de leur flamme
Fait croître en l'échauffant les ailes de notre âme.

Garde aussi le trésor aux temples dérobé,
Et des trépieds divins l'enseignement tombé.
Mais reviens des autels t'asseoir sous les portiques;
Pèse en de sages mains les oracles antiques.
Écoute les discours que se disent entre eux
Ces vieillards encor verts de la muse amoureux;
Leur âme est un creuset d'où coulent épurées
Les choses des vieux jours et les fables sacrées.
Ils tiennent le fil d'or de l'écheveau des temps,
Et, par le seul amour et les désirs constants,
Chacun d'eux, sans trépieds et sans mystiques fièvres,
Sait contraindre les dieux à parler par ses lèvres.
L'active intelligence errant à l'horizon,
Dans leur cœur habité par l'auguste raison
Revient, et, pour chaque homme, élabore sans cesse
De fleurs prises partout le miel de la sagesse.

A la nature, au temple, aux plus sages humains,
Ainsi, de ton seul but demande les chemins.
Dans tout notre univers remué sans relâche
Poursuis avec amour cet être qui se cache;
Garde ton désir pur dans la joie et l'ennui;
Dieu volera vers toi si tu marches vers lui.

7.

Mais pour trouver ce dieu dans son gîte suprême,
Avant tout, ô Psyché! cherche-le dans toi-même,
Visite tes pensers de ses traces remplis,
Et de ton propre cœur connais tous les replis.

PSYCHÉ.

Puissent les immortels accueillir tes présages,
Comme moi, tes leçons, ô sage entre les sages !
La lumière et la paix coulent de tes discours.
Mais parle-nous de toi! que fais-tu de tes jours?
Dis-nous, pour être encor limpide à faire envie,
Quelle pente a suivi le beau flot de ta vie?
Ton œil est jeune et pur sous ton front argenté;
D'où vient sa profondeur et sa sérénité?

LE VIEILLARD.

Chacun se fait sa vie agitée ou paisible.
Nous avons tous les deux la soif de l'invisible,
Mais dans mon cœur, peut-être, apportant plus de foi,
La mémoire a parlé plus vive que chez toi.
Car, avant de descendre aux terrestres demeures,
J'ai connu, comme toi, des régions meilleures,
Et cet hymen sacré commencé dans l'éther
Qui doit se renouer au sein de Jupiter.

L'âme, avant de traîner ce corps qui l'embarrasse,
A la suite d'un dieu voyageait dans l'espace;
Chacun de nous alors, ayant Dieu pour flambeau,
Dans sa plus pure essence a contemplé le beau,
Et vu, pour un moment, dans sa sphère étoilée
L'éternelle sagesse à la bonté mêlée.
Pour remonter vers elle et pour s'y fondre un jour,
L'âme a deux ailes d'or : la raison et l'amour !

Comme elles ont des dieux tiré leur origine,
Il faut pour les nourrir une essence divine ;
Quelque chose d'en haut sur la terre apporté.
Et c'est pourquoi chaque homme entrevoit la beauté,
La plus douce à la fois et la plus manifeste
Des trois perfections de l'unité céleste,
Et que l'esprit tombé qui dans la chair renaît
Même des yeux du corps sans peine reconnaît.
L'âme en qui se réveille et brille cette idée
Se rend libre du mal, et, par l'amour guidée,
Réglant l'essor du cœur par les sens combattu,
Au rang des immortels monte par la vertu.

L'époux t'attend là-haut... C'est là-haut que j'aspire !
Et, préparant le vol qui doit nous y conduire,
J'aide ceux que vers moi l'attente fait venir
A retrouver l'idée au fond du souvenir.
D'amis jeunes et beaux souvent dans la campagne,
Alternant le discours, un groupe m'accompagne.
Assis sous le platane ou sous l'agnus-castus,
Auprès de quelque source, au bord de l'Illisus,
Ou dans une palestre, ou sur ce promontoire,
Ou de fleurs couronné sur un siége d'ivoire
En un banquet riant par la muse enchanté,
Je leur parle d'amour et d'immortalité.
Ensemble nous cherchons le bien et la sagesse,
Et les Grâces parfois visitent ma vieillesse.
Le réveil du tombeau sourit à mon espoir ;
Ainsi, d'un jour serein j'atteignis le beau soir.

PSYCHÉ.

Que la force et la joie en mon sein répandues
A ton âme, ô vieillard, par les dieux soient rendues ;

Qu'à ce front large et calme, abrité des douleurs,
Les bois versent longtemps le murmure et les fleurs ;
Que les songes dorés voltigent sur ta couche.
Que d'un rayon de miel chaque soir à ta bouche
Les abeilles d'Hymète apportent le présent ;
Qu'un dieu parle à ton cœur et te soit complaisant,
Et qu'avec tes amis, à jamais, sur tes traces,
Marche le chœur joyeux des Muses et des Grâces.
Et moi je pars, fidèle à l'invisible amant,
J'emporte le flambeau de ton enseignement,
Le plus pur dont un homme illuminant mon doute
Vers l'être que je cherche ait éclairé ma route,
Me faisant voir, sans trouble et sans obscurité,
Le bien et la sagesse au fond de la beauté.

VIII

« Je sais tout ce qu'à l'âme enseigne la souffrance.
A ses rameaux divers j'ai cueilli la science.
J'ai grossi mon trésor, chez toutes nations,
De l'or accumulé des générations.
J'ai des temples obscurs approfondi les rites,
Et les vertus des dieux dans leurs œuvres écrites.
La mer et le désert m'ont livré leurs secrets;
J'interprète aux mortels la langue des forêts,
Et le vol des oiseaux et le pouvoir des plantes.
Je sais guider la séve et les laves brûlantes.
De la terre à ma voix jaillissent les métaux,
Et mes enchantements fécondent les troupeaux.
Les rebelles saisons par mon art conjurées
Versent dans nos greniers des moissons assurées.
La corne d'or se ferme et s'ouvre à mon vouloir;
Et, des rudes travaux libre par le savoir,
Dans un empire heureux réglé par ma prudence,
L'homme s'est asservi la déesse Abondance.

» Les peuples m'ont fait reine ; aux fins que je prévois,
Soumis avec amour ils marchent à ma voix ;
Ils accourent de loin sous mon sceptre propice.
Je reçois comme un dieu l'encens du sacrifice.
La mer avec respect berce mes pavillons
Et le désert vaincu conserve mes sillons.
Quand je veux parcourir mon empire sans bornes,
Les grands chevaux marins, les tritons, les licornes,
Les monstres écailleux, hôtes des grandes eaux,
Vite comme un regard entraînent mes vaisseaux.
Les aigles, les griffons me portent dans les nues,
Ceuillir les rares fleurs des cimes inconnues ;
Et l'épaisseur des bois s'ouvre devant mes chars
Traînés par les lions et par les léopards.
Ma sagesse a conquis la royauté des êtres,
Et mes désirs partout se promènent en maîtres.
Tout objet qu'ici-bas ont aperçu mes yeux
Vient s'offrir à ma main, quand j'ai dit : Je le veux.

» Reine du monde, hélas ! d'esclaves entourée,
Je porte avec douleur ma pauvreté dorée.
Dans la satiété, tous mes désirs sont morts ;
Une autre faim me ronge au sein de mes trésors...
Le vide est dans mon âme... à la place où l'on aime ;
Et je sens qu'il me manque une part de moi-même.
C'est l'invisible époux, c'est le jardin natal,
Les intimes douceurs du baiser nuptial,
Avec dieu de ma flamme un rayonnant échange,
De nos amours sans fin l'extatique mélange.
Oh ! viens, époux sacré, dieu recélé partout,
Dieu qui reste à trouver après que l'on a tout !
Oh ! viens me délivrer d'un bonheur qui me pèse ;
Viens assouvir d'amour mon cœur que rien n'apaise !
Viens ! toute soif humaine est un pâle désir

Près des tourments du cœur qui cherche à te saisir. »

Comme des flots rongeurs qui tourmentent leurs grèves,
Psyché dans son esprit sentait gronder ces rêves.

Elle marche à pas lents dans ses vastes jardins,
Qui du bord de la mer élèvent par gradins
Jusqu'aux neiges des monts leur haut amphithéâtre;
Ils dominent au loin sur la plaine bleuâtre,
Où le frais clair de lune en nappes surnageant,
Tombe de cime en cime en cascade d'argent,
Et verse avec ses flots sur les vagues prochaines
L'ombrage projeté des cèdres et des chênes.

Les aigles, les chevaux, les lions familiers,
Sous l'abri du sommeil sont rentrés par milliers;
Et le chœur des oiseaux s'endort entre les branches
D'où sa voix saluait la nuit aux clartés blanches.
Le flot demi-gonflé bat doucement ses bords.
Au marbre d'un balustre appuyant son beau corps,
La reine se pencha; ses yeux, plongeant sur l'onde
Et montant tour à tour vers la voûte profonde
Où des astres charmants luit la sérénité,
Visitaient l'azur calme et l'azur agité.

PSYCHÉ.

Habite-t-il là-haut vos palais sans limites?
S'est-il posé sur vous, blanches étoiles, dites?
Vous brillez avec calme et sans feux éclatants,
Sous un front sans désir comme des yeux contents.
Une si douce paix vous berce et vous décore,
Que votre âme, ô clartés! le possède ou l'ignore.

Et toi, fier Océan, tu ne demandes rien;
Tes flots n'ont pas la paix du flot aérien :
Mais ce qui trouble ainsi ta face révérée,
Ce n'est pas le désir, c'est Notus ou Borée!

Et vous qui sur mon front versez l'ombre et l'odeur,
Grands cèdres, du désir connaissez-vous l'ardeur,
L'ardeur de l'infini dont j'ai l'âme embrasée?
L'été, vous invoquez la pluie et la rosée;
Mais le tour du soleil ne s'achève jamais
Sans que l'aube, de pleurs inondant vos sommets,
Ne calme en vous les soifs que je garde éternelles.

Quand, repu de la chair des faons et des gazelles,
A l'ombre du palmier tu t'étends, ô lion!
Nulle faim dans ton corps ne met plus l'aiguillon.
Dans la saison d'hymen, quand ta fauve compagne
A tes rugissements descend de la montagne,
Nul désir ne survit à vos amours brûlants ;
Sur le sable mobile, affaissé, sous tes flancs,
Tu croises tes grands pieds, et tu t'endors sans rêve.

Partout où mon regard sur ta face se lève,
O nature! partout des êtres satisfaits!
Moi seule, consumée en d'impuissants souhaits,
Poursuivant de travaux et de douleurs sans nombre
Un hymen impossible, un dieu, peut-être une ombre!
Oh! que je porte envie à ta sérénité!
Donne-moi l'ignorance, et prends ma royauté.
Car tu ne connais pas, ô nature paisible,
Mon supplice éternel, l'amour de l'invisible!

LES CEDRES.

Notre ombre qui t'embaume, ô belle reine en pleurs!
Nos fronts chargés d'oiseaux, nos pieds couverts de fleurs,
Des vents en nos rameaux la mélodie errante,
La calme ascension de la séve odorante,
Et l'aurore couvrant nos feuilles de saphirs,
Nous échangerions tout contre un de ces désirs!

Il est donc quelque part un dieu, puisque tu l'aimes,

Qui dépasse, ô Psyché! tes beautés elles-mêmes;
Un être plus puissant, qui verse autour de soi
Plus de grâce et de vie, et plus d'amour que toi!

La terre t'appartient, et chaque homme t'adore;
Toi qui peux concevoir plus de bonheur encore,
Qui rêves d'un soleil à nous autres voilé,
Tu te plains du désir qui te l'a révélé!

LES LIONS.

Il est des jours, la proie étant grasse et nombreuse,
La lionne à nos pieds rugissant amoureuse,
Et nous devant un antre assis, l'œil grand ouvert,
Un vertige nous vient sur le vent du désert;
Et comme pour y suivre une chasse inconnue,
Sur la montagne ombreuse ou sur la plaine nue,
Nous courons, inquiets, hérissés et tremblants;
Un aiguillon secret s'enfonce dans nos flancs;
Comme si l'horizon qui brille et qui flamboie
De son immensité nous destinait la proie.

L'OCEAN.

Le chœur universel, de l'astre à la fourmi,
O reine! à tes regards paraît donc endormi;
Nul espoir ne l'émeut, et la torpeur enchaîne
Cet aveugle troupeau sans désir et sans haine!...

Ah! tu ne vois donc pas vers un but ignoré,
Mais qu'il aime pourtant, chaque flot attiré?
La flamme du désir dans les flots même habite.
Tu n'as donc pas compris mon grand sein qui palpite,
Et tordus de douleur, mes bras ambitieux
Comme ceux des Titans se dressant vers les cieux?

Le désir, le désir est au fond de chaque être,
De la création l'amour est le seul maître,

L'amour qui nous défend de l'immobilité !
Le plus voisin du but est le plus agité.
Après sa chute, ainsi, plus la terre est prochaine,
Plus rapide y descend le gland tombé du chêne.

L'époux vient, il est proche, ô reine ! et c'est pourquoi
Le désir qu'il allume est si brûlant chez toi.
D'un dieu, d'un dieu puissant, ô l'amante ! ô l'élue !
Pour ton bonheur certain, reine, je te salue !

LES ÉTOILES.

Il a posé sur nous ses pieds ambrosiens,
Et souvent nos rayons s'allument dans les siens ;
Sur l'éther lumineux, il nage d'île en île,
Et, sur nos flancs assis, voit flotter ton asile.
Tu vantes de nos fronts la tranquille clarté,
C'est un pâle reflet de sa sérénité ;
Car ton époux sacré nous cultive et nous aime.
Mais son plus doux attrait, mais son amour suprême,
C'est toi, jeune Psyché, toi qu'à travers les pleurs
Il attire vers lui jusqu'aux mondes meilleurs ;
A toi son être entier, toi l'amante et l'épouse ;
Chaque étoile de vous, belle reine, est jalouse !
Mais dans l'heureux hymen qui doit fleurir toujours,
Ah ! nous serons au moins le lit de vos amours.

CHOEUR.

Sur le seuil nuptial la nature est assise ;
Elle attend comme toi l'heure encore indécise ;
Franchissant sur tes pas le suprême degré,
Elle possédera... car elle a désiré !

La vie aux premiers jours coulait heureuse et lente ;
L'air ne dévorait pas la séve dans la plante ;
L'Océan reposait paisible comme toi.
Sans poursuivre l'amour chacun l'avait en soi ;

Et tout être, endormi dans sa fraîche innocence,
De l'aspiration ignorait la souffrance.

Les fontaines de miel et les ruisseaux de lait
Suffisaient à ce monde où le cœur seul parlait.
La terre encore enfant, de sa séve enivrée,
Des flots de l'inconnu n'était pas altérée ;
Nul n'y rêvait encore excepté toi, Psyché,
Par delà le bonheur un plus grand bien caché.
Le désir dans le monde est entré par ton âme ;
La douleur a germé dans les flancs de la femme ;
Tes mains ont dérobé pour nous le feu fatal,
Et depuis ce moment nous souffrons de ton mal.

Tu crois que ce beau front qu'au ciel ainsi tu lèves
A seul l'ambition et le tourment des rêves ;
Que tes yeux, ô Psyché ! connaissent seuls les pleurs,
Que toi seule as le don des sublimes douleurs !...
Tes larmes en tombant se mêlent à bien d'autres.
Tes soupirs n'ont-ils pas leur écho dans les nôtres,
Et n'échanges-tu pas, en mille accords divers,
La tristesse et la joie avec tout l'univers ?

D'où viennent l'ennui vague et les plaintes sans causes
Qui naissent dans ton sein du seul aspect des choses,
Reine ? En tes plus beaux jours la brise a bien des fois
Séché des pleurs amers qui coulaient à sa voix ;
Et nos vieilles forêts ont répété sans nombre
Tes longs gémissements éclos sous leur grande ombre.
Si ce monde est lui-même insensible, oh ! comment
A-t-il pu de ton cœur hâter le battement ?

Mais l'univers visible est un frère qui t'aime ;
Il gravite où tu vas, votre source est la même ;
Ta voix l'a réveillé de son sommeil ancien,
Par ton propre désir il a connu le sien ;

De toi lui vient le mal, mais aussi la lumière.
Toi par qui nous souffrons, c'est par toi qu'il espère ;
Ce qu'a fait ton orgueil, ton amour le guérit,
Et c'est pour ta beauté que l'époux nous sourit.

Les grands lions, ainsi, la forêt solennelle,
Et le sage Océan rêvant d'un dieu, comme elle,
Et les astres disaient : L'être n'est que désir !

Mais la reine à leur chant répond par un soupir ;
En elle avec l'espoir l'impatience augmente ;
Elle accuse l'époux, et prie, et se lamente.

PSYCHÉ.

Viens, c'est le jour ; plus tard, tu m'auras vu mourir.
Verse en moi ton haleine, ou mon sang va tarir ;
Viens arracher mon âme à sa prison brûlante.
Oh ! pour un fiancé que ta venue est lente†
Ce trône, ce pouvoir, ces trésors tant prisés,
Toute la terre, enfin, pour un de tes baisers !
Qu'y ferais-je sans toi d'une vie inféconde ?
C'était pour te chercher que j'ai conquis ce monde.
J'y manque d'air, ô dieu ! viens et délivre-moi ;
Viens, amour, il me faut ou le néant ou toi !

Elle dit, et son front vaincu par la pensée
S'incline, et se revêt d'une pâleur glacée.
Son corps, de ses désirs trop fragile instrument,
S'affaisse sous son poids, privé de sentiment ;
Et telle on voit d'albâtre une frêle statue
Dans les épais gazons par l'orage abattue,
Ou tel un cygne atteint d'une flèche en son vol,
Telle, à travers les fleurs, elle gît sur le sol.

ÉPILOGUE

Quel sentier unissant les sphères l'une à l'autre
Jusqu'au monde idéal mène au sortir du nôtre ?
Quel vent souffle du ciel pour aider notre essor
Sur les degrés divers de cette échelle d'or?
Comment, sans se confondre, atteignant jusqu'au maître,
Se touchent les anneaux de la chaîne de l'être?...
Je ne sais! Qui dira comment l'être est éclos,
Comment au sein du vide a germé le chaos?...

Qui sait d'où tu venais quand la jeune nature,
Déployant sous tes pieds sa robe de verdure,
Amena ses enfants rangés autour de toi,
Te saluer en chœur comme on salue un roi?
Loin de ce dieu qui t'aime et qui te frappe encore
Que fais-tu sur la terre, ô Psyché?... je l'ignore.

Mais j'en crois le concert des peuples et des temps
Par qui Dieu se révèle en signes éclatants;

J'en crois aussi la voix de ce verbe suprême
Qui parle irrésistible au dedans de moi-même;
Qui siége au fond des cœurs comme dans sa maison,
Illuminant tout homme à travers la Raison.

Il est dans l'avenir des régions meilleures
Où l'amour à Psyché prépare des demeures;
Pour m'attirer à lui ce dieu me tend la main.
Un asile de paix attend le genre humain.

Oui, malgré nos douleurs, nos ténèbres, nos crimes,
Malgré la pesanteur des passions infimes,
Et les temples détruits, et le mal triomphant,
Et l'ironie allant du vieillard à l'enfant,
Et la haine qui gronde au fond de nos poitrines,
Et le monde ébranlé par le vent des doctrines,
Et le Sphinx maître encor du secret redouté,
Du mot de l'univers je n'ai jamais douté.

Les âmes et les eaux prennent diverses routes,
Mais au même océan elles arrivent toutes;
Leur cours est lent parfois, mais il ne s'en perd rien;
En traversant le mal nous marchons vers le bien.
Le bien de toute chose est la source et le terme.
Chaque homme du bonheur en soi porte le germe.
Oui, l'éternel principe à qui tout fait retour,
La cause de la vie et sa fin, c'est l'amour!

Repose-toi, Psyché! le dieu que tu supplies
A compté le trésor des œuvres accomplies;
C'est à lui de descendre et de te consoler,
Le désir t'a conduit jusqu'où tu peux voler.

Nul du monde où tu vas ne peut franchir la porte
Sans qu'une main d'en haut le saisisse et l'emporte;

Goûte enfin le repos! laisse, oubliant l'effort,
Ton âme s'incliner sur les bras de la mort.
Déjà pour t'enlever au sein des harmonies,
L'époux a déployé ses ailes infinies.
L'invisible s'avance et t'ouvre son séjour.
Le ciel que tu perdis t'est rendu dès ce jour;
Car ton cœur, ô Psyché! sut bien remplir sa tâche
De souffrir sans blasphème et d'aimer sans relâche.

Prends courage, ô mon âme! et marche jusqu'au soir;
Pour atteindre le but il suffit de vouloir.
Le désir, le désir survivant à la tombe,
Continue à monter quand notre corps y tombe.
Va donc comme Psyché vers l'éternel amant;
Cours au-devant de Dieu jusqu'à l'épuisement.
Au seuil d'un autre monde où la route s'achève
Dieu fait souffler sur nous un vent qui nous enlève,
Et l'homme, enfin tiré de la nuit et du mal,
Joyeux et pur s'éveille au sein de l'idéal.

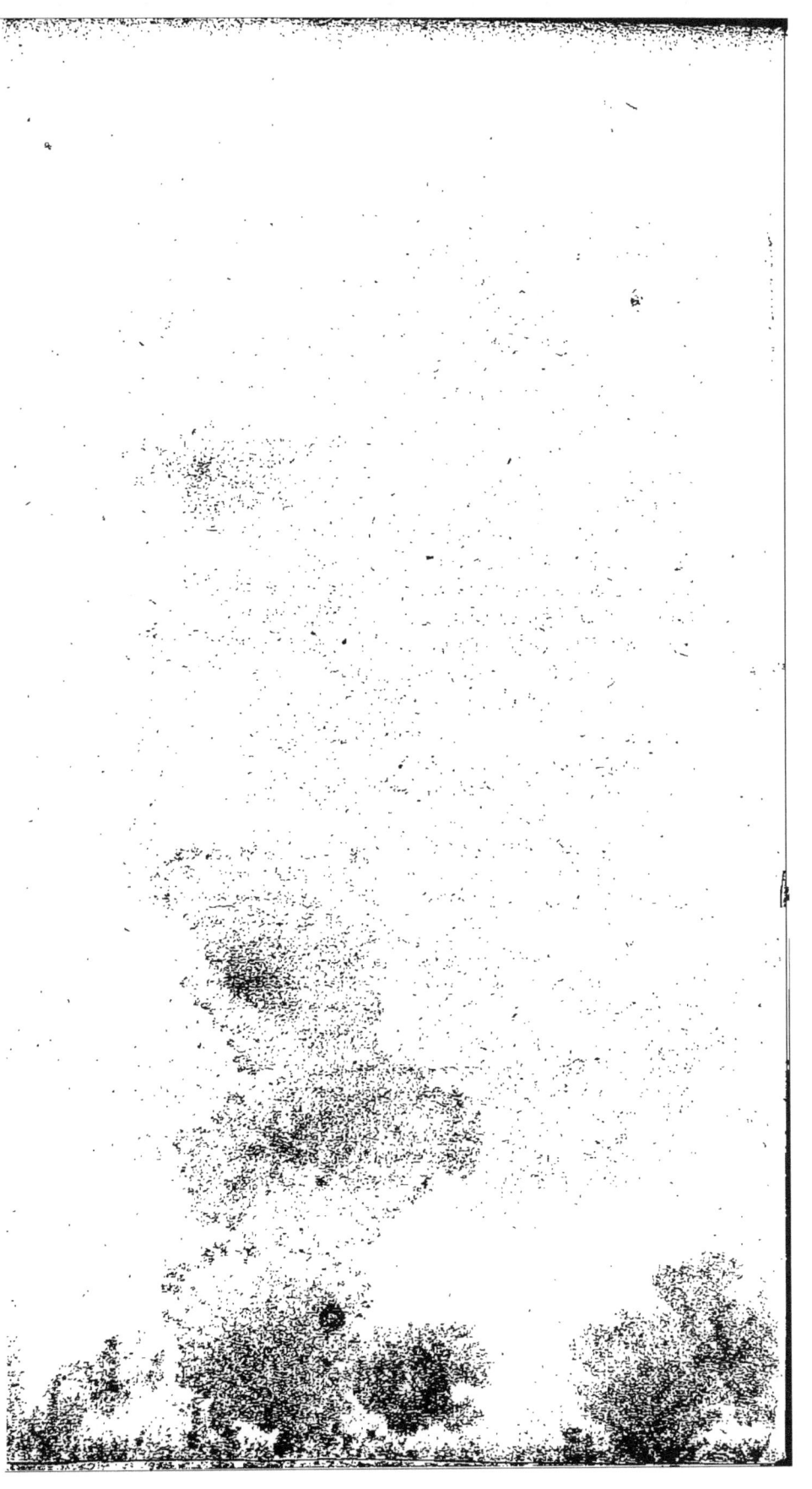

LIVRE TROISIÈME

ARGUMENT

L'OLYMPE OU LE CIEL. — UNION DE L'AME HUMAINE AVEC DIEU
DANS UNE AUTRE VIE.

L'absence de Psyché attriste l'Amour son époux et fait un vide dans
le ciel. — Éros vient supplier le père des dieux de mettre un terme
aux épreuves et à l'exil de l'âme à laquelle il doit s'unir éternellement. — Le dieu médiateur, au moment de la désobéissance de
Psyché, avait laissé tomber la première larme versée par un immortel. — Il pleure de nouveau, quoique dieu; il a expié lui-même la
faute de celle qu'il aime en acceptant sa part des douleurs de l'exil.
— Les Grâces, ces augustes messagères des suppliants, filles de la
Piété, personnification du plus doux attribut de la nature divine, la
clémence, les Grâces prient à leur tour pour Psyché. — Elles révèlent
le sens de la faute primitive; elles expliquent cette déchéance si amè-
rement expiée. — Par la première faute, l'homme, se détachant de
l'être infini et prenant conscience de lui-même, a passé de l'immobilité dans le mouvement ascensionnel de la vie. — La douleur était
nécessaire à la formation de la personnalité de l'âme humaine, à cette

8

évolution sublime qui devait ramener l'humanité dans le sein de
Dieu, comme un être distinct, comme une nouvelle personne admise
à participer à la félicité infinie. — Les dieux, à leur tour, racontent
comment ils ont désiré cet hymen du ciel et de la terre figuré par
leurs amours avec les filles des hommes. — Lorsque le Père tout-
puissant sortit de son repos éternel, il y fut conduit par un motif
d'amour, car l'amour est le motif essentiel de l'infini. — L'union
de Psyche et d'Eros, de l'homme avec Dieu, est nécessaire, en quelque
sorte, pour compléter l'être et parfaire l'infini. — Jupiter consent au
retour de l'âme dans le ciel, à la réunion des époux mystiques. —
Mais l'âme ne saurait remonter dans le ciel par ses propres forces et
sans un médiateur divin : Eros descend sur la terre et rapporte dans
ses bras Psyché évanouie — Les noces se célèbrent dans l'Olympe.
— Les Muses font entendre le chant nuptial — Au lieu de la première lampe, pâle et furtive, un astre immortel inonde de lumière la
couche de l'hymen condamné jadis à l'obscurité. — Hymne de Psyché .
Bénie la première faute ! *felix culpa !* bénie la curiosité aujourd'hui
satisfaite par la vérité infinie ; béni le désir assouvi dans l'amour éternel. — La mort est bénie, car elle a donné naissance à la résurrection ; la vie de la résurrection est plus belle que la vie d'avant la mort.
— De l'hymen d'Eros et de Psyché, la Volupté naquit dans l'Olympe.
— Le bonheur infini est engendré par l'union de l'âme et de l'idéal, par
le retour de l'humanité au sein de Dieu. — Les divinités exilées rentrent dans l'Olympe. L'hymne universel célèbre la vie bienheureuse et
l'anéantissement du mal.

Un sommet inconnu même aux regards de l'aigle,
Une belle cité dont l'amour est la règle,
Où le parfait accord résonne à tous moments,
Où la paix en un seul fond tous les éléments,
En son immensité riante et constellée,
Voit des dieux immortels la sereine assemblée.

Au bord des puits sacrés, sources des grandes eaux,
Là, des arbres vivants étendent leurs rameaux ;
De leurs fruits lumineux et des parfums qu'ils versent,
Jusqu'au fond des vallons les germes se dispersent.
Là, les astres errants avant de flamboyer
Allument leurs rayons à l'éternel foyer ;
L'être à flots abondants qui jaillit de ce centre
Sans cesse à flots égaux comme à son terme y rentre.

Là, tournent gravement d'un pas mélodieux
Les Heures mesurant les voluptés aux dieux ;

Et les pieds des Saisons dessinent avec elles
Les contours variés des danses éternelles.
Chaque Muse à son tour de ces groupes charmants
Soumet aux rhythmes saints les joyeux mouvements,
Sur trois modes divers régis par les trois Grâces.
Un chœur de dieux bondit et chante sur leurs traces;
D'autres lancent au loin ou le disque ou les traits;
D'autres, dans les détours des ombrages secrets,
De leur amour fécond enivrent les déesses;
Et tout, les jeux, les chants, les danses, les caresses,
Observant des accords les souriantes lois,
De mille bruits réglés ne forme qu'une voix.
Parfois jusqu'aux humains la musique suprême
Arrive en se voilant à travers quelque emblème,
Pour rendre aux cœurs dans l'ombre ici-bas engloutis
L'espoir des lieux sacrés dont nous sommes sortis.

Après les jeux finis, et la lutte et la course,
Et les bains odorants pris à leur tiède source,
La splendeur du banquet rappelle au loin les dieux
Dans le palais d'airain aux frontons radieux,
Où, gravant le récit des saintes origines,
Vulcain sculpta dans l'or les histoires divines,
Et les lois de l'augure et l'antique Destin
Qui règne sur l'Olympe invisible et certain.

A sa place choisie et qui jamais ne change
Aux pieds du souverain, là chaque dieu se range
Dans un cercle, et s'étend sur l'ivoire des lits
Que la pourpre ondoyante inonde de ses plis.
Des dieux la soif est grande; il faut pour y suffire
Qu'un breuvage immortel des cuves de porphyre
Jaillisse par torrents dans le vase d'Hébé.
Chacun dans le nectar de cette urne tombé
Boit aux coupes d'onyx l'éternelle jeunesse.

Quand la soif est calmée, avant qu'elle renaisse,
Recommence le chant ; car le chant créateur
Est le devoir des dieux, comme il est leur bonheur.

De son siége plus haut, du ciel centre immobile
D'où rayonne à longs traits une clarté subtile,
Le roi voyait s'unir, sous ses yeux adorés,
Les couples bienheureux par lui-même engendrés.
Sur tous ces fronts divers, pleins d'une même grâce,
Père, il a reconnu les beautés de sa face.
Un sourire charmant, dont l'Olympe a relui,
Du dieu passe à ses fils, et de ses fils à lui.
La terre en a sa part ; la moisson printanière
Sent d'un soleil plus chaud abonder la lumière.
Lui cependant, selon qu'ordonne le Destin,
Se complaît avec eux au glorieux festin ;
Et son jeune échanson lui verse à fantaisie
Le nectar qui fait vivre et la douce ambroisie.

Mais une place est vide au cercle tout-puissant :
Les yeux des immortels semblent chercher l'absent,
Et le festin languit, et la joie est moins vive ;
Le roi même, inquiet, demande ce convive ;
Car dès que son sourire à l'Olympe est ôté,
Le front de tous les dieux perd sa sérénité.
En de communs transports c'est lui qui les rallie ;
Par lui l'urne d'Hébé d'ivresse est mieux remplie ;
Il est l'âme du chant ; sans lui meurent les jeux ;
La douceur des parfums pleut de ses blonds cheveux.
Ouvrant des voluptés les sources recélées,
Il fait épanouir les déesses voilées.
Par lui peuplant la terre, et la mer et le ciel,
La vie émane à flots du père universel ;
C'est lui par qui l'on aime et par qui l'on féconde,
Eros, le jeune dieu, charme éternel du monde.

8.

Au banquet des heureux pourquoi manquer ainsi ?
Quel rêve aux bords lointains t'emporte, ou quel souci
T'égare chaque jour, muet et solitaire,
Des sommets de l'Olympe aux vallons de la terre ?
Sous nos joyeux lambris, où tu pleures souvent,
On te voit revenir le front pâle et rêvant.
Bien des yeux de déesse en vain t'offrent leur flamme.
De terrestres amours ont-ils blessé ton âme ?
De tes ennuis, Eros, tu peux nous faire aveu ;
Quelle mortelle ainsi peut attrister un dieu ?
Mais c'est la destinée, et tout dieux que nous sommes,
Notre cœur en subit la loi comme les hommes.

Ces mots erraient mêlés au bruit des urnes d'or ;
Et le nom de l'Amour retentissait encor,
Quand celui dont les dieux invoquaient la présence
Apparut. Sa douleur commandait le silence.
Il entre, et nul regard n'est cherché par le sien,
Traverse avec lenteur le cercle olympien,
Et marche au roi des dieux, dont l'auguste visage
D'un sourire à son fils a jeté le présage.
Le blond adolescent, sur son arc appuyé,
Pâle, et baissant son front de pleurs mal essuyé,
Lève enfin ses yeux bleus auxquels rien ne résiste,
Et mêlant de soupirs une voix douce et triste :

« O père ! n'est-ce pas l'heure d'être clément ?
D'un regard si rapide, hélas ! et si charmant,
Psyché, par tant de pleurs et par tant de constance,
N'a-t-elle pas assez expié l'imprudence,
Et payé d'un grand prix, selon vos saints décrets,
L'orgueil prématuré d'un dieu vu de trop près ?
Des larmes de ce dieu la richesse immortelle
N'a-t-elle pas baigné le ciel même pour elle ?

» Ah ! c'est le temps de rendre à ce cœur éprouvé
Son époux et l'Olympe, à l'amour réservé.
Fidèle à cet hymen qu'elle connut à peine,
A travers les douleurs de sa carrière humaine,
Son souvenir jamais n'abjura l'idéal.
Pleurant l'amant perdu plus que son propre mal,
Sous ses haillons d'esclave, ou sa pourpre splendide,
Son cœur en a toujours gardé la place vide ;
Et les trésors qui font tout homme ambitieux,
Sans effleurer son âme, ont passé sous ses yeux.

» Dans l'Olympe avec moi permets donc qu'elle habite,
Et que le lit d'hymen, d'où l'épouse est proscrite,
De son lin parfumé lui rouvrant les douceurs,
Pour nous en ces jardins se dresse entre les fleurs.
Qu'elle goûte au nectar que les déesses boivent;
Que la danse et le chant et les jeux la reçoivent;
Sa voix et sa beauté la font digne du ciel :
Elle n'y rompra pas l'accord universel.

» Si donc je suis ta vie et ta joie, ô mon père !
Et du grand chœur des dieux le charme nécessaire ;
Si leur puissance augmente alors que je souris,
Et si, l'Amour absent, le ciel même est sans prix,
O père ! et vous, ô dieux ! pour que l'Amour vous reste,
Recevez à jamais dans l'empire céleste
Cette âme qui m'implore, et qui m'a pour tout bien :
Car un nœud immortel lia mon être au sien. »

Il dit, et, quoique dieu, supplie avec des larmes.

Trois sœurs aux fronts divers, mais égales en charmes,
Parurent après lui. Des tissus clairs et blancs
Voilent de plis légers leur sein chaste et leurs flancs,
Et chaque mouvement de leurs pas mélodiques
Décèle une beauté dans leurs formes pudiques.

D'une voix qui se glisse et vibre au fond des cœurs,
Voici ce que disaient les Grâces, ces trois sœurs :

« O dieu, père des dieux, qui seul n'as pas d'ancêtres,
Rouvre à l'âme ce sein, source et terme des êtres;
Rappelle à nous Psyché : nous qui vivons en toi,
A tes embrassements nous l'offrirons, ô roi !

» Tu la laisseras boire, au bout de ses épreuves,
Dans les flots du nectar où toi-même t'abreuves :
Car ton cœur est ouvert à notre œil filial :
Nous savons le vrai sens de la vie et du mal.
L'homme encourut-il donc ta haine et ta vengeance,
Lorsqu'au prix des douleurs il conquit la science;
L'ardeur de voir son dieu, ce désir d'infini,
D'un supplice éternel doit-il être puni ?

» Pourquoi donc mettre en eux cette soif de connaître,
Et ce besoin d'amour, si tu devais, ô maître !
Frappant l'humble mortel, qui ne peut s'y ravir,
Sans cesse l'exciter, et jamais l'assouvir?

» L'âme, en suivant sa loi par toi-même donnée,
Appela la lumière au sein de l'hyménée.
Et qui donc façonna ses yeux pour la clarté,
Du baiser à sa lèvre apprit la volupté?
Qui donc fit le désir si profond, si sublime,
Que le seul infini peut en combler l'abîme ?

» Peut-être elle a touché l'arbre avant la saison
Où le fruit du savoir est mûr pour la raison;
Son cœur vola trop tôt vers la suprême joie;
Il ne s'est pas du moins égaré dans sa voie.
L'épouse fut fidèle, et ses regards si doux
N'étaient pas adressés à d'autres qu'à l'époux;
Et sa lampe indiscrète, écartant le mystère,
N'a pas brillé du moins sur un lit adultère.

» A son nocturne hymen si bornant ses désirs,
Avec son ignorance acceptant ses plaisirs,
Elle eût de l'âge d'or gardé la paix oisive,
Son âme aurait manqué le but où tout arrive.
Mais elle a, franchissant chaque jour un degré,
Suivi de tes desseins le mouvement sacré,
Et fait sa part aussi dans l'œuvre créatrice.
Or le temps est venu que son labeur finisse.

» Donne-lui le bonheur ; elle peut le porter.
Si la seule douleur enseigne à le goûter,
S'il faut conquérir l'être en un combat suprême,
S'il faut avoir lutté pour devenir soi-même,
Elle peut s'arracher à l'épreuve du mal,
Et rentrer sans s'y perdre au sein de l'idéal.

» Comme on doit limiter par les contours du moule
La lave du métal qui bouillonne et qui coule,
Pour imposer à l'or dans l'argile arrêté
La figure d'un dieu, la vie et la beauté ;
S'il faut que la souffrance enveloppe ainsi l'âme,
Qu'une chair misérable emprisonne sa flamme,
Afin de condenser sa vie et son pouvoir,
Pour qu'elle n'aille pas, sans force et sans vouloir,
Dans la vaste nature et ses métamorphoses,
Comme un fluide éther se perdre au sein des choses ;
Si la douleur enfin est le moule sacré
Pour cette humaine essence avec art préparé,
Arrache ta statue à sa prison d'argile :
Le métal·dans sa forme est enfin immobile,
O maître ! et près de toi, de ton bras paternel,
Pose ta fille d'or sur un socle éternel !

» Reçois, reçois cette âme ; elle te revient toute :
La douleur n'en a pas laissé perdre une goutte.

» Sur un globe imparfait, si c'est pour le finir,
Maître, que tu mis l'âme, elle en doit revenir ;
L'ouvrage est achevé ; l'ouvrière est assise,
Régnant sur la nature à son pouvoir conquise.
Vois sa main égalant les merveilles des dieux ;
Vois les lions domptés, vois les flots furieux,
Les monts, portant son joug sur leurs têtes tranquilles,
Et la lyre élevant les murailles des villes.
Vois le doux olivier, parmi les blés épais,
Fleurir sur son passage avec l'antique paix ;
Vois serf et maître unis dans la ronde sacrée,
Ainsi qu'aux jours heureux de Saturne et de Rhée.
Vois aux sources du vrai l'homme enfin s'abreuvant
Et l'accord fraternel de tout être vivant.
C'est Psyché qui marqua l'univers de ton signe,
De l'époux idéal par son cœur elle est digne ;
Sous ses doigts patients pétri jusqu'à ce jour,
Maître, le monde a pris la forme de l'amour.
Pour mériter l'hymen qu'interrompit sa faute,
Imaginerais-tu quelque offrande plus haute !

» O Père ! reçois donc Psyché, la veuve en pleurs.
Laisse-nous l'amener, nous, les Grâces ses sœurs ;
Nous, tes plus purs rayons ; nous, filles du sourire,
Du regard complaisant que cette âme a vu luire,
Quand du jeune univers tu lui faisais le don,
Quand tu jugeais ton œuvre en disant : Tout est bon !
Nous trois qui, par la main nous tenant sur tes traces,
Secouons des parfums en tous lieux où tu passes ;
Qui doucement vers toi guidons les suppliants ;
Qui des belles vertus te présentons l'encens ;
Nous de tes dons sacrés les fidèles courrières,
Par qui la Pitié sainte et le chœur des Prières
Au mode lydien ont cadencé leur chant,

Et levé chastement leur voile en t'approchant ;
Nous par qui la senteur dans l'arbre s'insinue,
Et le tendre penser dans la vierge ingénue ;
Nous par qui l'âme aux yeux brille à travers le corps,
Par qui tout est rangé sous la loi des accords ;
Qui revêtons le bien de la beauté suprême :
Nous les trois Charités qu'on admire et qu'on aime ! »

Et de leur coupe pleine oublieux un moment,
Les dieux parlaient aussi pour l'amante et l'amant.

« Ouvrons, ouvrons l'Olympe à la belle mortelle,
Et que le lit d'hymen s'y prépare pour elle ;
Qu'Éros par ses baisers de l'exil soit guéri :
Quand cet hôte est chagrin le ciel est assombri.

» Quel dieu ne s'est troublé pour une vierge humaine
Qu'il vit porter l'amphore au bord de la fontaine,
Ou qu'il surprit sans voile à travers les roseaux,
Quand d'un pied rougissant elle effleurait les eaux,
Ou quand d'une voix fraîche en ses vives cadences,
Sur les gazons en fleurs elle réglait les danses ?
Qui n'a sous les lauriers, et sous les grands épis,
Éveillé d'un baiser deux beaux yeux assoupis,
Et dormi dans la grotte, aux voluptés ouverte,
Entre deux bras d'albâtre et sur la mousse verte ?

» Retenu loin du ciel par d'amoureux liens,
Quel dieu n'a pas connu les champs helléniens,
Et n'a vu ni Tempé, ni la Crète aux cent villes,
Ni l'Arcadie aux bois odorants et tranquilles,
Ni le frais Cithéron, ni l'Égypte aux grands blés,
Ni les flancs du Taygète en cadence foulés ?

» Que de fois, s'égarant aux terrestres montagnes,
Des dieux olympiens les volages compagnes

Ont poursuivi d'amour les pasteurs les plus beaux,
Sous le hêtre chantant au milieu des troupeaux !

» Que de fois un chasseur, au bord de l'Érymanthe,
Implora sous l'ombrage une céleste amante,
Foulant ses javelots et son arc oubliés !
Les chiens trouvaient en vain le pas des sangliers ;
Vainement fleurs et fruits, jetés d'entre les saules,
Atteignaient le rêveur à ses brunes épaules :
Négligeant Amymone et le plaisir certain,
Son cœur suivait Diane et le croissant lointain.

» Que de fois, près du puits posant son urne pleine,
Sur le métier oisif laissant dormir la laine,
Seule à travers les bois, et s'écartant des jeux,
D'Argos ou de Corinthe une fille aux doux yeux,
Lassant de ses mépris des amoureux sans nombre,
Rêva d'un jeune dieu qu'elle entrevit dans l'ombre !

» Les enfants de la terre et les enfants du ciel
Se poursuivent ainsi d'un désir mutuel.

» Le nectar coule à flots dans nos coupes divines ;
Quel vin pareil mûrit, ô terre ! en tes collines ?
Et pourtant, attirés de nos palais d'azur,
Nous dirigeons nos chars vers quelque toit obscur !
Hors des jardins féconds du céleste domaine,
Qui pousse ainsi les dieux parmi la foule humaine,
Et, quand le lit d'hymen abonde en voluptés,
Leur fait chercher l'amour des terrestres beautés,
Soumettre à la douleur leur nature impassible
Pour le cœur d'un enfant, quelquefois insensible ;
Subir la faim, le froid, tous les travaux du corps ;
Et, sanglants, traverser le noir séjour des morts ?

» Sans doute du Destin, qui régit le ciel même,
Cet attrait invincible est une loi suprême.

Vers le séjour des dieux l'homme aspire d'en bas,
Et vers l'homme en secret les dieux portent leurs pas.
Par un désir pareil nos races attirées
Doivent-elles toujours être ainsi séparées ?

» Sans doute, pour un temps, l'homme triste et banni,
Comme nous lui manquons, manque à notre infini ;
Et votre hymen, Éros, est attendu, peut-être,
Pour peupler tout le ciel, et pour parfaire l'Être.
A l'accord idéal du chant olympien,
L'homme, pour l'achever, doit réunir le sien,
Et lier, de ses mains, en y prenant sa place,
Le grand cercle dansant qui tourne dans l'espace.

» Relève donc, Éros, ton front pâle et penché ;
Nous voulons partager le ciel avec Psyché.
Nous avons comme toi souvent gémi sur elle ;
Son sort nous est connu, nous savons qu'elle est belle.
Sèche tes yeux, Éros ; tes pleurs ont tout guéri.
Vois, le père des dieux avec nous t'a souri :
Car notre esprit est un, nos volontés sont unes,
Et les lois du Destin à tous nous sont communes.
Par lui souffrit Psyché ; tout ce qu'il fait est bon.
Ton hymen attend l'âme et sera son pardon ;
Au banquet immortel elle peut prendre place ;
Des fleurs neuves au ciel germeront sur sa trace ;
Chaque dieu lui gardant son présent le meilleur
La voit avec tes yeux et l'aime avec ton cœur.
C'est d'elle que nous vient l'attrait plein de mystère
Qui nous invite encore à fréquenter la terre ;
Elle que nous cherchons ; c'est toi, bel être humain,
Que l'amour chez les dieux conduira par la main.

» A sentir ton retour chez nous la joie est grande ;
Viens, pour se compléter, l'Olympe te demande.

9

Ta tâche est accomplie, et Dieu t'ouvre son sein.
Ton œil dans l'idéal peut plonger sans larcin;
Un astre y brille au lieu de la lampe première.
Viens connaître l'époux sur un lit de lumière;
Nous nous réjouissons d'entendre dans le ciel
Sur vos lèvres chanter un baiser éternel!

» Vers la terre d'épreuve où gît ta pâle amante,
Toi, vole, ô jeune Éros! sur sa tête charmante
L'extatique désir brisé dans son effort
Répand un froid sommeil avant-coureur de mort.
Serre-la dans tes bras, vole, et nous la ramène;
Ses roses renaîtront au feu de ton haleine;
Les Grâces, la prenant à la porte des cieux,
Au son des lyres d'or feront ouvrir ses yeux. »

Le père avec amour contemplait sa pensée
En sons harmonieux par ses fils retracée.
Ses décrets éternels par leur voix ont parlé ;
Et le pardon promis, d'un sourire scellé,
De son front abaissé sur le dieu qui l'implore,
Comme sur un sommet le regard de l'aurore,
Tombe, et de ses cheveux agités doucement,
L'ambrosienne odeur pleut à ce mouvement,
Et suit à flots égaux, dans la vaste étendue,
L'onduleuse clarté de ses yeux répandue.
De ces saintes lueurs l'Olympe est radieux ;
Elles ont pénétré le cœur même des dieux,
Et, glissant sur les flancs des hauteurs qu'ils habitent,
Dans la terrestre plaine elles se précipitent,
Portent vers les humains un message d'amour
Et du soleil antique annoncent le retour.

A peine ce sourire où réside la grâce
A du dieu père et roi fait flamboyer la face,
Le doux mot de pardon sur ses lèvres encor
Coule comme le miel versé d'une urne d'or ;
Du signe de ce front d'où la splendeur émane
L'éther oscille encore en sa mer diaphane ;
Et, plus vite qu'un trait de son arc d'or chassé,
Déjà vers notre monde Éros s'est élancé,
A l'épouse apportant des voluptés certaines,
Et la fin de l'espoir la plus douce des peines.

Au-dessus des cités, des golfes, des déserts,
La flamme de son aile a sillonné les airs.
Telle, au souffle d'Eurus, de pourpre et d'or chargée,
Des monts orientaux jusqu'à la mer Égée,
La nue au sein fécond vole et rougit les flots
A la fois de Samos, d'Icare et de Délos,
Et va, dans la même heure, ouvrir ses flancs humides
Et baigner les fruits d'or au fond des Hespérides.

Tel et plus promptement vers le cœur plein d'ennui,
Vers l'amante éplorée et qui se meurt pour lui,
Descend le jeune Éros. Sur la terre émaillée,
Psyché gisait encor sans s'être réveillée,
Et l'aube au-dessus d'elle ouvrant ses yeux en pleurs
Mouillait son corps de marbre en abreuvant les fleurs.

Sur ses deux bras pliés l'époux divin l'enlève ;
Elle dormait toujours de son sommeil sans rêve ;
Et l'Amour, la gardant pour un réveil plus beau,
Non sans mille baisers, porte ce doux fardeau,
Par la route éthérée aux hommes interdite,
Jusqu'au sommet d'Olympe où l'idéal habite.

D'ineffables accords, quand ils passent le seuil,
Des sourires sacrés partout leur font accueil ;

Un cortége les suit où la lyre résonne.
Déposant l'âme aux pieds de celui qui pardonne,
Éros prie, attendant le regard paternel,
Le dieu qui fit les cœurs pour en peupler le ciel.

Pâle encore est Psyché; près d'eux agenouillées,
Les Grâces blanches sœurs aux paupières mouillées
Soutiennent son beau corps. Le père souverain,
Enveloppant Pysché d'un sourire serein,
Touchant du doigt ses yeux, les rouvre; la jeune âme
S'éveille et resplendit dans un cercle de flamme,
Voit l'Olympe et les dieux, et sans étonnement
L'invisible conquis et l'éternel amant.

Le Père a prononcé l'arrêt clément et juste
Qui du toit nuptial ouvre l'asile auguste ;
Et les époux, heureux des malheurs oubliés,
Chez les dieux à jamais par l'amour sont liés.

Et les Muses en chœur disaient la chanson tendre
Que le lit de l'hymen se réjouit d'entendre :

« Des longues voluptés l'asile est prêt pour vous ;
Une lampe sans ombre y sourit aux époux ;
Ouvrant, sans les troubler, son œil sur leurs caresses,
Elle porte un jour calme au fond de leurs ivresses.

» Là, tout désir sans voile est saint par son ardeur.
Viens, jeune âme, les dieux ignorent la pudeur :
L'homme la connaît seul. Amours, beautés humaines,
Redoutent la clarté comme des ombres vaines.

» Là-bas, voir c'est douter, c'est désirer le mieux :
L'amour doit s'y garder de l'atteinte des yeux.
C'est par l'endroit secret, voilé toujours en elle,
Que toute beauté plaît, et qu'elle reste belle.
Le soleil n'y paraît que d'ombres entouré.
Là, le cœur est puni s'il a trop aspiré.
Aux voluptés sans fin la force se refuse ;
L'attrait meurt du plaisir, la lèvre aux baisers s'use ;
Le corps se meurtrit même aux roses des coussins ;
Les travaux de l'hymen déforment les beaux seins ;
En des yeux alanguis s'éteint la jeune grâce,
Et du front qui charmait l'enchantement s'efface.
Alors, le cœur s'affaisse et s'enfuit l'idéal,
Comme un feu trop subtil pour ce faible métal,
Qui, dans l'urne fragile allumé par surprise,
Sous ses flots jaillissants la fait fondre ou la brise.

» Au pays d'où tu viens, tout désir fort et grand,
Toute soif de bonheur, est un mal dévorant ;
Une amour combattue, aussi bien qu'assouvie,
Ravage également les sources de la vie.
Mais dans l'Olympe, oh ! viens t'abreuver de ce feu :
Il consume un mortel, mais il fait vivre un dieu.

» Viens boire à ce torrent sans fin et sans mesure.
S'abstenir fut la loi de l'humaine nature.
Mais, ô déesse ! viens, cœur d'amour altéré,
Viens, et plonge en délire au fond du flot sacré !

» L'astre qui luit là-bas sur la terre profonde
Flétrit s'il fait éclore, et brûle s'il féconde ;
L'ombre seule conserve aux zéphyrs de demain
La fleur dont l'aube ouvrit les lèvres de carmin.
Ainsi les fleurs de l'âme ont besoin du mystère
Pour garder plus d'un jour leur éclat solitaire.

» Mais chez les dieux, l'amour, ce soleil infini,
Père de la beauté, n'a jamais rien terni.
Quand un rameau languit, son regard le relève;
Il y verse à la fois la chaleur et la séve;
Et l'arbre en un matin ouvre tous ses bourgeons
Sans crainte de tarir aux futures saisons.

» Sans réserve et sans voile ici les cœurs se livrent;
Sans lasser les époux, leurs bonheurs les enivrent;
Rien ne redoute en vous le doigt ni le flambeau;
Le millième baiser pour vous sera nouveau.

» L'amant vient revêtu de sa seule lumière
Vers la couche de pourpre, où, montant la première,
L'amante de ses bras, qu'elle dénoue enfin,
Sur les pieds d'or du lit laisse tomber le lin.

» Ah! tu peux à présent rassasier ta vue
De la divine forme autrefois entrevue.
Approche-toi, Psyché, de ton céleste amant;
Qu'il soit ton seul spectacle et ton seul vêtement.
Toi, jeune Éros, répands tes parfums et l'enivre,
Elle qui vit par toi, comme elle te fait vivre;
Et que le soleil vrai, saint, fécond, immortel,
Rayonnant sur ta couche, ô couple aimé du ciel!
Sur ton amour unique aux douceurs variées,
Fasse germer l'émail des fleurs multipliées.
Mêlez-vous l'un à l'autre, et pour l'éternité,
Sur un lit radieux, ô vous, Amour, Beauté! »

Hors du cercle des dieux, dont les graves sourires
Les suivent longuement avec la voix des lyres,
Glissent les deux époux vers les toits retirés
Que leur garde l'Hymen au fond des bois sacrés.

Se tenant par la main, ils vont : les hautes branches
S'inclinent pour toucher à leurs épaules blanches.

Tels on voit s'enfoncer à travers les roseaux
Deux cygnes amoureux balancés sur les eaux ;
Tels s'effacent au loin ces deux corps pleins de grâces
Dans les arbustes verts refermés sur leurs traces ;
Et la grande forêt, ouvrant sa profondeur,
Du couple nuptial a voilé la splendeur.

Quel mode de la lyre, et quelle voix humaine
Dira du lit d'hymen où ton dieu te ramène,
O Psyché ! la douceur et les ravissements,
Après l'exil souffert, les discours des amants,
La sainte volupté déliant leurs ceintures,
L'intime fusion des divines natures,
Et par les nœuds riants des baisers infinis
L'Amour et la Beauté dans la lumière unis ?
Celui-là pourrait seul en retracer quelque ombre
Dont la bouche, abondante en puissances sans nombre,
Saurait fondre et mêler, dans l'or de ses chansons,
A la fois des clartés, des parfums et des sons,
Et dérobant au ciel la forme inaccessible,
Rendre à chacun des sens la parole visible.
Mais quel artiste ainsi montre à l'homme charmé
L'idéal tout entier dans son verbe enfermé ?
Celui-là, qui de l'être écrivant le poëme,
Dans l'espace rempli vit en son œuvre même.

Or, les Heures portant deux vases inégaux,
Qui versent aux mortels et les biens et les maux,
Autour du genre humain tournaient dans la durée
D'un pas sombre ou brillant par elles mesurée ;
Et l'ivresse d'hymen, si rapide chez nous,
Coulait intarissable aux célestes époux ;
Et dans leur âme, encor vierge après ces délices,
L'amour éternisait la douceur des prémices.

Sans qu'un instant jamais de la main ou des yeux
L'époux quittât l'époux, en ces bois merveilleux,
Où l'ombrage odorant luit de leurs auréoles,
Souvent ils s'en allaient, échangeant leurs paroles.
L'Olympe recueillait leur souffle dans ses fleurs,
Et le bruit de leur voix dans ses oiseaux chanteurs.

A travers les clartés d'une existence neuve,
Psyché revoit les temps du deuil et de l'épreuve ;

Le présent s'embellit de tous les maux passés,
Des tableaux de l'exil à l'époux retracés ;
Et l'âme, alors, planant d'une sphère plus haute,
Rend grâce du bonheur à la première faute.

« Oh ! comme ton regard, séchant mes yeux en pleurs,
A tari vite en moi la source des douleurs !
Comme il a dissipé la nuit et ses mensonges,
Et fait fuir tous mes maux dans le pays des songes !

» Laisse de tes rayons mon cœur enveloppé !
Des neiges de l'exil pauvre oiseau tout trempé,
Frileux, et tout meurtri par les vents et les grêles,
Ce doux soleil essuie et réchauffe mes ailes.

» Regarde-moi toujours ! C'est à travers tes yeux
Que coule en mon esprit la lumière des cieux ;
C'est par leurs rayons seuls que s'allume la flamme
Pour s'élancer vers toi du foyer de mon âme.

» Reste sous mes regards, comme moi sous les tiens !
Si ta vie est ma vie, et si tu m'appartiens,
Laisse errer sur ton sein mes yeux que tu ranimes ;
Ouvre-moi de ton cœur les asiles intimes ;
Posséder tout l'Olympe, être immortel et roi,
Être heureux, ô mon Dieu ! ce n'est que voir en toi !

» Mais moi, pour satisfaire à ta vue éternelle,
Me suis-je assez parée, et rendue assez belle ?
Suis-je pour quelque chose au moins dans ton bonheur ?
T'ai-je payé celui que tu mets dans mon cœur ?
Pour valoir à tes yeux, pour gagner quelques charmes,
Je recommencerais et la vie et mes larmes !

» Bénie entre les nuits, celle où mon jeune instinct
M'arma de ce flambeau voulu par le Destin,

Troubla de ses lueurs nos voluptés obscures,
Et conquit l'avenir en bravant les augures ;
Et, même entre tes bras, me lassant du plaisir,
D'un hymen plus parfait mit en moi le désir !

» Si le bonheur des sens eût dompté ton amante,
De l'ivresse du corps et de l'ombre contente ;
Si, pour un temps, mon cœur, de ton âme altéré,
Du miel de tes baisers n'avait été sevré,
Psyché ne connaîtrait qu'à travers les ténèbres
Son dieu toujours voilé par des terreurs funèbres ;
Et, d'un étroit jardin faisant son univers,
N'eût jamais vu l'Olympe et ses palais ouverts !
Jamais, en toi plongeant, ce cœur qui te pénètre
Ne se fût à loisir enivré de ton être !

» T'admirer longuement, jouir de nos amours
Sans qu'ils soient divisés par des nuits ou des jours ;
Boire avec toi du ciel l'extase ardente et pure,
Sans que le Temps avare à nos cœurs la mesure ;
N'être avec toi qu'un dieu !... je le dois à l'orgueil
Qui, dans l'antique nuit, de mon âme ouvrit l'œil ;
Et, las de tout plaisir que le soleil n'éclaire,
Accepta la douleur au prix de la lumière.

» Peut-être un cœur plus humble, et par les sens guidé,
Satisfait de l'époux à demi possédé,
Sans chercher de l'amour l'entière plénitude,
De l'ombre et du sommeil eût gardé l'habitude.
Mais un esprit plus fier habita dans mon sein,
Et tu choisis Psyché pour un plus grand dessein.
Goûter dans l'ignorance une volupté molle,
C'est le lot du troupeau des êtres sans parole,
De l'argile pétrie, en qui ne vit nul feu ;
Il fallait autre chose à l'amante d'un dieu !

» J'ai bien maudit ma lampe et la clarté nouvelle,
Car en moi la douleur s'introduisit par elle.
L'heure où je l'allumai reçut un nom fatal;
La science passa pour la mère du mal,
Et de l'orgueil sacré la terre fit un crime.
Mais, pour le ciel conquis, pour notre hymen sublime,
Pour le flot de splendeur qui m'inonde aujourd'hui,
Je bénis cet orgueil, car tout est né de lui!

» Désirs, brûlants désirs de sentir, de connaître,
Par qui Psyché monta vers les sources de l'être;
Orgueil, ô Volupté! soif des biens infinis,
Vous, blasphémés jadis, enfin, soyez bénis!
Du triste genre humain le malheur vous accuse;
Mais le désir demeure, et la souffrance s'use.
Désirs, vous êtes saints; car saint est votre but;
Et l'Olympe, après tout, vous doit payer tribut.
A travers tous les maux, l'homme est né pour vous suivre;
Avant vous j'existais, et vous m'avez fait vivre!

» Dans la première nuit je ramperais encor,
Orgueil et Volupté, sans vos deux ailes d'or.

» Jouissant du bonheur de l'aveugle matière,
L'hymen ne m'eût montré que sa forme grossière;
J'ignorerais encor ses secrets les plus doux,
Et je ne verrais pas que j'ai dieu pour époux!
Par vous, ô saints désirs, sur la terre inféconde,
Un éclair descendu révèle un meilleur monde.
Tout ce qui vit, par vous arrive au port caché.
Par vous, le seuil des dieux s'est ouvert à Psyché;
Et l'amant idéal, cédant à votre audace,
A l'amante mortelle a dévoilé sa face. »

Entre les jeux, souvent, les baisers, le repos,
Mêlant le discours grave et les tendres propos,
Comme sur l'oranger aux branches étoilées
Avec l'or des fruits mûrs les jeunes fleurs mêlées,
A la langue du ciel empruntant ses doux sons,
L'épouse se parait d'abondantes chansons.

Déployant sur son cœur les caresses divines,
Comme de chauds rayons sur les vertes collines,
L'époux lui répondait, et versait à son tour
Le chaste enivrement des paroles d'amour.

Non, jamais au printemps, quand la vierge encor pure,
S'abreuve de l'espoir qu'exhale la nature,
Et des premiers aveux, avec l'air plein d'encens,
Aspire la musique à travers tous ses sens ;
Même à l'heure où, laissant tomber ses bras pudiques,
Éperdue, elle cède aux prières magiques ;
Où tous les sons divins, voix des flots, bruit du vent,
Tout semble avoir passé dans la voix de l'amant,
Jamais femme ici-bas n'ouït choses pareilles
A la voix, ô Psyché ! qui charmait tes oreilles !

Leur extase ainsi coule en paisibles discours,
Comme un flot non troublé, mais qui parle en son cours :
Et chaque heure embellit ce fleuve au bord sonore
Des mille fleurs sans nom que le ciel voit éclore.
Tantôt des voluptés les asiles lointains
Abritent leur amour ; ou, dans les gais festins,
Parmi les immortels qui cherchent leur sourire,
Ils échangent tous deux et la coupe et la lyre ;
Ou la flûte conduit leurs pas entrelacés
Sur les modes divers·à la danse tracés.

Tantôt penchés ensemble au bord des sources vives,
Ils tiennent sur les flots leurs âmes attentives ;
Des nids et des bourgeons surprenant les secrets,
Ils écoutent germer les célestes forêts.

Convive du nectar, à l'Amour même unie,
Psyché revêt des dieux la nature infinie.
Tous ses jours, mesurés comme on mesure au ciel,
Ne forment qu'un instant, mais il est éternel.
Sans s'épuiser jamais, aux plaisirs qu'elle goûte
Des biens déjà sentis la volupté s'ajoute ;
Et, des fleuves d'en haut merveilleux réservoir,
Son cœur, toujours rempli, peut toujours recevoir.

Or, selon les destins, Psyché devint féconde,
Et l'épouse d'Éros mit une fille au monde,
Enfant donnée aux cieux pour en charmer la paix,
Mais cachée aux mortels sous des voiles épais.
Sans jamais l'entrevoir, nous aspirons vers elle ;
Du peuple des vivants, c'est la soif éternelle,
L'attrait par qui tout être au but est excité ;
Mais l'homme n'en sait rien que son nom : Volupté !
Nom qu'usurpent chez nous d'éphémères ivresses !
Nul n'en goûte ici-bas les suprêmes caresses ;
Elle habite un Olympe à l'abri du désir ;
On n'en voit rien que l'ombre à travers le plaisir.
L'amour seul, aux instants d'extase la plus pure,
En révèle à nos cœurs l'idée encore obscure.

ÉPILOGUE

Chaque fois que je vis, rêveur adolescent,
Comme une aube aux doux feux, mais éteinte en naissant,
Flotter à l'horizon ta robe purpurine,
Soudain au fond du ciel, sur la vague marine,
Tes pieds comme un éclair glissaient, ô Volupté !
Et, sur la pâle mer, alors, de mon côté,
Une figure en deuil s'avançait à ta place :
Sa grande ombre effaçait les roses de ta trace.
L'ache et le nénuphar, dans ses cheveux séchés,
Se posaient sur mon front en couronne attachés.
Autour d'elle un essaim de noires mélodies
Heurtait en voltigeant mes tempes engourdies ;
Et comme un flot des mers affaissé sous son poids,
Mon cœur cessait de battre au toucher de ses doigts.

Sombre Mélancolie ! ô fatale déesse
Qu'à sa place en fuyant la Volupté nous laisse,
De tes pavots amers goutte à goutte abreuvé,
Nul homme plus que moi sur ton sein n'a rêvé ;
Nul n'a vu si souvent, frappé de ton vertige,
Fruits ou fleurs avorter dès qu'il touchait leur tige ;
Nul, malgré les rayons pendant l'aube aperçus,
N'a plus d'ombre en son âme et plus d'espoirs déçus ;
Nul n'a mieux, en tout temps, reconnu sur sa voie
La tristesse présente au fond de toute joie.

Mais oublie, ô poëte ! et monte avec tes vers,
Puisqu'ils portent Psyché dans un autre univers ;
Puisqu'au nombre des dieux tu l'as déjà placée,
Ah ! parle-nous du ciel sans arrière-pensée !
Parle-nous d'idéal, de l'époux inconnu,
Et du jour de l'hymen, qu'il soit ou non venu !
Oublie une heure encore, et fais trêve à la plainte.
Laisse arriver à nous l'écho de l'hymne sainte
Qu'à la fille d'Éros, tout étant consommé,
Au bruit des lyres d'or, dit l'Olympe charmé.

Le chœur olympien, voix suprême du monde,
Chante, ô couple attendu ! sur ta couche féconde :
Car le retour de l'âme à l'époux amoureux
Nous réjouit autant, nous parfaits, nous les dieux,
Impassibles, sereins, éternels que nous sommes,
Que l'aube réjouit la tristesse des hommes.

Le ciel même, ô Psyché ! s'éclaire à ton regard.
Déjà depuis mille ans convives du nectar,
Nous en goûtions l'ivresse, et tu n'étais pas née :
Et pourtant chez les dieux ta beauté ramenée
Ajoute à ce bonheur à qui rien ne manquait.
Tu fixeras Éros au céleste banquet.
Notre vie est en lui, nous respirons sa flamme ;
Par lui nous t'épousons, et nous t'aimons, jeune âme !
Tout être a tressailli du baiser nuptial
Qui relie en vous deux la terre et l'idéal ;

Et, des mêmes désirs calmant les saintes fièvres,
L'homme et dieu dans le ciel s'embrassent par vos lèvres.

Ce berceau nous sourit d'une fille par vous,
Parure de l'Olympe, enfant chéri de tous,
Né de la Beauté même, avec l'Amour unie.

Volupté, Volupté, doux fruit de l'harmonie !
Joyeux autour de toi, des plus belles chansons
Chacun te salûra ; comme au jour des moissons
Un chœur sacré, de fleurs couronné pour la danse,
Chante autour de Cérès espoir de l'abondance.

Dieux des bois, dieux des mers, rentrez, ô dieux épars !
Dieux qui dans l'air guidez l'or brûlant de vos chars,
Dieux répandus partout, l'Olympe vous rappelle ;
Revenez, saluez la déesse nouvelle !
Des vieux chênes, des flots, des antres souterrains,
Dieux, ministres de l'Être, ô Cyclopes, Sylvains,
Nymphes, Zéphyrs, Tritons, dieux légers, dieux énormes,
Esprits universels qui supportez les formes :
Rentrez dans votre ciel, dieux exilés là-bas !
Et vous, Titans, l'Olympe est ouvert sans combats !
Entre les dieux rivaux, toute haine s'oublie ;
Leur chaîne par tes mains à ses deux bouts se lie,
O Psyché ! toi par qui l'amour est triomphant !
La ronde au pied sonore entoure ton enfant,
Et la couvre de fleurs, et chante, et la dit reine,
Et respire à longs traits sa grâce souveraine.

Esprits des éléments, loin du foyer bannis,
Chantez, ô dieux ! chantez, vos travaux sont finis !
Esprits du feu, de l'air, de la terre et des fleuves,
Serfs ou tyrans de l'homme, instruments des épreuves,
Par qui l'âme a senti, souffert, lutté, vaincu,
Venez ! assez de jours la Discorde a vécu.

L'amour a tout guéri; l'être a retrouvé l'être;
Cet hymen est fécond, Volupté vient de naître!
Elle rassemble autour de son berceau sacré
Le grand peuple des dieux, pour un temps séparé.
Prenez-vous par la main, formez la danse unique,
Chantez à l'unisson l'éternelle musique.
Dans l'Olympe natal revenez tous, ô dieux!
Comme y revient Psyché. Flots épars en tous lieux
Où l'exilée a bu, revenez à la source.
Oiseaux, rentrez au nid. Rayons qui de sa course
Éclairiez les détours, ô peuple universel!
Rentrez dans l'unité de l'astre paternel.

Et vous, voiles, tombez; songes, vapeurs, chimères,
Pâles ombres de l'être, ô formes éphémères!
O voiles de l'époux! l'âme a su vous percer.
Sur son sein qu'à loisir elle peut embrasser,
Elle voit désormais l'éternelle substance,
Et l'amour la nourrit sans fin de son essence;
Elle touche au réel. Apparences, tombez!

A toi vont tous les flots, en un flot absorbés,
O vaste Olympe! étends tes plaines sans limite,
Puisque l'amour brisa ta barrière interdite.
Tout un peuple t'arrive; oh! pour le recevoir,
Grandis, sois infini comme était son espoir!
Ouvre à tous les vivants ta voûte heureuse et sainte;
Rien ne doit exister par delà ton enceinte.

Vous, mondes; vous, soleil; toi, globe des humains,
Germes errants dans l'air sans trouver vos chemins,
Ames des feux éteints, fleurs sèches, races mortes,
. Venez à flots pressés, l'Olympe ouvre ses portes;
Habitez en un seul réunis pour toujours;
Il n'est plus aujourd'hui deux peuples, deux séjours:

Ici joie et clarté ; là souffrance et mystère,
Dans l'azur un Olympe et dans l'ombre une terre.
Pour l'éternel palais de l'Être universel,
Il n'est plus qu'un seul monde, et ce monde est le Ciel.

Dans l'Olympe nouveau que toute vie habite !
Vers votre enfant, Éros, l'heureux peuple gravite.
Règne, ô fille d'amour ! sur le chaos dompté ;
Règne dans l'harmonie, ô sainte Volupté !

Et toi meurs, ô Douleur ! vieille reine des hommes !
Leur terre est arrivée avec eux où nous sommes :
Tout vit là d'où jamais tu ne pus approcher :
Quel asile te reste, ô Mal ! pour t'y cacher ?
Meurs ! Psyché brave ici ta poursuite fatale ;
Le dieu qui la rend mère en a fait son égale.
Meurs ! la Volupté naît de leur hymen puissant.
Tu ne fus rien, ô Mal ! que l'idéal absent,
Et caché par l'époux aux âmes qu'il éprouve ;
Tu n'es rien, maintenant que Psyché le retrouve,
Rien près de cette couche, aux transports infinis,
Où l'éternel baiser les garde réunis.
Meurs donc ! Mais, ô Douleur ! simple absence de l'être,
Tu n'as pas à mourir, ô Mal ! pour disparaître.
Qu'es-tu ? vide et néant, ombre sans fixité
Des choses que le jour frappait d'un seul côté.
Meurs ! Tout baigne aujourd'hui dans la clarté suprème,
Et l'être abonde ici, c'est un monde où l'on aime ;
Monde en qui tout afflue et qui contient tous lieux.
Expire donc, ô Mal ! il n'est plus que des dieux !

ODES ET POËMES

A MON AMI

BARTHÉLEMY TISSEUR

Né à Lyon le 24 août 1812,
Mort à Neuchâtel (Suisse) le 28 janvier 1843.

––––––––

Peut-être ne m'auriez-vous pas permis d'inscrire votre nom sur ce livre ; peut-être votre amitié, qui s'entourait d'une sorte de pudeur exquise, se fût alarmée de ce témoignage public. Vous mettiez d'ailleurs, à rester inconnu, autant de persistance que les hommes en mettent d'ordinaire à poursuivre les jouissances de la vanité. Mais maintenant, ô mon ami, vous n'êtes plus ici-bas le maître de votre nom ; c'est à nous qu'appartient désormais le soin de cette part de vous-même ; c'est notre devoir et notre consolation de l'environner aux yeux de tous de la respectueuse tendresse que vous nous inspiriez.

10

Vous le savez, mon ami, je contenais à peine devant vous le besoin de révéler les merveilleuses profondeurs de votre âme, où Dieu m'accorda de lire plus avant que personne, et qui ne tarissait pas pour moi de douce affection et de graves enseignements. Aujourd'hui, ces poésies animées de votre souffle vont se produire dans un monde où vous n'êtes plus; à tous ceux qui leur feront accueil, je veux qu'elles rendent témoignage de l'abondance de vie que mon esprit a reçue du vôtre. Pendant ces années fraternelles de notre jeunesse, tourmenté de la soif commune, j'ai puisé à bien des sources de savoir; j'ai ouvert bien des livres, j'ai interrogé bien des hommes, et jamais je n'obtins des paroles si fécondes que les vôtres sur les choses de l'âme et sur celles de Dieu.

Vous possédiez quelque chose de mieux que toutes les sciences acquises par l'étude froide et bornée ; ce rayon qui illumine tout homme venant en ce monde, vous le portiez en vous plus large et plus ardent, plus pur de toutes les ombres qu'y mêlent chez nous les égarements de la volonté. Vous regardiez tout à cette lumière, et vous jugiez plus sagement, avec votre instinct rapide, que tout autre avec le lent appareil de la réflexion. Votre cœur riche de l'élément divin retrouvait et reconnaissait partout la divinité. Vous aviez le don de sentir sans hésitation ce que chaque objet renferme en soi de l'éternel et de l'absolu. De là chez vous cette indulgence qui nous étonnait, pour

des choses dont nous ne connaissions que la surface,
mais au fond desquelles vous aviez découvert une
seule étincelle de l'idéal; de là aussi votre sévérité
pour tant d'œuvres sanctionnées par la foule, mais
qui manquaient du principe vivifiant. C'était vous
qui rameniez notre pensée à ce qui est immuable
dans la morale et dans l'art; vous nous défendiez de
toute concession aux caprices éphémères. Le présent
ne pouvait vous enchaîner; vous regardiez l'avenir,
car c'est dans l'avenir qu'est le royaume de l'amour.

Vous saviez choisir, pour me parler, une langue
si bien appropriée à mon esprit, que je croyais avoir
entendu déjà au dedans de moi-même chacune de
vos paroles murmurées par ces voix profondes qui
ne trompent jamais. Dieu vous avait fait mon maître,
et vous vous étiez fait mon frère : un frère aîné, mon
guide dans la voie difficile où nous marchions tous
les deux. J'avançais à la lueur de votre inaltérable
raison; je comprenais de loin vos moindres signes.
Votre intelligence s'était si bien confondue avec la
mienne, que nous semblions avoir le même regard
et le même sentiment. Les impressions de tous deux
étaient semblables; les vôtres plus complètes sans
doute, et suivies d'un jugement plus pénétrant; mais,
sans aller aussi avant, mon esprit s'élançait dans la
même direction. Quand vous m'expliquiez ce que
nous voyions ensemble, vos idées me paraissaient
n'être que ma pensée éclairée et agrandie. Aussi je
cherche en vain dans mon cœur une croyance, une

admiration, un espoir, qui n'aient été les vôtres ; je n'y trouve que mes faiblesses qui soient bien à moi.

Si j'ai puisé quelques gouttes aux sources de la vraie sagesse, c'est que vous m'avez aidé à soulever la pierre qui recouvre les puits sacrés. Nous nous sommes rencontrés dans les mêmes solitudes, conduits par les mêmes aspirations ; notre amitié s'est fortifiée dans des combats semblables et dans une commune tristesse ; elle s'est nourrie du même aliment, la sainte, l'éternelle poésie ; avec vous, c'est la poésie que Dieu retire de moi.

Cette œuvre que je vous offre, épanouie dans mes larmes, elle est née sous votre sourire, elle a reçu le baptême de vos conseils ; c'est votre esprit que j'interroge en l'achevant, car il portait en lui la règle du beau. Une parole de vous suffisait pour condamner ou pour absoudre mes actions et mes pensées. Seule au monde avec vous et sans autre écho que votre cœur, ma poésie aurait vécu aussi heureuse d'elle-même qu'avec les suffrages de tout un peuple. En vous, le rayon impersonnel et surhumain avait dissipé tout égoïsme de l'intelligence et du cœur ; et comme votre esprit s'abdiquait par l'amour en Dieu et dans les hommes, ce n'était plus un seul esprit, mais c'était l'esprit universel et divin qui parlait en vous. Avec vous j'avais deux consciences ; j'ai perdu la plus vigilante et la plus infaillible.

Cette force qui centuplait la mienne, elle m'est retirée à l'heure même où j'aborde les luttes les plus sérieuses de la vie. Et vous! pour la première fois, vous aviez senti la sainte joie de l'artiste maître enfin de son temps et de son œuvre; vous grandissiez par la liberté; nous fixions sur vous les yeux avec orgueil, nous tous qui avions rêvé près de vous une si noble existence de travail et d'amitié, et voilà que vous êtes arraché violemment à tous nos projets d'avenir. Ame altérée de Dieu, cette mort vient combler votre soif infinie, mais à nous elle ôte ici-bas nos plus chères espérances de poésie et de vertu. Peut-être avons-nous mérité cette épreuve; mais elle est affreuse, elle ébranlerait notre foi dans l'éternelle bonté! Ne craignez pas cependant, ô mon ami; nous avons appris de vous la patience et le respect aux décrets d'en haut; nous vous avons vu souffrir. Nous avons vu votre inaltérable douceur aux prises avec ces misères qui aigrissent et rapetissent les cœurs faibles, avec ces tentations qui induisent à la révolte les natures énergiques, avec ces déceptions qui inspirent à tous les caractères la haine et l'ironie; et jamais ne se sont démenties votre mansuétude envers les hommes et votre confiance en Dieu.

Esprit éminent, fait pour marcher de pair avec les plus grands esprits, nous vous avons vu, obscur et méconnu, porter avec joie votre obscurité, à notre époque d'ambitions révoltées, toujours prêtes à accuser la terre entière de leur impuissance et de leurs avortements. Nous avons vu la médiocrité insolente fouler aux pieds votre modestie pleine de candeur et

10.

d'abnégation, sans vous arracher même l'amertume d'un sourire. Cœur généreux et dévoué, longtemps enchaîné dans une sphère où l'égoïsme des sentiments n'a d'égal que la stérilité des idées; où tout ce qui perçait de votre haute pensée vous attira plus d'une fois la dérision ; où vos saintes préoccupations du beau et du vrai, si elles venaient à se trahir, étaient taxées de démence; jamais vous n'avez rendu le mépris pour l'ironie et la haine pour le dédain. Car vous aviez cette vraie bonté qui n'existe qu'avec des conceptions étendues et des passions réprimées. Que vous importait à vous, amoureux de l'infini, le jugement des âmes vulgaires? Entre vous et leur dédain, vous aviez votre conscience, vos amis et Dieu. Aussi comme vous étiez calme et doux pour chacun ! comme vous saviez apprécier dans les autres la moindre intention de vertu ! comme vous pardonniez vite les faiblesses de la volonté et l'impuissance de l'esprit, quand vous aperceviez quelques nobles sentiments dans le cœur! Si bien que de toutes vos richesses intérieures, votre mansuétude et votre universelle sympathie sont encore à mes yeux le miracle de votre grande âme.

J'ai marché à côté de vous durant les années les plus tristes de votre vie si abreuvée de tristesse, et je n'ai jamais entendu sortir de votre bouche une parole malveillante, un jugement sévère, même contre les plus méchants. Quand mon esprit facile à s'indigner, car il ne voyait pas aussi profondément que vous, s'emportait en anathèmes contre les hommes et les choses de ce temps ; quand je répandais ma colère et mon mépris, c'était vous toujours qui me rappeliez à la sainte loi de charité, à notre commun idéal de paix et d'amour, dont ne s'écartèrent jamais une seule de vos actions, une seule de vos pensées.

Nul ne fut plus que vous animé de la croyance au Dieu bon ; nul n'affirma plus fortement le bien, commencement et fin de toutes choses ; nul n'oublia mieux les misères de la vie présente dans l'universelle contemplation de l'être et des inépuisables félicités de la vie absolue. La notion divine de l'amour éclairait toutes vos conceptions ; à sa lumière infaillible vous regardiez toute œuvre et toute action de l'homme ; toutes vos doctrines en jaillissaient. Cette révélation du principe de toute science, vous ne l'aviez reçue de personne ; elle vous venait directement de Dieu. Et moi je me réjouissais de sentir la puissance de votre inspiration supérieure ; j'y trouvais un guide pour mon esprit, un soutien pour ma volonté.

Je vous ai rencontré à l'heure où commence la jeunesse, vous êtes parti à l'heure où la jeunesse s'en va ; notre amitié représente pour moi tout ce que le matin de la vie a de nobles aspirations, de saintes croyances, d'ardents dévouements. C'est vous qui, durant ces trop courtes années, avez pénétré le plus profondément dans les replis de ma conscience ; j'aimais à vous en faire toucher les palpitations les plus secrètes, car vous sondiez avec une clairvoyance égale les plus petites plaies du cœur et les plus grands problèmes de l'esprit ; vous saviez nous conduire dans les sentiers étroits de la vie pratique et dans les vastes régions de la pensée.

Vous jugiez sainement des choses du monde, parce que vous aviez la science d'un monde supérieur. Vous habitiez par avance cette sphère plus pure ; votre âme, dirigée tout entière vers les idées éternelles, donnait si peu de son attention à cette terre mauvaise, que vous l'avez traversée sans jamais lui appartenir : de telle sorte qu'au jour où Dieu vous a rappelé dans son sein, le passage d'un monde à l'autre a dû se faire pour vous sans étonnement. Vous êtes entré dans l'idéal comme dans une demeure bien connue ; c'était pour vous le foyer paternel, et vous le quittiez rarement; maintenant sa chaleur et sa lumière vous enveloppent à jamais.

Vous êtes parvenu avant l'âge au terme de l'initiation. Qu'auriez-vous fait plus longtemps de la vie? Vous aviez étouffé en vous toute ambition terrestre. Vous aviez si bien dompté l'égoïsme et la personnalité, que Dieu seul vivait en vous. Vous ne participiez aux émotions de ce monde qu'à travers l'âme de vos amis ; nos peines étaient vos peines, nos joies étaient vos seules joies. Je le sais, moi dont vous adoptiez toutes les souffrances; moi qui vous empruntais à chaque instant les forces de votre esprit et de votre cœur pour accomplir mes douleurs et mes travaux, et qui vous trouvais toujours prêt à vous dépouiller de votre sérénité et de votre puissance pour en revêtir ma faiblesse et mon ennui.

Mais nous pouvons la continuer encore à travers l'invisible, cette intime communion, ô mon ami! car votre pensée vit en moi; elle m'est aussi présente qu'aux heures où vous répandiez sur nous la lumineuse chaleur de votre inspiration. Chaque idée qui s'élève dans mon sein contient quelque chose de vous; la meilleure part de mon intelligence, c'est votre enseignement toujours vivant. Dieu n'envoie pas des esprits tels que le vôtre pour traverser le monde sans laisser de traces. Les grandes semences de vérité qui furent déposées en vous ne se perdront pas, tant que nous aurons la force de labourer le champ de la parole. Et vous, vous rayonnerez sans cesse sur nous de là-haut; par l'intermédiaire de votre âme, nous communiquerons avec la vie divine; le calme et la force nous viendront toujours de vous. Chaque fois que les bruits de la terre feront silence dans notre cœur, et que le soleil intérieur s'y lèvera; quand nous serons tous réunis dans une même pensée de poésie et de vertu, alors votre douce image nous sera présente et viendra sourire au milieu de nous comme autrefois.

Recevez donc ce livre; il a été écrit sous vos yeux ou en face de votre souvenir. Sans doute ces vers ne renferment que de pâles ébauches de la poésie que vous portiez en vous; tels qu'ils sont vous les auriez aimés pourtant, car nos croyances communes les ani-

ment, et le saint amour de la nature vit en eux ; vous
les aimerez encore de là-haut : ils vous apprendront
que je suis resté fidèle au culte que vous m'avez en-
seigné.

Ami, la triste consolation de fermer vos yeux et de
mener votre deuil ne nous a pas été accordée. Une
terre étrangère vous recouvrait déjà quand l'affreuse
nouvelle nous est parvenue. Vous êtes mort loin de
nous, en nous appelant sans doute ! La pensée de
vos derniers instants déchire mon cœur. Votre tombe
est lointaine, mes genoux ne s'y sont pas encore po-
sés, peut-être ne la toucherai-je jamais. Vous n'avez
pas dans votre patrie une pierre qui garde votre
nom ; je veux l'écrire dans ce livre, à défaut d'un
monument plus solide. Une main plus puissante vous
aurait sculpté une image indélébile, moi je ne puis
vous dresser qu'une croix rustique taillée dans ces
forêts où nous adorions ensemble l'Invisible. Autour
d'elle, ceux qui vous ont connu se réuniront parfois
dans votre pensée, jusqu'au jour où nous pourrons
vous retrouver ailleurs que dans nos souvenirs. Alors,
dans l'aurore de la vie nouvelle, nous irons tous deux
aux clartés du soleil idéal nous abreuver à ces sources d'inépuisable poésie que nous cherchions en vain
au pied des plus grands chênes et des plus hautes
montagnes. Jusqu'à cette heure nous resterons unis
en vous, nous tous qui vous avons aimé ; ce frère qui
mérita d'être votre ami, et ce philosophe de la charité dont vous avez salué la parole avec tant de joie,

et tous ceux dont vous savez les noms et qui vous parlent ici par mes lèvres.

Recevez donc cette offrande faite de tout ce qui vous fut le plus précieux en ce monde, de poésie et d'amitié; et plus dignes de vous que ce livre, recevez les aspirations muettes de mon cœur, qui montent incessamment vers vous, et qui vous diront mieux que ces froides paroles tout ce que votre pensée nourrit en moi de douleur et aussi d'espérance.

LIVRE PREMIER

I

ANTÉE

Premier-né de la terre, hôte des bois antiques,
Où l'aigle parle avec les chênes prophétiques ;
Toi qu'entre ses lions et ses sphinx aux grands yeux
Cybèle a de son lait nourri sur les hauts lieux,
O poëte ! ô géant à l'étroit dans les villes,
Coursier impatient des entraves civiles,
Contre l'homme et ses dieux ta vie est un combat,
Et l'Hercule vulgaire est fier quand il t'abat ;
Car de son corps stupide, animé par la rage,
Souvent la pesanteur prévaut sur ton courage.

11

Et toi, par la douleur et la honte affaibli,
Tu roules sous ses pieds, dans l'herbe enseveli,
Pouvant à peine, hélas ! jusqu'aux forêts obscures
Ramper pour y mourir, en cachant tes blessures.
L'homme alors, t'infligeant son rire âpre et moqueur,
Dit qu'un monstre est dompté par Hercule vainqueur.

Mais sitôt que, touchant la terre maternelle,
Ta poitrine meurtrie a palpité contre elle,
Que ta bouche, appliquée à son sein toujours vert,
A bu dans une fleur la séve du désert ;
Sitôt que la nature, avec toi seul à seule,
Baise ton front saignant de ses lèvres d'aïeule,
O prodige ! ton corps se dresse, et, rajeuni,
Dans tes veines tu sens circuler l'infini.
Des fluides divins, cachés dans la rosée,
Ton âme s'est nourrie et s'est cicatrisée ;
Et tu vas fièrement à des combats nouveaux,
O sublime vaincu ! défier tes rivaux.

Ta mère t'a vêtu d'une armure céleste ;
Rapide, tu brandis tes poings couverts du ceste ;
Tes bras sur le vainqueur, dans sa gloire troublé,
Frappent comme un fléau sur la gerbe de blé ;
Et le monde, étonné de ta métamorphose,
Voit fléchir sur ses reins le lutteur de la prose.

Puisque ainsi, créatrice à chaque embrassement,
La nature te fait revivre en un moment,
Puisqu'elle t'a livré le secret de ta force,
D'un ennemi rusé, poëte, fuis l'amorce.
Quand tu veux résister à notre âge d'airain,
Combats dans le désert : c'est là ton vrai terrain ;
Car du sol immortel où tu puises ta séve
Si le hasard t'écarte, et si l'homme t'enlève,

Si l'homme est assez fort pour t'attirer un peu
Hors du sein maternel où tu respires Dieu,
Poëte, c'en est fait, tu n'auras plus d'haleine,
Et l'Hercule au front bas t'étouffera sans peine ;
Comme un enfant romprait ta flûte de roseaux,
Sur son genou de pierre il brisera tes os.

Donc, reste, pour livrer ces batailles si rudes,
Plongé dans la nature, ô fils des solitudes !
Suis ses divins conseils, qu'ici nous oublions ;
Va dans l'aire de l'aigle et l'antre des lions,
Dans les grottes des sphinx qui pour l'homme sont closes,
Te nourrir, ô géant, de la moelle des choses !

II

LES CORYBANTES

ODE

STROPHE.

Emportez le fils de Cybèle
Sur l'Ida, dans un antre vert ;
Cachez sa royauté nouvelle
Dans le sein fécond du désert !
Dépouillez vite, ô Corybantes,
La pourpre des robes tombantes,

Dansez sur un mode effréné !
Que la terre de sang rougie
Trompe par.une sainte orgie
Les yeux de l'Olympe étonné !
Tambours, cymbales et cantiques,
Etouffez sous vos bruits mystiques
Les cris du dieu qui nous est né !

ANTISTROPHE.

Assis sous un ciel taciturne,
La mort et l'ennui sur le front,
Là-haut, veille le noir Saturne,
Dans la peur de ceux qui naîtront.
Sa vieillesse au trône obstinée
Croit éluder la destinée
Qui nous promet un roi plus doux ;
Aveugle en sa faim parricide,
Il fait, auprès d'un berceau vide,
Crier dans ses dents les cailloux ;
Et sur chaque mère féconde,
Sur chaque enfant qui vient au monde,
Il darde un œil sombre et jaloux.

ÉPODE.

Or, dans les profondeurs secrètes
Pour le nourrisson immortel,
Les Dactyles et les Curètes
Vont, cherchant la moelle et le miel ;
D'espoir et d'effroi tout ensemble,
Autour d'eux, la nature tremble,

L'onde écume, l'air est en feu ;
Mais sur la terre épouvantée,
Souriant au lait d'Amaltée,
Grandit l'enfant qui sera dieu !

III

ÉLEUSIS

POÈME

I

Du haut des blancs parvis de Cérès Éleusine,
Le peuple s'écoulait jusqu'à la mer voisine.
Des adieux se mêlaient aux clameurs des nochers ;
Les tentes se pliaient au loin sur les rochers ;
Trois vaisseaux couronnés de fleurs, de bandelettes,
Les jeux étant finis, emportaient les athlètes.
Par un chemin antique, assis dans leurs grands chars,
Gravement revenaient les riches, les vieillards,
Et les vierges d'Attique aux corbeilles fleuries
Marchaient par la campagne en longues théories.

Quand nul ne resta plus du vulgaire joyeux,
Dont les rites divins ne frappent que les yeux,

Des hommes désireux d'enseignements austères,
Et par de saints travaux préparés aux mystères,
Se levant tout à coup au bord des bois sacrés,
Du temple, avec lenteur, franchirent les degrés.
Ils marchaient deux à deux, vêtus de laine blanche,
Les pieds nus et le front ceint d'une verte branche.
Tous avaient dans l'eau pure, à l'ombre des forêts,
Plongé trois fois leur corps en invoquant Cérès;
Tous avaient bu la veille aux amphores prescrites,
Et muni de flambeaux leurs mains de néophytes.
Ils étaient différents d'âges et de pays,
Mais un désir pareil les avait réunis;
Et tels que des oiseaux qui, des bouts d'une plaine,
Viennent s'abreuver tous à la même fontaine,
Pour y remplir leurs cœurs de sagesse altérés,
Aux sources d'Éleusis ils s'étaient rencontrés.

Comme un écho veillant sous le fronton antique,
Une voix leur jeta la formule mystique.
Alors s'ouvrit le temple immense et ténébreux;
Son souffle glacial fit dresser leurs cheveux,
Et sur le seuil, vêtu d'une pourpre flottante,
Le rameau d'or en main, parut l'hiérophante.

L'HIÉROPHANTE.

Pourquoi vos pas hardis troublent-ils les saints lieux?
Hommes, dans leur repos laissez dormir les dieux!
Quel orgueil, ô mortels que la glèbe réclame,
Fait tomber de vos mains la charrue et la rame?
Du joug des vils besoins sous qui tout front blanchit,
Du servage commun quel droit vous affranchit?
Tandis que vous perdez les jours en vœux superbes,
Vos champs au lieu d'épis ont de mauvaises herbes;

Nul n'amasse pour vous les fruits ou les toisons;
Vous trouverez la faim rôdant vers vos maisons.
Cette terre en est-elle à ses moissons suprêmes?
Manque-t-elle à vos socs, et l'onde à vos trirèmes?
Avez-vous donc tari tous les puits des déserts,
Et jusqu'aux pics neigeux labouré l'univers?
Vos soleils sont-ils morts, fait-il froid dans vos âmes?
N'avez-vous nulle part des enfants et des femmes?
Le monde offre à vos mains mille biens superflus :
Prenez l'or ou l'amour; que vous faut-il de plus?

LE CHŒUR.

Les dieux nous ont fait naître en d'heureuses contrées,
Riches d'astres, de fleurs, de sources azurées.
Là ne manquent jamais ni la rosée au ciel,
Ni le lait aux troupeaux, ni dans les bois le miel.
Sans cesse en ces beaux lieux tiédis par les zéphires,
Les prés ont des parfums et les yeux des sourires.
C'est là qu'aux pieds du chêne ou des platanes verts,
Nous avons de vieux toits par la mousse couverts,
Des puits sous les palmiers plantés par nos ancêtres;
Le pampre et le laurier embrassent nos fenêtres;
Dans nos sillons, si peu que les creuse l'airain,
Nous cueillons chaque été dix épis pour un grain.
Là, comme en nos jardins et nos cieux pleins de flammes,
C'est toujours le printemps dans le cœur de nos femmes;
Et les douces saisons remplissent chaque jour
Nos corbeilles de fruits et nos âmes d'amour.
S'il est un homme heureux, il vit sur ces rivages;
Et nous, sans qu'une larme ait baigné nos visages,
Nous avons fui : ces biens nous sont presque odieux;
Quelque chose de plus nous est dû par les dieux.

Quand le cœur aux désirs éternels est en proie,
L'amour est sans douceur, et l'exil a sa joie.
Nous cherchons ! les glaciers, les sables et les mers
Sont pour nous sans terreurs : tous les pains sont amers ;
Nul hôte n'est béni s'il n'est sage et prophète !
Ce bien rude à trouver dont nous sommes en quête,
Ce n'est l'or, ni l'amour, ni le sceptre : à Jason
Nous n'eussions de Colchos disputé la toison ;
Pour suivre jusqu'au bout la voix qui nous entraîne,
Nous aurions laissé fuir le navire d'Hélène ;
Et, les bras étendus vers un plus saint trésor,
Passé sans les cueillir devant les pommes d'or.
Le fruit mystérieux dont l'espoir nous altère
Ne mûrit pas peut-être au soleil de la terre ;
S'il naissait sous un flot, sur un roc élevé,
Partout où l'homme atteint, oh ! nous l'aurions trouvé !
Nous avons fouillé tout, laissant partout nos traces,
Aux sables d'Idumée, aux bois sombres des Thraces ;
Notre bouche a pressé les fruits mûrs du lotos,
Et bu la neige vierge au sommet de l'Athos.
Les peuples nous ont dit : Frappez aux sanctuaires !
Nous avons de cent dieux levé les vieux suaires,
Interrogé les voix de cent autels divers ;
Les caveaux de Memphis pour nous se sont ouverts ;
De Delphe et d'Érythrée, au fond des noirs asiles,
Nous avons sans effroi vu chanter les sibylles ;
Notre oreille attentive a pu saisir le nom
Que Phébus fait redire au magique Memnon ;
A Thèbes, des vieux sphinx interrogeant la face,
Nous y lûmes des mots que le simoun efface ;
Les chênes de Dodone ont parlé devant nous,
Et dans Persépolis, humblement à genoux,
Nous avons vu briller, sans percer nos nuages,
Le foyer éternel qu'alimentent les Mages !

Notre esprit cherche encor le bien qui l'a tenté.
Est-il ici ? Tu sais lequel!... La Vérité !

L'HIEROPHANTE.

Tant que vos sens craindront le toucher de la flamme,
Hommes! la vérité n'est pas faite pour l'âme !
Si les dieux n'en voilaient les rayons trop ardents,
Ce flambeau brûlerait les yeux des imprudents.
Si la terre approchait du dieu qui la féconde,
Un éclair de son char aurait dissous le monde.
Nul, dans ce feu, ne prend les charbons à son gré ;
Ce qu'il faut à chaque âge est là-haut mesuré.
La lampe surgira ; mais malheur au profane
Qui brise avant le temps son urne diaphane !
N'entrez pas au saint lieu pour en sonder les murs
Et creuser sous l'autĕl. Dans les trépieds obscurs
Craignez de réveiller quelques clartés funèbres,
Mortels! et rendez grâce aux dieux de vos ténèbres !

LE CHOEUR.

La vérité, c'est l'air que respire l'esprit,
L'aliment créateur dont l'âme se nourrit;
C'est l'haleine des dieux, c'est leur sang qui circule.
Mais ce n'est point un feu qui tue, un vent qui brûle.
O prêtre! à t'écouter, c'est un fleuve d'enfer
Où l'homme ne saurait tomber sans étouffer !
O science! ô science! ô lac tiède et fluide
Qui baigne les jardins de l'Olympe splendide,
Mer immatérielle aux flots mélodieux,
Où plonge en s'abreuvant l'heureux peuple des dieux!
Sur leurs longs cheveux d'or d'où ton onde ruisselle
Quand l'âme voit de loin jaillir une étincelle,

Comme un cygne attiré par le reflet des eaux,
En rêve ayant déjà son nid dans tes roseaux,
Elle part; et volant vers ces sources si belles,
Donne pour y monter tout l'essor à ses ailes :
Car c'est là qu'elle trouve un breuvage, un lit pur,
Là qu'elle lave, enfin, sa blancheur dans l'azur,
Livre sa jeune plume à la brise bénie,
Et mêle au chant des flots sa goutte d'harmonie !

L'HIÉROPHANTE.

Il est, sur un sommet dans les airs suspendu,
Parmi les fleurs d'un sol à vos pas défendu,
Il est une fontaine où l'aigle seul vient boire,
L'eau de science y coule en un bassin d'ivoire;
Quand l'homme y veut gravir appuyé sur l'orgueil,
Le vertige, veillant à la garde du seuil,
Du suprême échelon ou du faîte qu'il touche
Le fait rouler au fond d'un souffle de sa bouche.

LE CHOEUR.

Sur le front de l'Atlas nous avons mis nos pieds;
Leur vol n'y porte pas les aigles effrayés.
Sur les glaciers béants qui nous tendaient leurs piéges
Nous avons sans ivresse aspiré l'air des neiges;
Le fluide subtil qui flotte en haut des monts
N'a pu troubler nos yeux, ni brûler nos poumons;
Et, debout, sans frémir au bord du pic sublime,
Nous avons soutenu les regards de l'abîme.
Va! nous pourrons gravir en creusant nos chemins
Tout sommet dont la base offre prise à nos mains !

L'HIÉROPHANTE.

Vous saurez, mais trop tard, ô cœurs que rien n'effraie,
De quel funeste prix la science se paie
Et comme on peut vieillir en un jour révolu!
Mais venez!... qu'il soit fait ce que l'homme a voulu!

LE CHOEUR.

Esprit, réjouis-toi! ton attente est passée;
Voici la Vérité, ta belle fiancée;
Avant l'heure d'hymen, au seuil de sa maison,
Chante, oiseau plein d'amour, ta plus douce chanson!

II

Le prêtre, en gémissant, livre la porte sainte
A ces hardis mortels; eux traversent l'enceinte
Où la foule s'arrête, et, sans courber le front,
Vont droit au sanctuaire où les voix parleront.

C'était un antre immense, aussi vieux que la terre,
Où les Titans vaincus cachaient leur culte austère,
Un mont entier creusé des pieds jusqu'aux sommets;
L'œil du jour et des dieux n'y pénétra jamais;
Sculptés dans son granit, des monstres séculaires
Couvraient de longs troupeaux ses parois circulaires;

pied de bronze, un vase empli de feu,
astre immobile, en marquait le milieu.
eau de qui l'antre empruntait un jour pâle,
e mourait près de ses fleurs d'opale,
onter jamais jusqu'aux faîtes obscurs,
aguement allait blanchir les murs.

erveilleux ne laissait point d'issue
pût toucher à la flamme aperçue ;
ges contours un artiste pieux
ement les images des dieux,
ats, leurs amours, les traits de leur sagesse,
aient enfin l'Orient et la Grèce.
érieur ne luisait au dehors
ns adoucis sortant de leurs beaux corps,
d'eux seuls sa forme et ses limites,
en clarté sous le voile des mythes.

semblait vivre avec ses habitants ;
tenait sa place après les vieux Titans.
ait conçu la foi du monde antique :
u grand tout un abrégé mystique.

anifestait en ses règnes divers ;
e des dieux, l'âme de l'univers,
s créateur dans ses métamorphoses.
rotas, sortant des lauriers-roses,
ptueux par Léda caressé,
rte et le col dans ses bras enlacé,
erriers jumeaux il rend Sparte féconde
e baiser qui donne Hélène au monde.
pour aimer et pour créer encor,
r captive il pleut en gouttes d'or.
bras soutient, sans que leur poids l'entraîne,
tous les dieux suspendus à sa chaîne.

Là, sa foudre aux Titans défend l'abord des cieux ;
Là, taureau, sur sa croupe il porte en des flots bleus,
Vers un monde à peupler dont elle sera mère,
Europe aux pieds d'argent que baise l'onde amère.
Ainsi, dans ses projets pour l'amour ou l'effroi,
Tout élément concourt à servir le dieu-roi.

Plus loin, l'ardent Phœbus, le prince au triple empire,
Archer qui tient aussi les rênes et la lyre,
Devant qui meurt toute ombre et pâlit tout flambeau,
Apollon, le dieu seul, sans rival, le dieu beau,
Séchant sous ses traits d'or un limoneux refuge,
Perce l'impur Python, noir enfant du déluge.
Instruit par son oracle, un couple abandonné
Sème les cailloux vils dont un grand peuple est né.
Déjà sous le regard de l'éternel poëte
L'univers réveillé prend des habits de fête,
Et les hommes groupés autour du dieu vainqueur
Pour la première fois savent chanter en chœur.
La lyre enlève aux monts et bâtit les murailles
Des villes qui germaient dans leurs fortes entrailles ;
Les sauvages tribus, accourant à sa voix,
S'approchent en dansant au bord des sombres bois.
Tout fleurit sous tes pas ! Tu fais croître et transformes,
O dieu de l'harmonie ! ô roi des belles formes !
Ton bras, libre des plis de ta chlamyde d'or,
Montre le vieux serpent qui rampe et hurle encor ;
Un orgueil triomphant soulève ta poitrine,
Ouvre à demi ta lèvre et gonfle ta narine,
Et sur ce monde neuf planant en souverain,
Tu jettes sur ton œuvre un œil fier et serein !

Sans rompre encor le chant de son hymne étouffée,
L'Ebre roule la tête et la lyre d'Orphée.

Sur les bords du torrent les arbres sont en pleurs;
Les monstres des forêts hurlent dans leurs douleurs;
Et l'homme qui doit tout, arts et lois, au poëte,
Passe auprès, les yeux secs, sans qu'un tombeau s'apprête.

Là, c'est le froid Caucase; au granit de son front,
Avec des liens d'acier que d'autres dieux rompront,
Zeus, par la main d'Hermès, a rivé Prométhée.
La foule au bas se chauffe à la flamme inventée,
Et l'ongle du vautour fouillant ce noble sein
Punit le vieux Titan du glorieux larcin.

Chanteur au front pensif que la grâce décore,
Auprès d'Hercule assis, le fils de Terpsichore,
Linus, du rude athlète ose asservir les doigts
Au doux jeu de la lyre, et conduire sa voix.
Mais la corde est rétive aux mains du lourd élève;
Jamais en son gosier un son pur ne s'achève;
Il fausse la cadence; et la cherchant en vain,
Casse la fibre d'or de l'instrument divin.
Retiens, maître, retiens toute parole amère!
Le stupide géant est prompt à la colère,
Il se lève, il écume; ô douleur! t'arrachant
L'ivoire qui dans l'air jette un soupir touchant,
Frappe ta blonde tête où s'éteint le sourire,
Et brise au même coup le chanteur et la lyre.
Étanchez dans les fleurs le sang à ses cheveux,
Nymphes! Pleurez sur lui, sur ces hommes pieux
Qui voulant de leur âme animer la matière,
Tomberont comme lui brisés par le vulgaire!
Si tu crains le martyre, étouffe tes chansons,
O poëte! La mort te paîra tes leçons.
Les peuples lasseront ta sagesse déçue:
N'offre jamais la lyre à qui tient la massue!

Tous étaient là gravés, dieux, demi-dieux, héros,
La race des Titans, et ses mille travaux.
Comme l'astre qui point sous l'or sculpté des nues,
Un feu voilé perçait sous ces formes connues.

C'était Pallas donnant ses trésors et son nom
Aux champs où.doit surgir le divin Parthénon.
La vierge au casque d'or, forte, belle et pensive,
Frappe le sol d'Attique, et fait jaillir l'olive.

Le front ceint de pavots, assise sur les blés,
Cérès offre aux humains ses seins de lait gonflés.
Sous un gazon plus vert Rhéa cache les tombes.
Aphrodite, bercée au vol de ses colombes,
Au milieu des baisers indique au blond Éros
Une place où le fer défend mal les héros.

Bacchus, le thyrse en main, et la face rougie,
Excite l'univers à la mystique orgie.
Il se roule en chantant sur le crin des lions;
La séve autour de lui bouillonne; les sillons
Versent le grain à flots; les cratères s'allument;
Un baume âcre et puissant jaillit des fleurs qui fument.
Près du dieu les volcans, les torrents et les bois
Donnent tout ce qu'ils ont de feu, d'ombre et de voix;
Le Satyre hurlant se tord sous les caresses;
Tous les êtres vivants confondent leurs ivresses,
Et notre terre enfin, dont l'axe est secoué,
Semble être une Ménade, et crier : Évohé!

Dans l'ombre, au bord d'une eau que le croissant argente,
Écartant doucement le cytise et l'acanthe,
Comme un rêve divin Phébé vient se poser
Près du pasteur chéri qu'éveille son baiser.

La déesse a d'abord du bois plein de mystère
Chassé Faunes, Sylvains. Sa beauté solitaire,
Vierge pour tous les dieux, garde ses doux secrets
Au seul Endymion, fils rêveur des forêts.

Il n'est arbre enchanté, fleur et source magique,
Que n'eût pas reproduit le ciseau liturgique.
L'urne au corps diaphane offre sur ses contours
Des eaux fuyant la main, des troncs saignant toujours.
Là pleure le rocher, et l'écorce palpite,
Quand la hache a blessé la nymphe qui l'habite.
Là, par sa langueur folle à la terre attaché,
Sur son miroir Narcisse est à jamais penché,
Et végète absorbé dans l'amour de lui-même.
Là, pour orner le front du jeune dieu qui l'aime,
Un laurier abondant cache à demi Daphné.
Là, des doigts de Lotis un fruit est déjà né,
Et son corps virginal, dont le pied prend racine,
Semble une fleur s'ouvrant sur sa tige divine.
Quelque chose d'humain transpire de partout,
Et de l'oiseau qui vole et de l'onde qui bout.
Chaque arbuste est paré d'une grâce ravie :
A le voir végéter, on comprend qu'il eut vie;
Que les êtres issus d'un souffle universel
Font entre eux de la forme un échange éternel.

Enfin du haut d'un mont, sous les pins et les chênes,
Pan, le riche berger, surveille ses domaines.
Les Nymphes près de lui sont assises en rond;
Deux rameaux verdoyants jaillissent de son front;
Sa main tient le syrinx appliqué sur sa lèvre,
Et le gazon en fleurs couvre ses pieds de chèvre.
Son visage reluit; mille étoiles en feu
Argentent comme un ciel sa poitrine : le dieu

Mêle ainsi dans son corps, peint suivant le vieux rite,
Ce qui vit ou végète avec ce qui gravite.
Autour, l'herbe est épaisse et les bois sont touffus;
Les grands vallons sont pleins de murmures confus.
Là, taureaux et brebis, loups, hydres, sphinx énormes,
Hommes de divers sang, monstres de toutes formes,
Dans l'herbe, dans les blés, dans les marais épars,
Semblent depuis mille ans paître sous ses regards.
Au loin la mer blanchit sous les pas de la houle.
Au-dessus, dans l'éther, comme un sable qui roule,
Des milliers d'astres d'or luisent sur chaque lieu
Du cercle universel dont Pan est le milieu.
Lui, qui fait obéir cet empire à sa flûte,
Des éléments discords apaise ainsi la lutte.
Roi fort et pacifique, harmonieux pasteur,
Modérant la vitesse et pressant la lenteur,
Donnant le ton aux voix de l'homme, aux bruits champêtres,
Il conduit en chantant le grand troupeau des êtres.

Les hommes admiraient ces tableaux merveilleux;
Et tandis qu'à genoux ils priaient tous ces dieux,
Grave et haute, une voix — on eût dit l'antre même —
Se mit à proférer l'enseignement suprême.
Ce qu'elle remua d'ombres et de clarté,
De terreurs ou d'espoir, nul ne l'a raconté;
Mais tant qu'elle parla, ces mortels pleins d'audace
Pâlirent en suant une sueur de glace.
Quelques fantômes vains s'effaçaient de leurs yeux :
Mais un jour effrayant creusait son vide en eux;
Et devant sa lueur, qui chassait des chimères,
Ils voyaient s'éclipser bien des figures chères !

Quand l'oracle se tut, une invisible main
Frappa le vase ardent, qui se rompit soudain,

Et de dieux en débris la terre fut couverte.
S'élançant à grands jets de sa prison ouverte,
La flamme inonde l'antre. Éblouis, aveuglés,
Par ces vives splendeurs sentant leurs yeux brûlés,
Regrettant l'ombre antique, et fuyant la lumière,
Les hommes à grands pas sortent du sanctuaire.

III

La grève d'Éleusis entendit des sanglots
Se mêler, tout le soir, au bruit calme des flots,
Et des pas retentir, et des voix désolées
Se plaindre en chœur dans l'ombre ou gémir isolées.

LE CHOEUR.

Ah! la terre est déserte et le ciel dépeuplé!
Quel est ce dieu secret dont l'oracle a parlé?
Pourquoi s'enferme-t-il en des lieux invisibles?
Les nôtres se montraient sous des formes sensibles,
Et les hommes ravis adoraient sans efforts
Les esprits immortels vêtus de ces beaux corps!
Mais toi, dieu solitaire au delà des nuages,
Qui saura pour l'autel nous tailler tes images,
De quelles fleurs te ceindre, et de quels traits t'armer;
Et, si nul ne te voit, qui donc pourra t'aimer?

O Grèce! si ces dieux n'étaient rien que tes rêves,
Quel doigt sculpta si bien les contours de tes grèves?

Est-ce pour y loger une ombre et de vains noms
Que tes fils ont bâti les sacrés Parthénons?
Adore un dieu plus fort, si l'homme l'imagine,
Que ceux qui t'ont donné Platée et Salamine !
Pour l'immortel souper qu'attend Léonidas,
Trouve un autre Elysée ouvert à tes soldats!
Quand on aura brisé les images des temples,
De quels dieux nos héros suivront-ils les exemples ?
Les autels vont crouler, les vertus avec eux...
Ah ! s'il est temps encor, rendez-nous nos faux dieux !

UN STATUAIRE.

N'allez plus, ô nochers, pour des œuvres sans gloire,
Ravir à l'Orient son or et son ivoire !
Fuyons le Pentélique où sculptaient nos aïeux,
Et la blanche Paros, cette mine des dieux.
Jetons loin nos ciseaux, outils sacrés naguères,
Qui ne traceront plus que des formes vulgaires.
Nos marbres encensés trônaient sur les autels :
Ceux qui faisaient les dieux feront-ils des mortels!

Grèce, où l'amour des dieux, chaleur douce et bénie,
Comme un fruit de ton sol fait mûrir le génie,
Grèce, Olympe terrestre où respirent encor
Mille habitants du ciel parés de jaspe et d'or,
Qui pourra retrouver, une fois abattues,
Le moule harmonieux d'où sortaient tes statues?
Nos fils à l'idéal s'essayeront en vain;
Les hommes ont brisé leur modèle divin.

Vous fuirez les regards des ouvriers profanes,
O Nymphes qui veniez en des nuits diaphanes,
Vous tenant par la main, formant des pas en rond,
Les cheveux dénoués et des fleurs sur le front,

Sans que rien lui voilât vos beautés ingénues,
Devant l'artiste saint poser chastes et nues.

Sèche, ô pâle ouvrier, autour des blocs pesants;
Recommence vingt fois tes calculs épuisants;
Avec l'esprit d'en haut que ta main rivalise;
Cherche avec quel ciseau le beau se réalise;
Tâche de remplacer l'amour à force d'art,
Ou, las de méditer, invoque le hasard.
Que l'orgueil soit ton guide; insulte aux vieux mystères,
Et ris des visions que copiaient tes pères;
En un sombre atelier mange ton pain amer.
Ah! tu ne verras plus des vagues de la mer,
Sur la rive sacrée à tes pas interdite,
Sortir, le front riant, l'amoureuse Aphrodite;
Moins blanche qu'eux l'écume errait sur ses beaux piés.
Gardant ses doux attraits de ses deux bras pliés,
Belle, comme jamais ne l'eût offerte un rêve,
Nous la vîmes ainsi de nos yeux sur la grève;
Et nous avons tracé dans un marbre enchanté
Votre empreinte idéale, ô Grâce! ô Volupté!

Si le dieu, supplié jusqu'en son sanctuaire,
Ne veut pas révéler sa face, ô statuaire,
Si ton cœur ne tressaille aux approches du beau,
Si l'or d'un homme impur a payé ton ciseau,
Si pour donner son être à la pierre choisie,
Sans attendre l'esprit, tu suis la fantaisie;
Jamais, devant ton œuvre exposée au saint lieu,
Les peuples ne diront tremblants : Voilà le dieu!

Si l'Olympe est un mot, si, d'un signe de tête,
Nul dieu n'en fait tomber la vie et la tempête,
Assis sur son grand aigle et la foudre en ses mains,
Et ne joue à son gré des dieux et des humains;

Si jamais une vierge aux allures hautaines
Du beau sceptre de l'art ne vint douer Athènes ;
Si devant toi jamais ils n'ont paru tous deux,
Aux confins du réel agrandis à tes yeux,
Lui, flamboyant d'éclairs que sa droite balance,
Elle, portant l'égide et le casque et la lance ;
Pourquoi ne peut-on voir ton Zeus et ta Pallas,
Sans tomber à genoux, ô divin Phidias ?

Vous, que nul dieu n'ira visiter dans vos veilles,
Mortels pour qui l'Olympe a perdu ses merveilles,
Dans l'atmosphère humaine en vain vous glanerez
Pour unir en faisceau des rayons séparés ;
Les éléments du beau, réunis par contrainte,
Manqueront sous vos doigts de la céleste empreinte ;
Peut-être atteindrez-vous un fini glacial,
Mais jamais la beauté, mais jamais l'idéal !

LE CHŒUR.

Une voix chante, ô Mer ! et gronde sous tes lames,
Une flamme en jaillit, le soir, au choc des rames.
Un caprice inconnu règne au fond de tes eaux,
Tu berces tour à tour ou brises les vaisseaux ;
Ton immense regard s'assombrit ou s'éclaire,
On dirait que tu sens l'amour et la colère.
La Terre et toi luttez ; tu bats son vieux rempart ;
Vous avez toutes deux votre existence à part.
Sous tes grands bras d'athlète ou tes beaux seins de femme,
Corps mobile et sans borne, oh ! n'as-tu pas une âme ?
Mille esclaves, ô Mer ! peuplent tes flots sacrés,
En toi la vie abonde à ses mille degrés,
Et comme chez un roi, dans tes profonds domaines,
Des trésors inouïs bravent les mains humaines.

Sur tes plaines d'azur volent des coursiers blancs
Dont les crins écumeux battent les larges flancs;
Leur foule en hennissant t'adore et t'accompagne,
Quand tu viens sur ton char haut comme une montagne.
Des troupeaux monstrueux paissent dans tes forêts,
Nul chasseur ne les suit dans tes antres secrets;
Là, tu dors dans ta force après tes jours d'orages.
L'homme cueille en tremblant la nacre sur tes plages,
Dérobe le corail à tes murs de granit,
Mais nul n'a vu les bords où ton palais finit.
L'esprit seul peut plonger plus loin que ta surface;
Sur ton front éternel nul sillon ne fait trace;
A ton empire il n'est ni terme ni milieu;
Qu'es-tu, vieil Océan, si tu n'es pas un dieu?

Et toi que rien ne heurte en ta route azurée,
Toi dont les pas égaux mesurent la durée,
Feu voyageur, Soleil! qui t'a donné l'essor?
Si tu n'as ni coursiers, ni char, ni rênes d'or,
Si tu n'es pas d'un dieu l'étincelant quadrige,
Quelle force t'entraîne, et quel bras te dirige?
Chaque terre a sa part de tes dons enflammés;
Mais il est des pays qui sont tes bien-aimés;
Ah! si tu restes sourd au culte qu'on t'adresse,
D'où vient cette beauté dont se pare la Grèce,
Et pourquoi sur son front, de tes baisers couvert,
Germe avec tant de fleurs un laurier toujours vert?

Nourrice aux larges flancs, aux tempes crénelées,
Ton char à deux lions roulait dans les vallées;
Tous les êtres vivants, par toi multipliés,
Venaient boire à ton sein et jouer sur tes piés;
Mais, ô Terre! ô Cybèle! ô mère qu'on délaisse!
L'homme aime mieux t'avoir esclave que déesse,

Et trouve, hélas! plus doux tes dons de chaque jour
S'il les doit à sa force et non à ton amour!
Sèvre ce rude enfant qui brise sa lisière,
Et boit mêlé de sang le lait qu'offre sa mère!
Tarisse ta mamelle et ton flanc dévasté,
O Terre, c'en est fait de ta divinité!

UN ADOLESCENT.

Dans le champ paternel que l'Ilissus arrose,
Lorsque je vis Myrto cueillant le laurier-rose,
L'amour ne chantait pas encore dans son cœur;
Elle me désolait avec son air moqueur;
Près d'elle sans rougir m'attirait sur les gerbes.
Quand elle avait couru tout le soir dans les herbes
Et trouvé quelque nid, rien ne lui manquait plus;
Elle avait cependant ses quinze ans révolus,
Et, sans qu'une étincelle allât jusqu'à son âme,
L'enfant, elle jouait sous mes regards de flamme!
J'immolai deux chevreaux dans le temple d'Éros,
Et le dieu réveilla ce marbre de Paros.
Myrto m'avait quitté pour le Thébain Évandre;
Ni larmes ni présents n'obtenaient un mot tendre;
Ses yeux, muets pour moi, parlaient à l'étranger;
Quel caprice ou quel philtre avait pu la changer?
Et moi, de son erreur pour la guérir plus vite,
J'apporte une colombe à l'autel d'Aphrodite,
Et le soir Myrto vient s'offrir à mes baisers,
En tremblant à son tour de les voir refusés.

Si l'arc d'Éros se brise, et si tu meurs, déesse,
Si tu ne prêtes plus aux femmes de la Grèce
Ta magique ceinture et lui son carquois d'or,
Quel charme le printemps nous garde-t-il encor?

Quel dieu fera chanter les nids sous les charmilles
Et mettra le désir au cœur des jeunes filles,
Et comment éclôront sur un sol attristé
Les deux célestes fleurs, l'amour et la beauté?

Meure l'Olympe entier si nous sauvons les roses !
Les vieillards pleureront les dieux vieux et moroses;
Moi, j'avais froid au cœur devant ces rois grondants;
Ah! prenne qui voudra leur foudre et leurs tridents !
Mais, ô vertes Palès, ô Muses, ô Charites,
Prêtresses aux doux yeux dont nous suivons les rites,
Nymphes au chant liquide, ô reines des forêts
Qui des amants heureux protégez les secrets,
Cypris au sein de neige, à l'haleine de flamme,
Eros, ô bel archer si doux à percer l'âme,
O vous par qui l'on aime, ô chœur mélodieux,
Ne survivrez-vous pas à cette mort des dieux?

LE CHOEUR.

« Homme, si, las d'amour, la soif du vrai t'altère,
Bois à la même source où s'abreuva ton père;
N'y creuse pas le sable en cherchant d'où vient l'eau
Pour que le flot abonde et jaillisse en ruisseau :
L'onde se troublerait, et sous ta main déçue
Peut-être en la sondant tu fermerais l'issue. »

Nos vieillards nous l'ont dit, et nous avons ri d'eux !
Et te voilà tarie, ô source des aïeux !

Insensés qui fouillez les racines des roses,
Respirez le parfum sans nul souci des causes !
Quand vous aurez levé tous les voiles sacrés
Des flancs de la nature avec art déchirés,

Quand vos doigts toucheront les germes de la vie,
Que du ventre au tombeau votre œil l'aura suivie,
Que le monde en débris vous aura laissé voir
Les intimes ressorts qui le faisaient mouvoir,
Quand ton œuvre d'orgueil enfin sera complète,
Que nous restera-t-il, ô science? un squelette!

Nous avions une mère et nous buvions son lait,
Une mère au front pur et dont l'œil nous parlait;
Par de molles chansons pleines de rêveries
Elle nous endormait sur sa robe fleurie;
Des corbeilles de fruits étaient sur ses genoux,
Nos frères les oiseaux partageaient avec nous;
Elle avait le secret d'être féconde et belle
Et de rester la même étant toujours nouvelle.
Mais l'orgueil et l'ennui nous prirent sur ses bras;
— O Nature! pardonne à tes enfants ingrats. —
Nous avons immolé, sans crainte, sans mémoire,
Au tourment de chercher le doux repos de croire;
Le chant intérieur en nous n'a plus chanté
Et nous ne t'avons plus, sainte naïveté!

UN POETE.

Un chœur au fond des bois invite le poëte;
Pan l'attire d'un signe, et l'emporte à sa fête.
Un chant alternatif de rire et de sanglots
Sort de tous les rameaux, jaillit de tous les flots;
Quand l'homme va toucher l'arbuste ou la fontaine,
Il voit fuir en dansant quelque forme lointaine;
Des fleurs et des gazons que foule un pied pensif,
De la mousse où l'on dort s'échappe un cri lascif;
Au bord de l'antre obscur glisse une tête blonde;
Deux yeux fascinateurs nous attirent sous l'onde;

12

Le feuillage palpite, et crie à nos côtés ;
La montagne répond aux mots qu'on a jetés ;
Le sol fume et mugit, l'eau pleure, les troncs saignent ;
Partout ce sont des voix qui chantent ou se plaignent ;
Le monde est plein de dieux cachés sous mille noms ;
C'est ce chœur qui nous parle, et que nous comprenons !

Et vous deviez nous fuir, peuple aux danses joyeuses,
Dryades dont l'œil noir brille au creux des yeuses,
Nymphes aux seins rougis des baisers des Sylvains !
Adieu l'antre prophète et les arbres devins !
Adieu les songes d'or qui pleuvent des vieux aunes,
Les meutes d'Artémis et le syrinx des Faunes !
Un deuil silencieux va peser sur nos champs :
Car les dieux ne sont plus qui conduisaient les chants !
A qui conterons-nous nos souffrances secrètes,
Et qui nous répondra dans les saintes retraites !

Si la nature est vide, et si les dieux sont morts ;
S'il ne nous reste plus ici-bas que leurs corps ;
Si les mers, les forêts, n'ont rien qui sente et veuille
Quand la vague se gonfle et quand tremble la feuille ;
Si les flammes des soirs, la pluie et les zéphirs,
Ne sont pas des regards, des pleurs et des soupirs ;
Si l'homme, dans la source où son âme est trempée,
Peut plonger en tous sens sans trouver la Napée ;
Si tout enfin, les cieux, les vents, les mers, les nuits,
Au lieu d'avoir des voix, n'ont plus rien que des bruits ;
Qu'écoutons-nous encor? Sur nos lyres muettes
Penchons-nous pour pleurer et pour mourir, poëtes!

LE CHOEUR.

Heureux le toit caché dans l'ombre et vert de mousse,
Où l'homme est à l'abri de l'ardeur qui nous pousse,

Adore sans orgueil les Lares paternels,
Son fleuve, sa forêt, les astres éternels,
Et la nuit qui le berce, et l'aube qui l'éveille,
Et les riches saisons qui comblent sa corbeille,
Et tous ces dieux amis, ces esprits familiers
Errant dans la nature avec lui par milliers !
Jamais l'homme n'est seul dans ces douces vallées ;
D'hôtes chers et sacrés son cœur les voit peuplées ;
Tout lui parle, il comprend, il répond en tout lieu :
Chaque être qui l'entoure est son frère ou son dieu !
Dans le sentier paisible où sa marche est bornée,
Comme l'eau suit son cours, il suit sa destinée ;
Son joug, facile ou dur, ne l'a pas révolté :
Il meurt sans avoir craint et sans avoir douté !

Mais si, las d'adorer, il sonde la nature ;
S'il chérit moins la paix qu'il ne hait l'imposture
Si, pour voir ses dieux nus dans leurs antres secrets,
Il trouble leur sommeil de ses pas indiscrets ;
Pour les faire parler, s'il veut les mettre aux chaînes ;
S'il creuse leurs ruisseaux, et s'il fend leurs vieux chênes ;
Alors des eaux, de l'air, des fleurs, de toutes parts,
Comme des vols d'oiseaux s'en vont les dieux épars ;
Et, trompé comme nous dans son attente avide,
Il s'assied, l'œil en pleurs, seul en face du vide.
Dans ce morne royaume il cherche avec effroi
Après les dieux tombés quel est le dernier roi !

UNE VOIX.

La terre est conviée à des fêtes prochaines ;
L'ombre antique s'efface, et l'esprit rompt ses chaînes.
Hommes, ne pleurons pas sur nos dieux qui sont morts ;
Saluons leur sépulcre, et partons sans remords !

Aux vieux troncs consumés par le temps et la foudre
Succède un bois plus vert engraissé de leur poudre;
La forêt d'âge en âge a des jets plus puissants,
Et nous pourrons à l'ombre y reposer mille ans.
Jamais le ciel n'est vide, et les races divines
En fécondent le sol sous leurs saintes ruines :
Leur grande âme s'épure au fond de ces tombeaux :
D'autres dieux vous naîtront plus jeunes et plus beaux!

Quand le voile est tombé jusqu'aux pieds de l'amante,
Tandis qu'elle résiste en sa pudeur charmante,
L'amant regrette-t-il, en voyant ses beautés,
Les fleurs, la pourpre et l'or de son sein écartés?
Homme, la blanche vierge à tes mains interdite,
Que tu dois pressentir sous le voile du mythe,
La douce Vérité, cédant à ton amour,
Arrache de son corps un voile chaque jour ;
Chaque jour elle veut qu'on voie ou qu'on devine
Quelques grâces de plus dans sa forme divine ;
C'est ton amante encor sous des habits nouveaux :
Au lieu de la déesse aimais-tu ces lambeaux?

Laisse, artiste sacré, crouler tes vieux modèles,
Sans détacher ta main de tes marbres fidèles ;
Quand nul dieu ne s'impose à ton libre ciseau,
Ecoute ta pensée et cherche l'art nouveau.
Si la blanche Aphrodite a déserté les grèves,
Contemple les beautés qui peuplèrent tes rêves ;
Vers l'Olympe désert ne tourne plus les yeux,
Regarde dans ton cœur, c'est là que sont les dieux!
Cueille les fleurs et l'or pour vêtir ces idoles,
De cent rayons épars tresse leurs auréoles.
Glane, ô puissante abeille, en tout notre univers,
La forme et la couleur, trésors toujours ouverts.

Mêle dans le creuset, pour ton œuvre hardie,
Le réel au possible; imagine, étudie.
Vois les taureaux bondir; vois danser sur les prés
Les filles aux doux yeux; dans les couchants dorés,
Vois saillir des grands monts les arêtes chenues,
Et la pourpre échancrer le noir profil des nues.
Vois l'aube nuancer la mer de mille tons;
Le lotus découper ses fleurs hors des boutons,
Les nids s'entrelacer sur le chêne difforme;
Vois comment le grand tout se sculpte et se transforme.
Mêle, quand tu pétris l'argile entre tes mains,
Des gouttes d'eau du ciel à quelques pleurs humains.
Prends un peu de ton âme, un peu de la nature,
Aux baisers du soleil expose la figure;
Dès que luira son front doré par leur reflet,
Ebauché dans ton cœur, le dieu sera complet!

Éros, le dieu vermeil que la mort décolore,
Expire sur les fleurs qu'il vient de faire éclore.
Pose, ô cœur de seize ans, tes baisers sur son front,
Mais sans larme : à leur dieu les roses survivront.
Va! les tendres soucis, les langueurs, les ivresses,
La volupté des pleurs, l'âcreté des caresses,
Ces flèches de son arc, ces feux de ses autels,
Ces mille maux si doux, enfant, sont immortels!
L'homme peut voir crouler ses temples d'âge en âge,
Les débris de ses lois s'amasser par étage,
Ses soleils s'éclipser ou brûler tour à tour,
Vivre sans rois, sans dieux, mais jamais sans amour!

Garde ton âme ouverte aux saintes voix du monde;
Poète, écoute encor les vents, les bois et l'onde!
La main qui de leurs nids chasse les vieux démons
Va toucher le clavier des vagues et des monts,

12.

Et l'hymne où mille cris jetaient un sens étrange,
Tu l'entendras chanter, pur de tout vil mélange.
Chaque jour écartant un vain sujet d'effroi,
La nature s'approche et tend les bras vers toi;
Vous pourrez vous aimer et vous parler en face;
Plus d'œil caché dans l'ombre et d'Argus qui vous glace.
Sans passer à travers les flûtes des Sylvains,
Le vent de sa poitrine aura des sons divins;
Sa voix, de jour en jour moins mystique et plus tendre,
T'expliquera les mots que nul n'a su comprendre;
A son grand livre ouvert, dans un antre inconnu,
Comme en ton propre cœur tu pourras lire à nu.
Vous serez confondus dans un hymen suprême;
Tu croiras dans ses bruits t'ouïr chanter toi-même:
Car cette âme qui coule et mugit dans les bois
S'agite dans ton sang, soupire dans ta voix.
Au lieu du vieux chaos où luttaient les génies,
Un monde va s'ouvrir tout peuplé d'harmonies,
Et tu seras le cri de ce dieu souverain
Qui se parle à lui-même avec l'organe humain!

Hommes! l'ardent soleil dont un âge s'éclaire
Est pour l'âge qui suit un feu crépusculaire;
Le flambeau de vos fils, qui d'avance vous luit,
Près du jour à venir n'est encor qu'une nuit!
A chaque heure l'éther brille de plus de flamme,
Et pour s'en pénétrer s'élargit l'œil de l'âme.
Chaque jour ce grand lac qui croît incessamment
Réfléchit plus au loin l'azur du firmament;
Chaque jour il enferme une nouvelle étoile;
Le ciel, pour s'y mirer, jette son dernier voile,
Jusqu'à l'embrassement immense et triomphal
Où doivent s'absorber la terre et l'idéal.
Alors, dans l'Océan, dont elles sont les gouttes,

Pour n'en sortir jamais les âmes fondront toutes,
Et chaque être vivra dans un être commun,
Et la lumière et l'œil, enfin, ne seront qu'un.

A cette heure douteuse où le jour lutte encore,
Tournez donc vos regards du côté de l'aurore;
En rappelant à vous l'antique obscurité
N'entravez pas ce char dans l'azur emporté.
Tout autre astre pâlit et s'efface d'avance,
Sitôt que dans l'éther l'ardent cocher s'élance;
A sa splendeur royale accoutumez vos yeux,
Et laissez sans regret fuir le peuple des cieux !
Marchez vers l'orient en troupes fraternelles;
Pour un hôte nouveau cueillez des fleurs nouvelles,
Et sous un même toit allez vous réunir
Pour recevoir en paix celui qui doit venir.

IV

LES ARGONAUTES

ODE

STROPHE I.

Les pins, ô Pélion, descendent sur ta pente;
    Un dieu les pousse vers les flots.
Le vaisseau dont Argus a taillé la charpente
    Berce enfin tous ses matelots;

Ils chantent, pleins d'ardeur, sur la poupe embellie
     De trépieds et de rameaux verts,
Et coupent hardiment le câble qui les lie
     Aux rochers du vieil univers.
Des femmes sur le bord la troupe est soucieuse.
     Vers l'horizon tendant les mains,
Tout un peuple bénit la nef audacieuse
     Qui porte l'espoir des humains.

ANTISTROPHE I.

Voici de l'inconnu la mer et ses épreuves,
     Rochers sous l'onde et ciel brumeux !
O navire, à tes flancs les Tritons et les Fleuves
     Attachent leurs bras écumeux ;
Sur ta proue, au galop de ses cavales noires,
     Leur dieu brise char et tridents ;
Les Cyclopes hurlant du haut des promontoires
     Te lancent des chênes ardents :
Car du monde où tu vas ces dieux gardent la route,
     Par toi leur règne doit finir...
Souffrez en attendant la terreur et le doute,
     O nautoniers de l'avenir !

EPODE I.

Voguez pourtant, songez au but de ce voyage !
Le chêne de Dodone, interprète du sort,
Sous la voile a parlé comme sous le feuillage,
Et ce mât au vaisseau prophétise le port ;
Orphée en a donné l'espérance certaine ;
Il écoute la voix de la terre, il l'entend ;
Poëte il vous traduit ce que lui dit le chêne,
Et des secrets d'en haut vous instruit en chantant.

STROPHE II.

« Voyez où le ciel touche aux vagues azurées :
     Cet horizon cache un trésor;
Il faut, malgré la terre et l'onde conjurées,
     Y découvrir la toison d'or.
Là, le divin bélier dont la laine abondante
     Devait vêtir tous les humains,
De son sang pacifique a teint sa robe ardente,
     Égorgé par d'avides mains.
Le tyran de Colchos tient ce riche héritage
     Gardé dans son royaume étroit ;
Ravissons, pour en faire un fraternel partage,
     Ce trésor auquel tous ont droit ! »

ANTISTROPHE II.

« Terrible en est l'abord : le roi défend sa proie.
     Un dragon veillant jour et nuit
Au pied du hêtre sombre où la toison flamboie,
     Siffle et bat ses flancs à grand bruit.
Lançant de leurs naseaux des vapeurs enflammées,
     Des taureaux, des coursiers sans frein,
Dans les champs de la guerre écrasent les armées,
     Le sang baigne leurs pieds d'airain ;
La terre tremble au loin; plein de leur souffle immonde,
     L'air est mortel aux assaillants...
Nous, sans crainte, marchons, chercheurs d'un nouveau monde :
     Les destins cèdent aux vaillants ! »

ÉPODE II.

« D'un grand peuple, ô guerriers, comblant la longue attente,
Dans la ville il est doux de rentrer triomphants,

Et portant sur le dos la dépouille éclatante,
Prix dont l'homme de cœur enrichit ses enfants.
Vêtus de robes d'or par les vierges filées,
A d'éternels banquets vous irez vous asseoir ;
Les Muses reviendront à vos fêtes mêlées...
Trouvez donc ce pays révélé par l'espoir ! »

STROPHE III.

C'est ainsi qu'ils voguaient à la voix du poëte,
    Les sublimes ambitieux,
Ces hommes qui rêvaient, pour dernière conquête,
    D'entrer tout armés dans les cieux.
La lyre conjurait les périls du voyage,
    Et les ennuis et les lenteurs,
Le calme, plus funeste, et plus craint que l'orage
    Par ces hardis navigateurs.
En vain la nuit les trompe, et le vent les retarde ;
    Le vaisseau changeant d'horizon,
Aux monstres indomptés qui l'avaient sous leur garde
    Reprend la divine toison.

ANTISTROPHE III.

Vous n'êtes pas au bout des épreuves fatales,
    Pilotes, jouets du destin !
Vous n'avez pas encor dans vos cités natales
    Mis à l'abri votre butin.
Le retour n'est pas sûr ; les mers les plus sereines
    Cachent des écueils aux vainqueurs :
C'est l'île de Circé, c'est l'antre des Syrènes ;
    Leur chanson va tenter vos cœurs !
Déjà vous leur cédez... mais la lyre d'Orphée
    Parle dans sa prudente main ;

Des lâches déités la voix est étouffée,
    Le vaisseau poursuit son chemin.

EPODE III.

Il touche au port ; en lui la paix et l'abondance.
De l'antique âge d'or le charme est revenu.
Sur le pont égayé par le chant et la danse,
Chaque homme participe au trésor inconnu.
Des ailes tout à coup s'ouvrent avec tes voiles,
O navire ! à la mer adressant tes adieux,
Tu vas, là-haut, briller au milieu des étoiles,
Et tous tes matelots passent au rang des dieux.

V

SUNIUM

Sagesse des vieux jours, vierge mélodieuse,
Muse vêtue encor de la pourpre du ciel,
Manne que distillait une bouche pieuse,
Science des enfants faite d'ambre et de miel !

La lumière et l'amour ruisselaient, ô déesse,
Sur ta chaste poitrine en un même ruisseau,
Et l'homme, entre tes bras, buvait avec ivresse
Le breuvage du vrai dans la coupe du beau.

Nul livre n'abaissait ta main droite étendue ;
Le passé, dans tes chants, racontait l'avenir,
Et, de l'éternité naguère descendue,
Tu n'avais pour parler qu'à te ressouvenir.

O vérité ! ton âme habitait dans la lyre,
L'esprit avec le son y chantait à la fois ;
Mais de ses flancs brisés où l'homme voulait lire,
Il a fait envoler la pensée et la voix.

Sainte inspiration, la terre t'a bannie !
La science à pas lourds y creuse ses sillons ;
Le sage n'entend plus murmurer un génie ;
Dieu voile sa splendeur aux yeux des nations.

Mais, ô divin Platon, fils des vieux sanctuaires,
Lorsqu'au fond de l'éther vous sommeilliez encor,
La muse vous nourrit des saints électuaires,
Et toucha votre bouche avec ses lèvres d'or.

Elle vous fit ainsi poëte entre les sages ;
Tous les autres parlaient, et vous avez chanté ;
La myrrhe au sein de l'or se garde après des âges :
Tous vos enseignements vivront dans la beauté.

Je vous vois, ô vieillard, assis sous les portiques,
Et marchant lentement sous les platanes verts,
Et sur un lit d'ivoire en ces festins antiques
Où coulaient à la fois le nectar et les vers.

Là, couronné de fleurs, ô hiérophante, ô prêtre !
Vous découvriez le seuil d'un monde radieux ;

Vos amis se pressaient, beaux comme leur beau maître,
Et leurs regards suivaient le chemin de vos yeux.

Ainsi qu'un vin bénit que l'on boit à la ronde,
Vous répandiez sur eux un discours embaumé,
En flattant sous vos doigts la chevelure blonde
D'un jeune Athénien immobile et charmé.

Après venait un chœur de femmes d'Ionie;
La flûte cadençait leurs pas mélodieux;
Puis, ô Grecs! enivrés d'amour et d'harmonie,
Vous chantiez sur la lyre un hymne pour les dieux.

Sunium! Sunium! ô sacré promontoire
Que la mer de Myrto baigne amoureusement,
Ta cime a vu trôner le sage dans sa gloire!
Il a mêlé sa voix à ton gémissement!

Il venait là s'asseoir sur la roche dorée,
Le poëte! il parlait avec un front riant;
Parfois, comme pour lire une page inspirée,
Il s'arrêtait, les yeux plongés dans l'Orient.

Ses disciples, drapés de leurs manteaux de laine,
Dans les myrtes en fleurs se groupant au hasard,
Recevaient en leurs cœurs, muets et sans haleine,
Le baume qui coulait des lèvres du vieillard.

Sunium! Sunium! as-tu fait à sa place
Fleurir un laurier-rose ou quelque arbre inconnu?
As-tu plus de parfums pour la brise qui passe?
Tes échos chantent-ils depuis qu'il est venu?

LIVRE DEUXIÈME

I

LE POEME DE L'ARBRE

I

A UN GRAND ARBRL

L'esprit calme des dieux habite dans les plantes.
Heureux est le grand arbre aux feuillages épais;
Dans son corps large et sain la séve coule en paix,
Mais le sang se consume en nos veines brûlantes.

A la croupe du mont tu siéges comme un roi;
Sur ce trône abrité, je t'aime et je t'envie;
Je voudrais échanger ton être avec ma vie,
Et me dresser tranquille et sage comme toi.

Le vent n'effleure pas le sol où tu m'accueilles;
L'orage y descendrait sans pouvoir t'ébranler;
Sur tes plus hauts rameaux, que seuls on voit trembler,
Comme une eau lente à peine il fait gémir tes feuilles.

L'aube un instant les touche avec son doigt vermeil;
Sur tes obscurs réseaux semant sa lueur blanche,
La lune aux pieds d'argent descend de branche en branche,
Et midi baigne en plein ton front dans le soleil.

L'éternelle Cybèle embrasse tes pieds fermes;
Les secrets de son sein, tu les sens, tu les vois;
Au commun réservoir en silence tu bois,
Enlacé dans ces flancs où dorment tous les germes.

Salut, toi qu'en naissant l'homme aurait adoré!
Notre âge, qui se rue aux luttes convulsives,
Te voyant immobile, a douté que tu vives,
Et ne reconnaît plus en toi d'hôte sacré.

Ah! moi je sens qu'une âme est là sous ton écorce.
Tu n'as pas nos transports et nos désirs de feu,
Mais tu rêves, profond et serein comme un dieu,
Ton immobilité repose sur ta force.

Salut! Un charme agit et s'échange entre nous.
Arbre, je suis peu fier de l'humaine nature;

Un esprit revêtu d'écorce et de verdure
Me semble aussi puissant que le nôtre et plus doux.

Verse à flots sur mon front ton ombre qui m'apaise;
Puisse mon sang dormir et mon corps s'affaisser;
Que j'existe un moment sans vouloir ni penser :
La volonté me trouble, et la raison me pèse.

Je souffre du désir, orage intérieur;
Mais tu ne connais, toi, ni l'espoir, ni le doute,
Et tu n'as su jamais ce que le plaisir coûte;
Tu ne l'achètes pas au prix de la douleur.

Quand un beau jour commence et quand le mal fait trêve,
Les promesses du ciel ne valent pas l'oubli;
Dieu même ne peut rien sur le temps accompli;
Nul songe n'est si doux qu'un long sommeil sans rêve.

Le chêne a le repos, l'homme a la liberté...
Que ne puis-je en ce lieu prendre avec toi racines !
Obéir, sans penser, à des forces divines,
C'est être dieu soi-même, et c'est ta volupté.

Verse, ah! verse dans moi tes fraîcheurs printanières,
Les bruits mélodieux des essaims et des nids,
Et le frissonnement des songes infinis;
Pour ta sérénité je t'aime entre nos frères.

Si j'avais comme toi tout un mont pour soutien,
Si mes deux pieds trempaient dans la source des choses,
Si l'aurore humectait mes cheveux de ses roses,
Si mon cœur recélait toute la paix du tien;

Si j'étais un grand chêne avec ta séve pure,
Pour tous, ainsi que toi, bon, riche, hospitalier,

J'abriterais l'abeille et l'oiseau familier
Qui sur ton front touffu répandent le murmure;

Mes feuilles verseraient l'oubli sacré du mal,
Le sommeil à mes pieds monterait de la mousse ;
Et là viendraient tous ceux que la cité repousse
Ecouter ce silence où parle l'idéal.

Nourri par la nature, au destin résignée,
Des esprits qu'elle aspire et qui la font rêver,
Sans trembler devant lui, comme sans le braver,
Du bûcheron divin j'attendrais la cognée.

II

LA MORT D'UN CHÊNE

I —

Quand l'homme te frappa de sa lâche cognée,
O roi qu'hier le mont portait avec orgueil,
Mon âme, au premier coup, retentit indignée,
Et dans la forêt sainte il se fit un grand deuil.

Un murmure éclata sous ses ombres paisibles;
J'entendis des sanglots et des bruits menaçants;
Je vis errer des bois les hôtes invisibles,
Pour te défendre, hélas! contre l'homme impuissants.

Tout un peuple effrayé partit de ton feuillage,
Et mille oiseaux chanteurs, troublés dans leurs amours,
Planèrent sur ton front comme un pâle nuage,
Perçant de cris aigus tes gémissements sourds.

Le flot triste hésita dans l'urne des fontaines ;
Le haut du mont trembla sous les pins chancelants,
Et l'aquilon roula dans les gorges lointaines
L'écho des grands soupirs arrachés à tes flancs.

Ta chute laboura, comme un coup de tonnerre,
Un arpent tout entier sur le sol paternel ;
Et quand son sein meurtri reçut ton corps, la terre
Eut un rugissement terrible et solennel :

Car Cybèle t'aimait, toi l'aîné de ses chênes,
Comme un premier enfant que sa mère a nourri ;
Du plus pur de sa séve elle abreuvait tes veines,
Et son front se levait pour te faire un abri.

Elle entoura tes pieds d'un long tapis de mousse,
Où toujours en avril elle faisait germer
Pervenche et violette à l'odeur fraîche et douce,
Pour qu'on choisît ton ombre et qu'on y vînt aimer.

Toi, sur elle épanchant cette ombre et tes murmures,
Oh ! tu lui payais bien ton tribut filial !
Et chaque automne à flots versait tes feuilles mûres,
Comme un manteau d'hiver, sur le coteau natal.

La terre s'enivrait de ta large harmonie ;
Pour parler dans la brise, elle a créé les bois : .
Quand elle veut gémir d'une plainte infinie,
Des chênes et des pins elle emprunte la voix.

Cybèle t'amenait une immense famille ;
Chaque branche portait son nid ou son essaim :
Abeille, oiseaux, reptile, insecte qui fourmille,
Tous avaient la pâture et l'abri dans ton sein.

Ta chute a dispersé tout ce peuple sonore ;
Mille êtres avec toi tombent anéantis ;
A ta place, dans l'air, seuls voltigent encore
Quelques pauvres oiseaux qui cherchent leurs petits.

Tes rameaux ont broyé des troncs déjà robustes ;
Autour de toi la mort a fauché largement.
Tu gis sur un monceau de chênes et d'arbustes ;
J'ai vu tes verts cheveux pâlir en un moment.

Et ton éternité pourtant me semblait sûre !
La terre te gardait des jours multipliés...
La séve afflue encor par l'horrible blessure
Qui dessécha le tronc séparé de ses pieds.

Oh ! ne prodigue plus la séve à ces racines,
Ne verse pas ton sang sur ce fils expiré,
Mère ! garde-le tout pour les plantes voisines :
Le chêne ne boit plus ce breuvage sacré.

Dis adieu, pauvre chêne, au printemps qui t'enivre .
Hier, il t'a paré de feuillages nouveaux ;
Tu ne sentiras plus ce bonheur de revivre.
Adieu les nids d'amour qui peuplaient tes rameaux.

Adieu les noirs essaims bourdonnant sur tes branches,
Le frisson de la feuille aux caresses du vent,
Adieu les frais tapis de mousse et de pervenches
Où le bruit des baisers t'a réjoui souvent.

O chêne, je comprends ta puissante agonie !
Dans sa paix, dans sa force, il est dur de mourir ;
A voir crouler ta tête, au printemps rajeunie,
Je devine, ô géant ! ce que tu dois souffrir.

Ainsi jusqu'à ses pieds l'homme t'a fait descendre ;
Son fer a dépecé les rameaux et le tronc ;
Cet être harmonieux sera fumée et cendre,
Et la terre et le vent se le partageront !

Mais n'est-il rien de toi qui subsiste et qui dure ?
Où s'en vont ces esprits d'écorce recouverts ?
Et n'est-il de vivant que l'immense nature,
Une au fond, mais s'ornant de mille aspects divers ?

Quel qu'il soit, cependant, ma voix bénit ton être
Pour le divin repos qu'à tes pieds j'ai goûté.
Dans un jeune univers, si tu dois y renaître,
Puisses-tu retrouver la force et la beauté !

Car j'ai pour les forêts des amours fraternelles ;
Poëte vêtu d'ombre, et dans la paix rêvant,
Je vis avec lenteur, triste et calme, et, comme elles,
Je porte haut ma tête, et chante au moindre vent.

Je crois le bien au fond de tout ce que j'ignore ;
J'espère malgré tout, mais nul bonheur humain :
Comme un chêne immobile, en mon repos sonore,
J'attends le jour de Dieu qui nous luira demain.

En moi de la forêt le calme s'insinue ;
De ses arbres sacrés, dans l'ombre enseveli,
J'apprends la patience aux hommes inconnue,
Et mon cœur apaisé vit d'espoir et d'oubli.

Mais l'homme fait la guerre aux forêts pacifiques ;
L'ombrage sur les monts recule chaque jour ;
Rien ne nous restera des asiles mystiques
Où l'âme va cueillir la pensée et l'amour.

13.

Prends ton vol, ô mon cœur ! la terre n'a plus d'ombres,
Et les oiseaux du ciel, les rêves infinis,
Les blanches visions qui cherchent les lieux sombres,
Bientôt n'auront plus d'arbre où déposer leurs nids.

La terre se dépouille et perd ses sanctuaires ;
On chasse des vallons ses hôtes merveilleux.
Les dieux aimaient des bois les temples séculaires,
La hache a fait tomber les chênes et les dieux.

Plus d'autels, plus d'ombrages et de paix abritée,
Plus de rites sacrés sous les grands dômes verts !
Nous léguons à nos fils la terre dévastée.
Car nos pères nous ont légué des cieux déserts.

II

Ainsi tu gémissais, poëte, ami des chênes,
Toi qui gardes encor le culte des vieux jours.
Tu vois l'homme altéré sans ombre et sans fontaines...
Va ! l'antique Cybèle enfantera toujours !

Lève-toi ! c'est assez pleurer sur ce qui tombe ;
La lyre doit savoir prédire et consoler ;
Quand l'esprit te conduit sur le bord d'une tombe,
De vie et d'avenir c'est pour nous y parler.

Crains-tu de voir tarir la séve universelle,
Parce qu'un chêne est mort et qu'il était géant ?
O poëte ! âme ardente, en qui l'amour ruisselle,
Organe de la vie, as-tu peur du néant ?

Va ! l'œil qui nous réchauffe a plus d'un jour à luire ;
Le grand semeur a bien des graines à semer.
La nature n'est pas lasse encor de produire :
Car, ton cœur le sait bien, Dieu n'est pas las d'aimer.

Tandis que tu gémis sur cet arbre en ruines,
Mille germes là-bas, déposés en secret,
Sous le regard de Dieu veillent dans ces collines,
Tout prêts à s'élancer en vivante forêt.

Nos fils pourront aimer et rêver sous leurs dômes,
Le poëte adorer la nature et chanter;
Dans l'ombreux labyrinthe où tu vois des fantômes,
Un idéal plus pur viendra les visiter.

Croissez sur nos débris, croissez, forêts nouvelles !
Sur vos jeunes bourgeons nous verserons nos pleurs ;
D'avance je vous vois, plus fortes et plus belles,
Faire un plus doux ombrage à des hôtes meilleurs.

Vous n'abriterez plus de sanglants sacrifices ;
L'âge emporte les dieux ennemis de la paix.
Aux chants, aux jeux sacrés, vos séjours sont propices ;
Votre mousse aux loisirs offre des lits épais.

Ne penche plus ton front sur les choses qui meurent ;
Tourne au levant tes yeux, ton cœur à l'avenir.
Les arbres sont tombés, mais les germes demeurent ;
Tends sur ceux qui naîtront tes bras pour les bénir.

Poëte aux longs regards, vois les races futures,
Vois ces bois merveilleux à l'horizon éclos;
Dans ton sein prophétique écoute les murmures;
Ecoute : au lieu d'un bruit de fer et de sanglots,

Sur des coteaux baignés par des clartés sereines,
Où des peuples joyeux semblent se reposer,
Sous les chênes émus, les hêtres et les frênes,
On dirait qu'on entend un immense baiser !

III

LE BUCHERON

I

Le chêne aux flancs noueux dans l'herbe est couché mort ;
Mais du vieux bûcheron c'est le dernier effort ;
Il pose sa cognée et s'accoude au long manche ;
Il se courbe, en soufflant, le pied sur une branche ;
Son morceau de pain noir est gagné pour demain ;
Et, s'essuyant le front du revers de la main :

« Triste et rude métier que de porter la hache !
A ce labeur de mort quel dieu m'a condamné ?
Sur tes plus beaux enfants j'ai frappé sans relâche,
Et je t'aime pourtant, forêt où je suis né !

» Ton ombre est mon pays ; j'y vieillis ; je sais l'âge
Des grands chênes épars sur les coteaux voisins.
Jamais je ne dormis dans les murs d'un village ;
Je ne cueillis jamais le blé ni les raisins.

» Ma mère me berça dans la mousse et l'écorce ;
J'ai, dans un nid pareil, vu dormir mes enfants ;
Et, comme moi jadis, fiers de leur jeune force,
Ils grimpaient, tout petits, sur l'arbre que je fends.

» J'ai compté de beaux jours, hélas! et des jours sombres
Que savent tous ces bois, complices ou témoins ;
J'ai connu d'autres maux que la faim sous leurs ombres ;
Dans un corps endurci l'âme ne vit pas moins.

» Je la sens s'agiter sous le joug qui m'enchaîne ;
Et l'arbre, gémissant de mes coups assidus,
Parle au noir bûcheron qui fend le cœur du chêne
Comme aux pâles rêveurs sur la mousse étendus.

» J'eus chez vous mon printemps, mes songes, mes chimères,
Arbres qui modérez le soleil et le vent !
J'ai versé sur vos pieds des larmes bien amères,
Mais pour moi votre miel a coulé bien souvent.

» J'entends parfois de loin monter la voix des villes,
Elle m'arrive en bruits douloureux et discords ;
J'aime mieux écouter ces feuillages mobiles
D'où pleut un frais sommeil sur l'âme et sur le corps.

» D'ailleurs, la voix qui siffle en traversant l'érable,
Le son calme et plaintif qui s'exhale du pin,
Ont un écho dans moi, profond, vague, ineffable
Dont j'écoute en tous lieux le murmure sans fin.

» Si j'ai vos bras noueux, vos cheveux longs et rudes,
J'ai mes chansons aussi, mes bruits graves et doux,
Et sur mon front ridé le vent des solitudes,
O chênes fraternels, frémit comme sur vous !

» En ennemi, pourtant, sur ces monts que j'outrage,
La hache en main, frappant tous mes hôtes chéris,
Liés en vils faisceaux pour un sordide usage,
Des rameaux et des troncs j'entasse les débris.

» Aussi mon âme est triste et j'ai le regard sombre;
Destructeur des forêts, je me suis odieux;
J'ai déjà dépouillé cent arpents de leur ombre;
J'ai fait place aux humains; pardonnez-moi, grands dieux!

» Mais c'est la pauvreté qui par moi vous profane,
Saints temples des forêts, arbres que j'aime en vain!
Pour mes fils affamés dans ma pauvre cabane,
Chaque arbre, hélas! qui tombe est un morceau de pain.

» La pauvreté! c'est elle avec qui ce fer lutte;
Elle fait taire en moi ces choses que j'entends;
C'est elle qui renverse, en pleurant sur sa chûte,
Pour les besoins d'un jour, le chêne de cent ans.

» Heureux! — si le bonheur visite un riche même,
Loin de cette ombre antique où parle un dieu caché, —
Heureux le laboureur, heureux celui qui sème
Et reçut des aïeux son champ tout défriché!

» Il ne récolte pas son pain du sacrilége;
Tranquille en son labeur, ignorant mes combats,
Il n'a jamais sapé le toit qui le protége,
Ces vieilles amitiés qu'en frémissant j'abats.

» Adieu les troncs divins qu'un peuple immense habite,
Les abeilles et l'homme et les oiseaux du ciel,
Tours que le vent balance et dont le flanc palpite
Ruisselant de fraîcheur, d'harmonie et de miel!

» Il en reste un... marqué du sceau fatal du maître,
Mon plus cher souvenir... à frapper quelque jour,
Mon vieil hôte, du bois l'ornement et l'ancêtre;
A lui de s'écrouler... Puis ce sera mon tour! »

II

Frappe, ô vieux bûcheron, et détruis sans murmures :
Les anciennes forêts pour la hache sont mûres.
L'orage est, comme toi, terrible et bienfaisant.
Oui, votre office est rude et ton fer est pesant :
Car ces bois sont pour toi consacrés par des tombes,
Ces rameaux ont porté le nid de tes colombes,
Et ce chêne entouré d'un culte filial
Prêta sa mousse épaisse à ton lit nuptial ;
Dans le vague sommeil où son ombre te plonge,
De tes jeunes saisons le rêve se prolonge.
Il est dur de saper et de jeter au feu
Les vieux piliers du temple où l'on a connu Dieu.
Mais des vallons obscurs et peuplés de fantômes
Aux ailes d'or du jour il faut ouvrir les dômes,
Pour qu'un soleil fécond fasse, en dardant sur eux,
Fuir de l'humide sol les esprits ténébreux,
Et, préparant les champs à des moissons prochaines,
Livre à des bras humains le royaume des chênes.
Dieu le veut, les cités déplacent les forêts,
Et le désert souvent suit la cité de près.
Comme l'arbre, à son jour, quitte ou reprend sa feuille,
Quoi que fasse en ses flancs la ruche et qu'elle veuille,
Ainsi, docile au vent toujours prêt à souffler,
Le monde en ses saisons doit se renouveler.

Sur les coteaux ombreux pour qu'un peuple y fourmille,
Fais place avec la hache à ta jeune famille ;

Là, sous les cerisiers encor rouges de fruit,
Mille bruns moissonneurs souperont à grand bruit;
De beaux enfants joufflus, rentrant le soir aux granges,
Passeront en chantant sur le char des vendanges,
Et les joyeux voisins viendront se convier
A rompre le pain blanc au pied de l'olivier.
Et tout ce peuple heureux des vastes métairies,
Uni pour le travail en douces confréries,
Célèbre en ses chansons l'ancêtre courageux
Qui de l'âge de fer vit les jours orageux,
Prépara le désert à la culture humaine,
Et, pour faire à ses fils un plus libre domaine,
Brava, tout en pleurant l'ombre qu'il adorait,
L'amour et la terreur de l'antique forêt.

II

LA CHANSON DE L'ALOUETTE

Je suis, je suis le cri de joie
Qui sort des prés à leur réveil ;
Et c'est moi que la terre envoie
Offrir le salut au soleil.

Je pars des chaumes blancs de brume,
A mes pieds flotte un fil d'argent,
La rosée emperle ma plume,
Et je la sème en voltigeant.

Je plane et chante la première
Dans l'azur frais où l'aube éclot ;
Je me baigne dans la lumière,
Et vais me mirer dans un flot.

Ma voix est sans note plaintive,
Je ne dis rien au triste soir ;
Je suis la chanson folle et vive
De la jeunesse et de l'espoir.

Je dis au malade qui veille :
Bénis Dieu, la nuit va finir !
Au laboureur que je réveille :
Fais ton sillon pour l'avenir !

Si mon chant près d'une fenêtre
Attire un couple jeune et beau,
Je répète : Le jour va naître,
Laisse partir ton Roméo !

Je suis, je suis le cri de joie
Qui sort des prés à leur réveil ;
Et c'est moi que la terre envoie
Offrir un salut au soleil.

III

ALMA PARENS

J'irai boire l'eau vierge aux sources des grands fleuves ;
Mes pieds se poseront sur l'azur du glacier.

Je veux baigner mon corps aux flots des brises neuves,
L'éther le trempera comme l'onde l'acier.

Dormons sur une cime avec effort gravie ;
Dans la neige éternelle il faut laver nos mains ;
L'air fait mouvoir là-haut des principes de vie,
Allons l'y respirer pur des souffles humains.

J'emprunterai ma force aux forces maternelles :
Nature, ouvre tes bras à ton fils épuisé,
Laisse ma bouche atteindre à tes fortes mamelles :
Jamais l'homme à ton sein n'a vainement puisé.

Je veux monter si haut sur les Alpes sublimes,
Que rien ne vienne à moi des miasmes d'en bas ;
Un nuage à mes pieds couvrira les abîmes ;
Si le monde rugit, je ne l'entendrai pas !

Votre regard s'arrête au flanc noir de la nue ;
Moi, j'en verrai d'en haut le côté lumineux,
J'embrasserai de l'âme une sphère inconnue,
Je toucherai des mains ce qui fuit à vos yeux.

Montons ! le vent se meurt aux pieds du roc immense,
Le doute ne saurait flotter sur ce haut lieu ;
Montons ! enveloppé de calme et de silence,
Sur ces larges trépieds j'entendrai parler Dieu.

L'air aspiré là-haut vivra dans ma poitrine,
Dans l'ombre de la plaine un rayon me suivra ;
Ceux qui m'ont vu gravir pesamment la colline
Ne reconnaîtront plus l'homme qui descendra.

Ainsi je me parlais, plein d'un espoir insigne.
J'ai suivi sans tarder ce guide intérieur ;

Du faîte de leurs tours les Alpes m'ont fait signe,
Et sur leurs blancs degrés j'ai versé ma sueur.

Plus haut que le sapin, plus haut que le mélèze,
Sur la neige sans tache au soleil j'ai marché;
Dans l'éther créateur je me baigne à mon aise;
Le monde où j'aspirais, mes deux pieds l'ont touché.

J'ai dormi sur les fleurs qui viennent sans culture,
Dans les rhododendrons j'ai fait mon sentier vert;
J'ai vécu seul à seule avec vous, ô nature!
Je me suis enivré des senteurs du désert.

Je me suis garanti de toute voix humaine
Pour écouter l'eau sourdre et la brise voler;
J'ai fait taire mon cœur et gardé mon haleine
Pour recevoir l'esprit qui devait me parler;

Et voilà qu'entouré des cimes argentées,
Cueillant le noir myrtil, buvant un flot sacré,
Goûtant sous les sapins les ombres souhaitées,
Libre dans mes déserts, voilà que j'ai pleuré !

Le soleil dore en vain les Alpes jusqu'au faîte;
Si je plonge en mon cœur, toujours de l'ombre au fond :
J'ai rencontré le sphinx en cherchant le prophète;
L'avide immensité m'absorbe et me confond.

Est-ce donc par orgueil que ton front nous attire,
Est-ce pour éblouir que ton œil resplendit,
O nature ! et n'as-tu rien de plus à me dire
Que ces mots : Je suis grande et vous êtes petit ?

Est-ce pour mieux sentir ma défaillance intime
Que je suis venu, seul et si loin, t'implorer ?

Oh ! je n'ai pas besoin d'un oracle sublime
Pour me trouver débile et pour savoir pleurer !

Pourquoi de tes enfants tromper la soif, ô mère ?
Il faut à leur poitrine un lait puissant et pur ;
Si tu ne fais jaillir qu'une boisson amère,
Pourquoi leur tendre encor tes mamelles d'azur ?

Pourquoi devant mes yeux ta paupière abaissée ?
Tout langage entre nous s'est-il déjà perdu ?
Je viens chercher en toi quelque sainte pensée ;
Pourquoi, d'un signe au moins, n'as-tu pas répondu ?

Mais, sans doute, mon âme était mal préparée ;
Les souvenirs d'en bas voilaient mon œil obscur ;
Pour l'huile de lumière et la manne sacrée
Le vase n'était pas d'un métal assez pur.

Peut-être l'eau terrestre a flétri ma poitrine ;
J'ai bu ces vins trompeurs dont tant d'hommes sont morts ;
Je frapperais en vain à la roche divine,
Je ne puis plus porter le breuvage des forts.

Serait-ce qu'une main invisible et jalouse
Entre nos saints baisers élève un mur d'effroi ?
Comme sur les beautés secrètes d'une épouse,
Dieu veut jeter peut-être un voile épais sur toi.

Il veut choisir lui-même et compter ses prophètes ;
Tout homme n'a pas droit au sacré rameau d'or ;
Dieu place à tes côtés d'austères interprètes,
L'anathème sur toi plane et menace encor.

Le colloque de l'homme et de la solitude
Te fait-il craindre, ô Dieu, ton nom mis en oubli ?

Tu veux le surveiller avec inquiétude,
Et tes prêtres ont dit quelque part : *Vœ soli !*

Si, comme l'univers, l'âme est ta créature,
Pourquoi jeter entre eux cet abîme profond ?
Laisse s'entrelacer mon cœur et la nature.
Pourquoi tant de secret, si le bien est au fond ?

Un esprit de terreur habite dans l'espace,
Vole à travers les bois sur les eaux et dans l'air ;
Quand l'âme et le désert se trouvent face à face,
L'homme sent le frisson roidir toute sa chair.

La nature sourit comme une amante reine ;
Elle ouvre un sein vermeil, l'homme va s'y jeter ;
Et, quand son bras s'enlace au cou de la sirène,
Un bras plus fort se dresse entre eux pour l'arrêter.

Dans la source d'eau bleue où pour boire on se penche
Il met la salamandre, il cache un sel amer ;
Sur l'ombre où l'on s'endort il suspend l'avalanche,
Sous la barque où l'on chante il fait gronder la mer.

Une secrète horreur qui trouble les plus braves
Entre le monde et nous s'étend pour le voiler ;
Notre âme et l'univers sont-ils donc des esclaves
A qui leur Dieu tremblant défend de se parler ?

Je voulais, ô nature, avoir un lit de mousse,
Y dormir avec toi couvert par la forêt ;
Mais ton œil tour à tour m'attire et me repousse :
De ma tristesse immense est-ce là le secret ?

Un air qui me supporte, où donc le trouverai-je ?
Je n'ai pu m'enlever sur l'aile d'aucun vent ;

J'ai respiré l'ennui dans les fleurs, sur la neige ;
Les chênes n'ont pour moi qu'un ombrage énervant.

Serait-ce qu'à mon cœur la solitude pèse ?
Ne l'ai-je enfin trouvée, après tant de chemin,
Que pour dire aussi, moi, qu'elle est chose mauvaise,
Et pour y regretter le tourbillon humain ?

Peut-être, en maudissant les prisons où nous sommes,
J'aurai trop présumé des vertus du désert ;
Plus que je ne l'ai cru l'homme a besoin des hommes ;
La terre ne dit rien s'ils cessent leur concert.

Mais ne blasphémons pas la nature éternelle,
Son lait pur coulera pour nous au jour marqué ;
Pour vivre de sa vie et tout comprendre en elle,
Je sens bien, ô mon cœur, ce qui vous a manqué.

Oui, la nature est morne autour du solitaire,
La fleur qu'il cueille est pâle et ses jours sont moins bleus ;
Mais la terre sourit et parle sans mystère,
Quand sur sa robe verte on vient dormir à deux.

Elle livre par mille aux amants, aux poëtes,
Les trésors qu'elle cache au sombre analyseur,
Et convie aux secrets de ses mystiques fêtes
L'homme ardent et serein qui pense avec le cœur.

Secoue, ô mon esprit, toutes tes peurs sans causes,
Soutiens vers l'infini ton essor filial,
Aspire aux vieux sommets, vois les sources des choses,
Vois poindre sur les monts le soleil idéal.

Poursuis dans les déserts la grande âme du monde,
Fouille dans cette mer où chacun peut plonger ;

Chante, invoque, bénis : pour qu'elle te réponde,
C'est à force d'amour qu'il faut l'interroger.

Oui, l'homme, malgré tout, s'il aspire et s'il aime,
Au fond de l'univers voit un Dieu qui sourit.
O nature! le mal n'est pas ton mot suprême,
L'ouragan fauche moins que le sol ne fleurit.

Oui, dans l'éclat divin dont ta face est empreinte,
C'est mieux que la grandeur que l'homme adore en toi ;
Quoique ton front chenu répande au loin la crainte,
Le nœud qui nous unit n'est pas un nœud d'effroi.

Car, même à travers l'ombre et le bruit des tempêtes,
Sur les rochers déserts où triste je rêvais,
Même au bas des glaciers qui craquaient sur nos têtes,
Dans tes jours de colère et dans mes jours mauvais,

Sous tes sourcils froncés perçaient des yeux de mère ;
Toujours près de l'absinthe une ruche de miel,
Toujours cent épis d'or pour une ivraie amère,
Et partout l'espérance, et partout l'arc-en-ciel!

Partout, des eaux, de l'air, des arbres, de la mousse,
De la neige, des fleurs, des ténèbres, du jour,
Des antres et des nids, sortait une voix douce
Qui remplissait l'espace, et qui disait : Amour!

IV

A LA TERRE

— O mère des vivants, ô terre, ô déité,
Nul homme plus que moi n'adore ta beauté !
Il n'est pas de rayon au ciel, et pas de globe,
Qui me soient plus sacrés qu'une fleur de ta robe.

— Je me souviens de toi; sur mes plus hauts sommets
Un pied plus amoureux ne se posa jamais.
Je t'ai vu, gravissant mes Alpes solitaires,
T'abreuver à longs traits dans leurs coupes austères.

— Ah! j'étais libre et fort, j'étais seul avec Dieu,
Pas un vestige humain ne souillait ce saint lieu !
Jamais je n'ai senti, depuis cette heure étrange,
D'amour et de terreur cet enivrant mélange.
Quand il fallut revoir la plaine où l'homme est roi,
Mère, je m'indignais et je pleurais sur toi :
Car, ô terre, à plaisir l'homme te défigure ;
Rien ne te restera de ta noble parure ;
Chacun de nos travaux t'enlève une beauté ;
Tu vas baissant ton front comme un taureau dompté.
Dans ton royaume antique, une aveugle industrie
Fera céder bientôt l'ordre à la symétrie.

Par des murs anguleux les champs sont divisés ;
Les fleuves gracieux, dans leurs lits maîtrisés,
Ont aligné les plis de leurs courbes divines ;
Un lourd niveau s'étend sur le sein des collines,
Et le jour n'est pas loin où nous ne verrons plus
Un seul arbre debout sur ces monts chevelus ;
Jusqu'au dernier sommet, les nations accrues
Décharnent le granit sous le fer des charrues.

O chênes, ô forêts, ô lieux doux et sacrés,
Temple où les premiers dieux à nous se sont montrés,
Où de nos jours encor l'esprit d'en haut se cache,
Mon cœur saigne pour vous à chaque coup de hache !
Je sens une même âme entre nous s'échanger ;
Ailleurs que parmi vous je me crois étranger ;
Il pleut de vos rameaux des visions sans nombre,
Et l'intime soleil me luit mieux sous votre ombre !

Quand l'homme, ainsi vainqueur des fleuves et des bois,
Au plus lointain désert aura donné des lois
Et mis à nu des monts les squelettes énormes,
Et serré tes beaux flancs de réseaux uniformes,
O globe, dépouillé de ta vieille splendeur,
Pourras-tu d'idéal parler dans ta laideur ?

— Ami de mes secrets et de mes solitudes,
Ah ! laisse-moi sourire à tes inquiétudes !
L'homme te fait trembler pour nos abris charmants,
Et tu le vois déjà vainqueur des éléments.
C'est ainsi, je le sais, que parlent vos prophètes ;
Vos Titans sont tout prêts à trôner sur mes faîtes ;
Ils partagent déjà mes dépouilles entre eux,
Et sillonnent mes flancs de leurs fers orgueilleux.
Mais ils n'ont pas encore avec leur main rebelle
Ebranlé les créneaux de l'antique Cybèle ;

14

Mon vieux front de ses tours n'est pas découronne,
Et du Sphinx des déserts l'Œdipe n'est pas né!
De plans audacieux soyez toujours prodigues;
Multipliez vos chars, vos vaisseaux et vos digues: ·
Comme fait un coursier la poudre de ses crins,
Je puis tout disperser en secouant mes reins.

V

CONTRE LE REPOS

Va! marche au but suprème où marche toute chose :
Vois, d'un souffle divin l'espace est tourmenté;
Quel globe est endormi? quel astre se repose?
Toi seul tu prétendrais à l'immortalité!

Attends-tu là, couché, que le désert t'apporte
Ses fontaines d'eau vive où tu veux t'étancher;
Et, venu pour toi seul, que Dieu frappe à ta porte,
Sans que que tu daignes faire un pas pour le chercher?

Ses bras te sont tendus; va toi-même, et réclame
La part qui te revient d'air pur et de soleil;
Et s'il pleut quelque part de la manne pour l'âme,
Sache, pour la cueillir, t'arracher au sommeil.

Suis l'instinct qui t'invite à sortir de toi-même,
Si tu veux croître en force, en sagesse, en beauté;

Vois le saint univers qui t'appelle et qui t'aime :
Cherche en lui ce qui manque à ta divinité.

Monte sur les sommets, fouille dans les cavernes ;
Aux astres, aux volcans, allume tes flambeaux ;
Agrandis chaque jour l'empire où tu gouvernes ;
De ton sceptre brisé réunis les lambeaux.

Dompte les éléments et rends-les tributaires ;
Mets aux chaînes Protée ; emploie à tes desseins
La nymphe des glaciers et l'esprit des cratères ;
Multiplie, ô Titan ! tes sublimes larcins.

Du vol de la pensée aide tes bras trop frêles ;
La volonté des monts sait courber les sommets ;
Fatigue tour à tour ou tes pieds ou tes ailes,
Et rampe, s'il le faut, mais ne t'assieds jamais.

Lève-toi ! Dieu maudit les races accroupies
Des stagnantes cités respirant l'air mauvais ;
Le doute et le repos aujourd'hui sont impies :
Homme, sache trouver ce qu'enfant tu rêvais.

Marche seul, si ton frère en chemin t'abandonne
Et des désirs sacrés ne sent plus l'aiguillon.
Vois là-bas, au désert, ce champ que Dieu te donne :
Au sol de l'inconnu va creuser ton sillon.

Souffre et combats ; la lutte a des palmes certaines !
C'est trop peu d'en gémir, il faut dompter le mal ;
Il faut chercher et vaincre, au bout des mers lointaines,
Le monstre vigilant qui garde l'idéal.

Passe, et n'écoute pas qui taxe de mensonge
Cet invincible espoir, ton guide et ton soutien :

Tout abîme a sa perle ; et quand le cœur y plonge,
Sous l'horrible douleur il trouve encor le bien.

Va, sans le renier, jusqu'au bout de ton rêve.
Qu'aperçois-tu, mon âme? Au fond, n'est-ce pas Dieu?
Tu vas à lui. Crains-tu d'échouer sur la grève?
Est-ce pour te tromper qu'y luit son œil de feu?

Pars, recueillant les bruits sous les chênes prophètes,
Les parfums, les rayons que darde l'avenir ;
Demande au vin sacré que versent les poëtes
L'ardeur de proclamer celui qui doit venir !

Remplis donc à deux mains la coupe où tu t'enivres ;
Puise dans le désert, puise dans la cité.
Va ! lis dans la nature, et même dans les livres ;
Où l'amour n'est-il pas? où n'est pas la beauté?

Prends à la terre, aux flots, tout ce qui s'en exhale ;
Emporte dans ton vol les rumeurs des chemins ;
Prends aux fleurs des sommets l'haleine matinale ;
Respire-la mêlée à celle des humains !

Vole au terme entrevu de tes courses fécondes,
Sans t'arrêter ici, car le but est ailleurs :
Car, ô souffle immortel, tu dois à d'autres mondes
Porter ce que le nôtre a d'atomes meilleurs.

Va donc, homme, va donc ! ta moisson n'est pas mûre ;
Tu n'as pas tout aimé, tu n'as pas tout compris ;
Tu n'as pas accompli, sous l'œil de la nature,
Les rites de l'hymen avec tous ses esprits !

Marche sans t'endormir, même parmi les roses,
Pour aller, quand la terre aura repris tes os,

Vers l'être que tu sens à travers toutes choses,
Te reposer en lui... s'il connaît le repos !

VI

LA CIGALE

L'air pèse et brûle; il n'est dans l'herbe et les épis
    Bruit d'ailes ni murmures;
Même les froids lézards se cachent assoupis
    Au fond des gerbes mûres.

La feuille au loin se tait dans l'immobilité,
    Pas un oiseau ne vole;
La terre a vu tarir dans les bras de l'été
    Sa séve et sa parole.

De la plaine embrasée où sont les habitants?
    La vie est-elle encore?...
Oui, la nature veille, et, joyeux, je t'entends,
    O cigale sonore !

Ton cri sort des sillons brûlants et crevassés,
    De l'orme aux branches sèches,
Parmi les chauds rayons qu'un ciel rouge a lancés
    Aigus comme des flèches.

14.

C'est toi qu'un doux vieillard, des voluptés épris,
          Disait aux dieux pareille;
Et l'homme de nos jours te ferme avec mépris
          Son cœur et son oreille!

En cercle les héros t'écoutaient autrefois
          Comme un hymne dorique.
Qui donc s'est transformé de l'homme ou de la voix,
          O chanteuse homérique?

Non, tu n'as rien changé, nature, à tes accents,
          Ta musique est la même;
Mais pour trouver la clef de tes accords puissants,
          Il faut d'abord qu'on t'aime.

Poëte, je le sais, nul n'est vil à mes yeux
          Des mille aspects de l'être;
Tout cri révèle une âme, et mon cœur sérieux
          L'accueille et s'en pénètre.

Viens, cigale ma sœur, et chante près de moi;
          Nul homme sacrilége
N'oserait, où je suis, porter la main sur toi;
          La muse te protége.

Moi, je me dis impur, si dans l'ombre en marchant
          J'écrase un frêle insecte;
Au chœur universel tout ce qui prête un chant,
          Il faut qu'on le respecte :

Car la terre gémit, car Dieu même est chagrin
          D'une note étouffée,
Et d'une voix qui manque à l'hymne souverain
          Dont l'homme est coryphée.

VII

HERMIA

POÈME

Un jour, obéissant à ces charmes austères
Qu'exercent les hauts lieux sur les cœurs solitaires,
Il voulut respirer la neige des sommets
D'une chaste blancheur revêtus à jamais.
Sur ces trépieds, où Dieu descend dans la lumière,
Où les forêts, à l'homme unissant leur prière,
Exhalent leurs senteurs et leurs bruits vers le ciel,
Il s'enivra longtemps du souffle universel.

Enfin, désaltéré des divines haleines,
Un plus tiède horizon l'attire vers les plaines;
Car, poète, il n'a vu qu'en ses rêves encor
Au pays du soleil mûrir les pommes d'or.

Après les régions de la neige éternelle,
Des rocs tumultueux d'où le glacier ruisselle
La mousse et le lichen sillonnent les flancs gris:
Puis les rhododendrons rougissent tout fleuris;
Puis, toujours s'abaissant, les cimes étagées
De diverses forêts par zones sont chargées.
Les mélèzes d'abord, les sapins, et des prés
L'émail couvrant déjà des flancs plus tempérés,

Et les hêtres touffus, les bouleaux, et les chênes
Annonçant la douceur des collines prochaines.
Sous leur ombre il marcha jusqu'au premier gradin
D'où l'œil saisit la plaine et son riant jardin,
Et l'extrême horizon du lac aux bords fertiles,
Dont le myrte et l'orange ont embaumé les îles.

Offrant à la fatigue un asile attiédi,
Là s'ouvrait une grotte au soleil de midi.
D'un bois entremêlé de taillis, de clairière,
De longs vergers en fleurs blanchissaient la lisière.
Les coteaux sinueux qui portent les raisins,
Et les plants d'oliviers, de là semblaient voisins,
Et pourtant des sapins la tête haute et sombre
Versait tout près encor la froideur de son ombre.

Amoureux des jardins et des bois tour à tour,
Dans la grotte paisible il se fit un séjour.
La brise et le soleil, par une large entrée,
Des parfums et des voix de toute la contrée
Lui portaient le tribut. Un charmant arbrisseau
Déployé sur le bord de la voûte en berceau,
Sous un treillis de fleurs et de feuilles pendantes,
Arrêtait de midi les flammes trop ardentes.
L'arbre mystérieux, — il ignora son nom, —
Entre la vie et l'être admirable chaînon,
S'ébranlait de lui-même et par sa propre force,
Comme s'il enfermait un dieu sous son écorce;
Sans attendre aucun souffle il murmurait des sons,
Ses fleurs dans leurs parfums répandaient des chansons,
Des soupirs presque humains, une plainte si douce,
Que sur le seuil de l'antre, et couché sur la mousse,
Souvent, de ces beaux lieux le nouvel habitant
Oubliait tout un jour de vivre en l'écoutant.

Ainsi, sans les compter, il laissait fuir les heures,
Dans ce désert, où Dieu lui donna ses meilleures.
Des sommets aux vallons, quand, las d'avoir erré,
Chaque soir, dans la grotte il s'était retiré,
Un fertile sommeil, inconnu dans les villes,
Sans les appesantir fermait ses yeux tranquilles;
Par la porte d'ivoire un songe, hôte charmant
Près de lui descendu, l'enivrait mollement,
Et dans toutes ses nuits, d'une image pareille,
A sa vue, à son cœur, répétait la merveille.

Il voyait dans la grotte, au coin le plus obscur,
Une lueur mêlée et d'argent et d'azur,
Comme un reflet du lac lorsque la lune y brille,
Jaillir des blancs contours d'un corps de jeune fille;
Puis à la voûte, aux murs, sur les cristaux sculptés,
L'auréole agrandie allumait des clartés.
Un arbuste semblable à la plante inconnue,
Et d'où sort comme un fruit la vierge demi-nue,
A sa chaste ceinture attache un vêtement
De rameaux et de fleurs noués confusément;
De ses seins non voilés la neige ardente et pure
S'élève et resplendit dans la sombre verdure;
Sur sa hanche onduleuse un de ses bras descend;
Une urne d'où les eaux coulent en gémissant
A l'autre sert d'appui; tout est repos en elle;
Un immobile éclair enflamme sa prunelle;
Le silence divin sur ses lèvres sourit;
A peine si la vie autrement s'y trahit,
Tant son souffle est subtil, et dans son cœur paisible
Glisse sans soulever un mouvement visible.
Son âme cependant déborde, et par ses yeux
Sa parole jaillit en ruisseaux radieux,

Et sur l'heureux songeur s'épanchant tout entière,
D'un rayon prolongé va toucher sa paupière.
Lui, sent par tout son être, ébloui, palpitant,
Ce regard de déesse et d'amante pourtant,
Qui, dans sa fixité lumineuse et limpide,
D'un baiser continu lui verse le fluide.

Ainsi, jusqu'au matin, dans l'extase bercé,
Sous un astre amoureux il dormait caressé.
Illuminant son cœur d'une clarté suprême,
La vierge aux yeux perçants le contemplait de même ;
L'urne et les rameaux verts chantaient divinement ;
Et c'était chaque nuit égal enivrement !

Or, dans la grotte, après quelques jours, son vieux maître,
Un homme au large front, des bois auguste prêtre,
Descendant des hauts lieux, rentra : car, tous les ans,
Sa main savante et douce aux mortels languissants,
Dans le désert, aux pieds des neiges virginales,
Cueillait, sous l'œil de Dieu, les fleurs médicinales.

Confiant pour cet hôte, et pieux comme un fils,
Le jeune homme eut bientôt dit son nom, son pays,
Son invincible amour des monts, des forêts sombres,
Les désirs infinis qui pleuvent de leurs ombres,
Ses courses, son sommeil dans la grotte abrité,
Et le rêve charmant qui l'avait visité.

Et le sage l'aima ; dans les âmes brûlantes
Il savait lire, ainsi que dans le sein des plantes ;
Il comprit cet enfant au désert envoyé
Pour y lire de Dieu le livre déployé.
Un soir, assis tous deux, sous les roches voûtées,
Ayant pour frais tapis les mousses veloutées,

Tandis que sur le lac la brume s'épaissit,
Il prépara son cœur et lui fit ce récit :

I

C'est du soleil de mai qu'Hermia nous est née ;
Sa mère, au bout des prés par les fleurs entraînée,
Sous les rameaux en séve et les nids palpitants,
Avait tout le matin respiré le printemps.
Au bord du lac assise, appuyée au vieux saule
Dont les feuilles d'argent pleurent sur son épaule,
A ses pieds les iris, les joncs peuplés d'oiseaux,
Les cygnes amoureux jouant dans les roseaux ;
Ses yeux plongent au loin sur l'eau bleue et vermeille
Comme une large fleur où va boire une abeille,
Et sa bouche entr'ouverte aspire le baiser
D'un rayon de soleil qui vient de s'y poser.
Là, seule et devant Dieu, sans assistance humaine,
Ainsi que l'épi mûr laisse tomber sa graine,
Comme l'écorce ouvrant un passage au bourgeon,
Le calice à la fleur, le nuage au rayon,
Comme si dans les airs dont l'esprit la pénètre
Son sein eût recueilli le germe de votre être,
Sans craindre de mourir, sans plainte et sans douleurs,
Elle vous mit au monde, Hermia, sur les fleurs !

On se rappelle encor ce jour dans nos contrées,
Tant le soleil fut beau, tant les forêts sacrées,
Et l'onde étincelante, et les plaines en feu,
Semblèrent s'éveiller plus près de l'œil de Dieu !

Tout le ciel était pur des vapeurs de la terre,
Comme un front virginal que nul souci n'altère ;
Les rêves infinis pouvaient prendre l'essor
Sans qu'un nuage heurtât, là-haut, leurs ailes d'or.
De cette matinée on cite des prodiges :
Mille boutons éclos tout à coup sur leurs tiges,
Les serpents disparus dans leurs antres obscurs,
Et Dieu paralysant tous les êtres impurs,
Et d'invisibles voix sous l'ombrage entendues,
Et des gouttes de miel aux feuilles suspendues.
Dans la vigne et les prés, sur les bruns travailleurs
Il tomba de chaque arbre une neige de fleurs ;
De gais oiseaux volant au bord des toits champêtres
Posèrent des rameaux sur toutes les fenêtres.
L'air entrait comme un baume au cœur des affligés,
Les outils du labeur paraissaient plus légers ;
Chacun se sentait pur de ses haines passées,
Une heure enfin coula sans mauvaises pensées.

Sur le sein maternel, enfant joyeux et fort,
A la vie Hermia souriait dès l'abord ;
Les oiseaux lui parlaient, les plantes inclinées
La touchaient doucement comme des sœurs aînées,
Et, prompt comme ses yeux à s'ouvrir au soleil,
Son cœur semblait comprendre et bénir ce réveil.

Or, les jours de présents sont prodigues pour elle ;
Chacun vient apporter une grâce nouvelle,
Et tourne avec amour autour de son berceau,
Offrant pour la parer ce qu'il a de plus beau :
L'un verse à ses cheveux tout l'or des moissons blondes
Et donne à son regard l'azur profond des ondes ;
L'autre pour la pensée et les rêves naissants
Dessine de son front les contours grandissants,

Des vertus en son cœur sème avec soin les germes ;
L'autre sur le gazon soutient ses pieds plus fermes ;
Elle courut bientôt comme un jeune chevreuil.
La nature, inquiète et la suivant de l'œil,
Lui cachant les douleurs d'où plus tard naît le doute,
Rien qu'en leçons d'amour abondait sur sa route ;
Et l'enfant, par chaque être au bonheur invité,
Respirait de partout la vie et la beauté.

Mais, comme les sapins qui vivent sur les cimes
Nourris de la rosée et des neiges sublimes,
Et ces herbes sans nom, et ces fleurs du haut lieu,
Et ces jardins jamais arrosés que par Dieu,
Son cœur, ayant racine au sein de la nature,
Refusait des mortels la savante culture,
Et le langage humain à sa bouche inconnu
Jusqu'à son âme encor n'était pas parvenu.
Elle comprenait bien tout ce que peuvent dire
L'accent qui vient du cœur, les soupirs, le sourire ;
Ses lèvres des oiseaux recevant les leçons,
Répétaient des accords appris de leurs chansons ;
Sa voix se répandait en des murmures vagues
Comme les bruits touffus des feuilles et des vagues ;
Il semblait que ces sons, de nous tous incompris,
Autour d'elle évoquaient d'invisibles esprits.
Les hommes exceptés, sans avoir eu de maître,
Elle savait parler dans sa langue à chaque être.
Et sa mère pleurait de n'avoir pas encor
D'un seul mot prononcé recueilli le trésor :
Car des lèvres d'un fils la syllabe première
Coule comme le miel dans le cœur d'une mère.
Or, celle d'Hermia bien des jours attendit
La douceur de son nom par son enfant redit.
Déjà grande et pensive, aux travaux de famille

15

Les parents avaient su plier la jeune fille,
Avant qu'à son murmure un mot se fût mêlé;
Elle chanta longtemps avant d'avoir parlé.

Trompant de tous les siens la tendre vigilance,
Comme un jeune chevreau loin du troupeau s'élance,
Vers les taillis lointains, dès qu'elle put courir,
Du chaume paternel elle cherchait à fuir.
Nul n'aurait deviné sur ce tendre visage
L'amitié du désert si fière et si sauvage ;
En vain d'autres amours dans son âme ont lutté,
Le charme des forêts l'a toujours emporté.

Lorsqu'après tout un jour passé dans les bois, seule,
Le retour lui montrait et la mère et l'aïeule
Encor pâles d'effroi pour l'enfant hasardeux,
Au lieu de la gronder pleurant toutes les deux,
Elle pleurait aussi, puis toute la soirée
Rendait de ses baisers la famille enivrée,
Mais, comme une eau mobile échappe de la main,
Au bois dès son lever fuyait le lendemain.
Là, sans s'inquiéter des soins qui nous poursuivent,
Robuste, elle vivait comme les oiseaux vivent;
Ainsi qu'eux vagabonde, et trouvant sous ses pas
Mille fruits abondants tout prêts pour ses repas,
La fraise, et la framboise, et la faîne, et l'airelle,
La mûre, et l'aveline, encor plus doux pour elle
Que les fruits les plus beaux mûris dans nos vergers;
Et parfois la noix fraîche et le pain des bergers;
Et le miel s'écoulant des chênes par les fentes,
Et des troupeaux hardis qui broutent sur les pentes
Le lait tiède et chargé de ce parfum vital
Que donne la montagne à chaque végétal.
La chèvre aux bonds joyeux et les lentes génisses,

Et les blanches brebis s'offraient pour ses nourrices;
Les chiens fauves léchaient ses mains, et les taureaux
Flairaient ses cheveux blonds de leurs sombres naseaux.
Les libres habitants des nids et des tanières
Autour d'elle marchaient en troupes familières;
Son seul regard calmait les faibles effrayés,
Et les instincts cruels s'endormaient à ses pieds.
Elle semblait ainsi, mêlée à la nature,
Commander par l'amour à toute créature
Tels, unis à Dieu même et du mal ignorants,
La terre aux anciens jours vit nos premiers parents.

Caché dans le feuillage et muet de surprise,
Plus d'un pâtre aperçut la jeune fille, assise
Au milieu de sa cour étrange et du concert
Que forme à ses genoux le peuple du désert.
Sur la pente où des bois un pré suit les lisières
Les arbres sont épars dans les grandes fougères;
Un chêne aux pieds noueux de mousse tapissés
Offre à l'enfant son dais et son trône dressés
Sur les rebords touffus d'une nappe d'eau sombre
Que la forêt protége et nourrit de son ombre.
Là, dans les hauts gazons fleuris et fourmillants,
Se croisent par milliers les insectes brillants.
Près des lits argentés rougit la digitale;
Le large nénuphar sur les cressons s'étale.
Pendus en noire grappe aux bras d'un frêne clair,
Des essaims bourdonnants s'éparpillent dans l'air;
Sur chaque arbre, pinsons, mésanges et linottes,
Bouvreuils à plein gosier font gazouiller leurs notes.
Les chamois défiants, hôtes des grands rochers,
Pour Hermia venus à ses pieds sont couchés;
L'aigle, planant là-haut, a jeté sur sa robe
Une fleur des sommets que lui seul y dérobe;

Sur l'herbe, à ses côtés, le daim et le chevreuil
Dorment las de bondir : le joyeux écureuil
Autour de son cou glisse, et court sur ses épaules;
Les oiseaux envolés des buissons et des saules
Vont jusque dans sa main becqueter par instants
De sorbe et d'alizier quelques grains éclatants.
La vie ainsi près d'elle abonde, et la nature
Lui sourit par les yeux de chaque créature :
Car l'invisible mère, en son sein triomphant,
Berçait avec orgueil son plus divin enfant.

Cet exil dans les bois, ces ébats sur les cimes,
Dans les prés suspendus au bord des verts abîmes,
Avec les jeunes faons les luttes et les jeux,
Des mutuels instincts cet accord merveilleux,
Le babil des oiseaux et ses propres réponses,
Les nids faits, sous ses yeux, dans les blés ou les ronces,
Les sources et les fleurs devinant ses désirs,
C'étaient là d'Hermia l'enfance et ses plaisirs.

Pour les bois, de ses sœurs elle fuyait les rondes,
Et ces groupes joyeux de jeunes têtes blondes
Qui se roulent dans l'herbe, au pied des grands noyers,
Et de leurs cris, le soir, égayent les foyers;
Préférant pour amis, dans son humeur sauvage,
Les hôtes du désert aux enfants du village.
De l'arracher une heure à sa chère forêt
Les baisers de sa mère eurent seuls le secret.

Pour être ainsi rebelle aux amitiés humaines,
Et régner dans les bois comme en ses vrais domaines,
Dans le sein d'une femme avant d'être enfermé,
De quels esprits divins le sien fut-il formé?
S'était-il exhalé du souffle des fontaines?
Avait-il voyagé dans les eaux souterraines,

Dans les grottes en prisme amassé les cristaux,
Condensé les vapeurs des liquides métaux?
Sous l'écorce, avait-il circulé dans la séve
Que la lune à son gré fait descendre ou soulève,
Et connu le bonheur des bourgeons entr'ouverts,
Et l'éveil du printemps, et, dans les noirs hivers,
Ces rêves dont la terre, en ses veines plus lentes,
Dans un tiède sommeil berce l'âme des plantes?
Fleur offrant son calice à la soif de l'été,
Sous un rayon avide avait-il palpité?
En poussière enlevée à l'or des étamines,
Les Zéphirs l'avaient-ils semé sur les collines,
Avec ces frais baisers que les lis amoureux,
Sous leur voile d'argent, se prodiguent entre eux?

Avant ces blonds cheveux, ces bras roses et frêles,
Aviez-vous, Hermia, des plumes et des ailes?
Aviez-vous fait des nids, et sifflé des chansons,
Et joué, sous la feuille, avec les gais pinsons?
Vous habitiez, sans doute, en ces forêts plus chaudes,
Où le soleil revêt les oiseaux d'émeraudes,
Où les arbres géants sont constamment fleuris
De papillons nacrés et de verts colibris,
Et sur leurs troncs vêtus d'un réseau de lianes,
Ont, la nuit, des colliers d'insectes diaphanes?
Peut-être qu'en mourant, sur un lac argenté,
Vous étiez un beau cygne, et vous avez chanté?
Ou plutôt, tour à tour source, oiseau, chêne et rose,
Vous avez recueilli l'esprit de toute chose,
Et des êtres divers traversés jusqu'à nous,
Gardé ce qu'en chacun Dieu sema de plus doux.
Comme au seuil d'un tombeau, triste au moment de naître,
Devant l'humanité vous hésitiez peut-être

Dis-nous, âme du lis et du cygne chanteur,
L'homme sombre et pensif sans doute t'a fait peur ;
Et, pour rester encor calme, ignorante et pure,
Tu voudrais prolonger ta première nature
Au sein de l'univers, heureux d'être toujours
Exempt de la pensée et débordant d'amour !
Tu pleures des oiseaux les plumes vagabondes
Et la robe d'azur dont s'habillent les ondes ;
Des bourgeons au soleil l'épanouissement,
Et de l'être en ton cœur ce vague sentiment
Dont s'abreuve, ignorant toute crainte insensée,
La paisible nature aux bras de Dieu bercée !

Pour toi la terre parle, et tu comprends chacun
De ses signes profonds, bruit, couleur ou parfum.
Tu sais lire, au milieu des spectacles champêtres,
Ce langage sacré dont les mots sont les êtres,
Ce merveilleux symbole à notre âge voilé ;
Et c'est l'amour tout seul qui te l'a révélé !

Aussi, pour vous chérir oiseaux et fleurs s'unissent ;
A votre voix les eaux et les vents obéissent :
Car, avec la pensée, hôte encore inconnu,
Dans votre corps nouveau Dieu lui-même est venu ;
Et pourtant, Hermia, dans l'âme d'une femme
Des cygnes et des lis vous avez gardé l'âme !

Les oiseaux ses amis et les forêts ses sœurs
Ont tous de sa puissance éprouvé les douceurs.
Près des grands feux assis, les pasteurs dans leurs veilles,
En secouant le front, parlent de ses merveilles.

Sur la bruyère, un soir, dans les genévriers,
Pensive, elle écoutait les airs des chevriers ;

Enivrés de bourgeons et de séve nouvelle,
Les folâtres chevreaux bondissaient autour d'elle,
Se cherchaient, se fuyaient, l'un par l'autre assaillis,
De grâce et de fierté luttaient dans les taillis;
Quand d'un bouquet de chêne heurté dans cette lutte
Tombe un nid qu'une branche entraîne dans sa chute,
Et la mère accourant l'abritait de son corps,
Avec des cris plaintifs couvait ses petits morts,
Volait et revenait d'eux à la jeune fille.
Hermia s'inclina vers la triste famille;
Elle resta longtemps comme pour lui parler;
Les pleurs entre ses cils commençaient à couler,
Et la nuit vint mêler sur ce tombeau de mousses
Des perles de rosée à ces larmes si douces.
Comme un céleste grain par la brise semé,
Dès l'aube, sur le sol ces pleurs avaient germé;
Sur d'abondants rameaux des fleurs étaient venues,
Des fleurs à nos climats jusqu'alors inconnues ;
Et quand pour les cueillir parut l'enfant béni,
Chaque tige chantait joyeuse de son nid;
Un doux frisson courait entre les branches frêles ;
Mille oiseaux effleurant Hermia de leurs ailes,
Dans l'air tout plein d'odeurs et de bruits merveilleux,
Comme en un frais baiser agitaient ses cheveux.

Elle semblait porter le printemps avec elle.
Du sol qu'elle a touché la vie à flots ruisselle;
Une source, un arbuste, ou le gazon plus vert,
Marquent de son repos la place en ce désert.
Cherchez dans le granit, sur ces cimes lointaines,
Ces touffes de bouleaux d'où coulent des fontaines;
Les pâtres vous diront qu'en ces lieux Hermia
Tout un beau jour d'automne à rêver s'oublia.
Elle a marché là-bas, où les herbes plus grandes

Ont chassé la bruyère et les genêts des landes;
Plus d'un troupeau nombreux paît aujourd'hui parmi
Les stériles rochers où la fée a dormi.
Espoir de la vendange, à nos pieds, ces collines
Jadis se hérissaient de cailloux et d'épines;
Mais on a vu l'enfant, sorti du bois voisin,
Sur elles en passant égrener un raisin.
Les bergers sérieux savent toutes ces choses.
Son jardin tout l'hiver était peuplé de roses,
Et les rameaux grimpants qui couvrent sa maison
Avaient feuilles et fleurs durant chaque saison.
Après ces jours brûlants où, d'amour épuisées,
Les fleurs touchent du front les herbes embrasées,
Lorsque l'autan mortel à tout bourgeon nouveau
A des prés jaunissants tari la séve et l'eau,
Que pour fuir le soleil, dans la soif qui l'altère,
L'âme des végétaux rentre au fond de la terre,
Hermia descendait, triste, et les yeux en pleurs;
Elle allait visiter toutes ces chères fleurs,
Leur parlait en marchant, et des plus rapprochées
Relevait de ses mains les tiges desséchées,
Appelait par leur nom les autres, et dans l'air
Répandait de son chant le flot sonore et clair;
Et comme une rosée au fond de leurs calices
Ces plantes recueillaient sa voix avec délices.
Elle faisait ainsi le tour de son jardin,
Des prés et des vergers paternels, et soudain,
Comme par une pluie ou par l'aube lavées,
Toutes les fleurs dressaient leur tête ravivées!

Puisant partout la vie et donnant à son tour,
Dans chaque être Hermia s'épanche avec amour.
Ce doux échange a fait la terre plus féconde.
Tel un bel arbrisseau, buvant la brise et l'onde,

Nous rend en fruits, en ombre, en murmure, en parfum,
Tous les sucs nourriciers pris au trésor commun.

Des pâtres du désert l'existence hardie,
L'air généreux des monts par qui l'âme est grandie,
De la vierge rêveuse écartant la langueur
Ont doué son beau corps d'une saine vigueur;
A la voir des torrents fendre l'onde avec grâce,
Du cerf à pas égaux suivre en jouant la trace,
Et courber l'herbe à peine, et glisser sur le sol,
On dirait qu'un esprit l'emporte dans son vol,
Comme un flocon de plume errant sur une grève,
Ou le duvet des fleurs que notre souffle enlève :
Car, frêle d'apparence et svelte comme un lis,
L'enfant aux regards fiers de pudeur embellis,
A dans ses traits, malgré sa force et sa souplesse,
Le charme insinuant qui pare la faiblesse.

Dieu la fit pour les bois et pour la liberté;
Nos arts et nos plaisirs, elle a tout rejeté;
Jamais ses pas légers, qui semblent une danse,
Sur un rhythme prescrit n'ont réglé leur cadence,
Et la corde sonore, inconnue à ses doigts,
Jamais d'un seul accord n'accompagna sa voix.
Les divines chansons à sa lèvre échappées
Ruisselaient comme l'eau des neiges escarpées,
Son cœur pour les verser les engendrait en lui,
Sa voix n'eut pas d'échos pour les chansons d'autrui,
Comme, après elle aussi, jamais ni voix, ni lyre,
Des airs qu'elle trouvait n'ont rien pu nous redire.

Elle grandit ainsi, se mêlant aux oiseaux,
S'assimilant l'esprit des plantes et des eaux,
Inattentive à l'homme, ayant une famille
Partout où la nature et végète et fourmille.

15.

Vie étrange empruntée à tous les éléments,
Prise aux forêts, aux flots, aux nids les plus aimants...
Mais comme un clair rayon dans l'épaisse feuillée,
La pensée en son sein déjà s'est éveillée.

II

A cet âge où la vierge, avec des yeux baissés,
Eveille innocemment les amoureux pensers,
Où l'enfant avec qui l'on jouait tout à l'heure
Vous met le trouble au cœur, si sa main vous effleure;
Où déjà du pêcher les rameaux rougissants
Font rêver aux doux fruits de ses boutons naissants;
Où la jeune pudeur sème, aux moindres caresses,
Sa neige purpurine, abondante en promesses;
Quand vint pour Hermia cette fraîche saison,
Chaque jour, sur ses pas, au seuil de la maison,
Aux champs, à la fontaine, elle vit, sans comprendre,
Les jeunes gens rivaux s'empresser d'un air tendre,
Implorer d'elle un mot, un sourire, un regard,
Fleurs que l'enfant distraite effeuillait au hasard.

L'arrachant pour une heure à sa chère retraite,
Si sa mère au hameau l'entraîne, un jour de fête,
Les jeux sont oubliés; ni danses, ni chansons
Ne peuvent captiver la foule des garçons.
Autour d'elle un essaim de paroles flatteuses
Bourdonne, et des pasteurs les troupes curieuses
Se croisent à l'envi. Tels de gourmands oiseaux
Par bandes voltigeant, merles et passereaux,

Inquiets d'un passant qui siffle au bord des haies,
L'hiver, d'un sorbier mûr guettent les rouges baies.

Mais auprès d'Hermia, soupirs, soins assidus,
Et fleurs et gais propos, hélas! étaient perdus;
Un sourire naïf, une parole errante,
Animaient par instants sa lèvre indifférente;
Sa pensée était loin, et son cœur s'envolait
Pour suivre au fond des bois un dieu qui l'appelait.
Et tous croyaient, cherchant à deviner cette âme,
Qu'elle restait enfant sous les traits d'une femme.
Elle s'offrait à nous comme une jeune sœur
De son affection partageant la douceur :
Car, dans un cœur épris de l'auguste nature,
L'amitié garde encor sa place large et pure;
Outre les fleurs et l'onde et les oiseaux soumis,
Même chez les humains, la vierge eut des amis.

Mais son amant unique, éternel, invincible,
— Moi je l'ai su — c'était ce chanteur invisible,
Cet hôte lumineux qui remplit les déserts,
Verse du haut des pins, sous l'ombre, ses concerts,
Avec l'odeur des prés, des étangs, des résines,
Flotte sur les coteaux et franchit les ravines.
Esprit au souffle agile, aux vivantes senteurs,
En lui s'épanouit l'âme sur les hauteurs;
L'aigle aime à s'y bercer, et l'avide génisse
L'aspire en mugissant au bord du précipice;
C'est lui qui, sur le sable aux ardents tourbillons,
D'un étrange vertige enivre les lions;
A travers tout c'est lui que nos désirs poursuivent.
L'immortel aliment dont toutes choses vivent!

Entre ceux dont l'amour pour elle inaperçu
Par sa chaste ignorance était ainsi déçu,

Un, plus silencieux, épris des solitudes,
Faisant aussi des bois ses chères habitudes,
Fut choisi d'amitié, mais sans espoir plus doux.
Inégaux en pouvoirs, ils avaient mêmes goûts,
La sainte affection des sources et des plantes,
Et le don de trouver toutes choses parlantes.
Ces mutuels besoins les avaient réunis.
Lui, semblait familier aux habitants des nids ;
En le voyant chéri du ramier et du cygne,
D'intime confiance Hermia le crut digne :
Car les oiseaux du ciel ont des regards perçants
Pour choisir leurs amis chez les cœurs innocents.
Souvent guidé vers elle au fond de ses retraites,
Il surprit dans les bois ses paroles secrètes ;
Vers les ruisseaux charmés dont il suivait le cours,
Il entendit couler ses mystiques discours,
Et des fleurs et des eaux, à sa voix enchaînées,
De musique et d'encens les réponses ornées.

Oh ! vous la compreniez, êtres puissants et doux,
Plongés au sein de Dieu bien plus avant que nous :
Car vous avez l'amour, ô forêts pacifiques,
Votre séve est docile à des lois harmoniques,
Et le souffle d'en haut, qui vient la diriger,
Ne lutte pas en vous contre un souffle étranger ;
Vous ignorez la haine ; une ambition folle
Comme nous du grand tout jamais ne vous isole.
Nous seuls errons sans guide, et cherchons sous le ciel
Par où reprendre vie au tronc universel ;
Mais vous, arbres et fleurs, vous nature où tout aime,
Attachés à ses flancs vous vivez de lui-même !

Les grands arbres ainsi, les herbes des forêts
Étaient ses confidents et ses maîtres secrets ;

Mais chez l'homme, où la foule eût insulté ses rêves,
Ses paroles, toujours, étaient rares et brèves ;
Pourtant sur l'âme ou Dieu des mots inattendus
Ont laissé bien souvent les sages confondus.

Par une voix magique au désert appelée,
Quand la vierge, aux lueurs de la nuit étoilée,
S'en allait respirant l'extase au fond des bois,
Entre elle et sa pensée elle souffrait, parfois,
Le disciple amoureux dont l'âme ardente et pure
Sut l'adorer comme elle adorait la nature.

Sous les chênes sacrés, sans suivre de chemin,
Ensemble nous marchions nous tenant par la main,
Tous les deux le front ceint des fleurs qu'elle a tressées
Et le cœur enchaîné dans les mêmes pensées. ·
Par les grandes forêts et les prés, jusqu'au jour,
Nous montions sans fatigue, oublieux du retour,
Pas à pas dans la nuit azurée et limpide,
Échangeant d'un regard l'étincelle rapide ;
Sans parole tous deux, mais plus étroitement
Sa main serrait la mienne et tremblait par moment.
Et moi, dans ce silence aux douceurs infinies,
J'entendais à grands flots jaillir les harmonies.
Son cœur, ouvert dans l'ombre, exhalait des accents
Qui coulaient dans le mien sans passer par mes sens ;
La brise entre les pins, l'onde au fond des abîmes,
Accompagnaient ce chant de leurs notes sublimes.
D'un vent mélodieux j'étais enveloppé ;
Comme un lis de rosée et de soleil trempé,
Je sentais goutte à goutte une clarté divine
Descendre avec le son et remplir ma poitrine.
De radieux tableaux, subitement tracés,
Couvraient dans mon esprit les doutes effacés,

Et je ne songeais plus à scruter toutes choses,
A demander au monde et ses fins et ses causes.
La terre m'entr'ouvrait ses flancs mystérieux ;
Dans leurs replis secrets je voyais de mes yeux,
Et lisais un instant, à cette sainte flamme,
Les lois de la nature et l'énigme de l'âme.

Qui te rendra, mon cœur, ces chastes voluptés,
Ces saints ravissements dans le désert goûtés,
Quand je tenais sa main, étreinte fraternelle,
La plus tendre faveur que l'homme reçut d'elle,
Réservée à sa mère, et dont, heureux amant,
Moi seul, aux plus beaux jours, j'obtins le don charmant?

O forêt ! ô bruyère ! ô gazon des vallées !
O fleurs qu'à ses côtés j'ai doucement foulées !
J'appris tout d'Hermia ! Si je sais aujourd'hui
Ce que Dieu mit en vous pour nous parler de lui,
Si je connais les biens que le désert recèle,
C'est que j'ai vu s'ouvrir tous ses trésors pour elle,
Et de parfums, d'accords, de clartés revêtus,
Les terrestres esprits exhaler leurs vertus !

Comme en un frais vallon, sous la forêt ravie,
Le soleil qui descend éveille toute vie ;
Bruits d'ailes et de voix, bourdonnements confus,
Chantent avec le vent dans les rameaux touffus ;
Des feuilles, des gazons, des mousses remuées,
Insectes et vapeurs s'envolent par nuées ;
A travers la verdure et dans un clair-obscur,
Comme des gouttes d'or, et d'argent, et d'azur,
Jaillissent violier, liseron et pervenche ;
La rosée en anneaux s'empourpre à chaque branche,
Et des troncs, réchauffés par ce regard du ciel,
Court sur la noire écorce un blond sillon de miel.

Ainsi, lorsqu'à travers les plantes sans culture,
Rayon d'une clarté plus intime et plus pure,
Hermia paraissait, sous ses yeux pénétrants
Les esprits des forêts jaillissaient à torrents,
Et tout ce qu'à nos sens, sous le soleil visible,
Cybèle en ses replis garde d'inaccessible,
Ces bruits intérieurs plus féconds et plus doux
Que l'âme seule entend, se révélaient à nous.
Alors c'était parmi les choses réjouies
Un réveil des splendeurs sous la forme enfouies,
Des âmes le concert entendu sous les corps,
Une apparition de leurs secrets ressorts,
Et Dieu manifesté nous laissant apparaître
Quelle est dans le grand tout la raison de chaque être.

Dans la nature ainsi je prenais des leçons ;
Sur les pas d'Hermia parcourant les saisons,
J'épelais sous son doigt les divins caractères
Dont la vie a formé les mots de ses mystères,
Et, lisant le symbole en tout ce monde écrit,
J'apprenais à percer les voiles de l'esprit.
Tous deux interrogeant les eaux vives ou lentes,
Nous discernions leurs voix différemment parlantes.
Les échos variés mourant dans les ravins,
Le bruit distinct du chêne et celui des sapins,
Et les vents dont chacun des branches qu'il traverse
Fait sortir, selon l'arbre, une note diverse.
Des nuages sculptés en mobiles tableaux,
Nous voyions au couchant s'enflammer les signaux ;
Sur chaque lettre sombre ou de pourpre vêtue
Nous cherchions de quel ton le soleil l'accentue,
Et la nuit, dans l'azur où Dieu les a tracés,
Lisions ces chiffres d'or qui roulent enlacés.
Elle savait dans l'air les routes parcourues

Par les migrations des cygnes et des grues,
De chaque oiseau les mœurs, le langage, et comment
L'art de bâtir les nids leur échoit en s'aimant,
Et quel est de chacun la sœur entre les plantes :
Car, les rapports secrets des natures vivantes,
Par quel lien sacré, mystérieux, profond.
Chaque degré de l'être aux autres correspond,
Elle avait tout senti ; nos désirs, nos pensées
Dans les fleurs, dans les nids, intimement versées,
Sous la feuille ou la plume, à travers tous les corps,
Elle en suivait le germe ; et savait quels accords,
Dans l'évolution par Dieu même guidée,
Unissent la couleur et la forme à l'idée.

Vous plantes, vous, surtout, dont le soleil revêt
Cybèle aux larges flancs comme d'un frais duvet,
Fleurs qui brodez les plis de sa verte ceinture,
Arbres, des monts courbés mobile chevelure,
Hermia vous aimait ; la paix et la douceur,
Et la sérénité, la firent votre sœur.
Elle connut les noms dont Dieu vous a nommées,
Et de quels sucs choisis vos sèves sont formées,
Vos rêves printaniers, vos plaisirs, et les lois
De vos amours lointains déterminant le choix,
Et votre langue habile aux tendres mélodies,
Et toutes vos vertus longtemps approfondies.
Elle comprit pourquoi, montant ou s'abaissant,
Et par des nœuds secrets attachés au croissant,
Dans vos soyeux tissus les aromes qui glissent
A la reine des nuits de si loin obéissent.
A vous initié, j'appris d'elle à savoir
Des simples sur nos corps le magique pouvoir,
A quelle heure, en quel lieu, toute plante sacrée
Doit être recueillie, et comment préparée,

Et quel mot prononcé sur vos philtres puissants
Verse un charme infaillible aux membres languissants.
Elle enseignait aussi que, pour les maux de l'âme,
Toutes les fleurs des bois renferment un dictame;
Et quels sont leurs conseils, et quels signes certains
Dans les fleurs à l'amour prédisent ses destins;
Quelle ombre rafraîchit l'espoir et le relève;
Quelle orne le sommeil des prestiges du rêve;
Et comment des forêts les émanations
Dans les cœurs orageux calment les passions.

La vierge m'instruisait dans son silence même.
Quand la création me posait un problème,
Souvent le mot auguste, à tout esprit voilé,
A l'aspect d'Hermia s'est pour moi révélé :
Car ta vie, ô nature! a les lois de la nôtre,
Et l'homme et l'univers s'expliquent l'un par l'autre.

Des globes confiants qui montent dans les cieux
Elle avait les clartés et l'amour dans ses yeux,
Et des grands horizons la paix insinuante
S'épanchait de sa face et de sa voix calmante;
Et pourtant Hermia, cet être pur et doux,
A connu la douleur et pleuré comme nous!

Parfois, près d'elle assis sous un tranquille ombrage,
Et respirant le calme empreint sur son visage,
J'ai, dans nos plus beaux jours, vu ses yeux adorés
De sinistres vapeurs se charger par degrés.
Telle agitant les flots la flamme sous-marine,
Un orage étouffé soulevait sa poitrine;
Les soupirs, les sanglots, les mots tumultueux,
Sortaient sourds et pressés, et les pleurs, après eux,
De ses yeux obscurcis qu'en vain ma lèvre essuie,
En allégeant son cœur, tombaient comme une pluie;

Et moi, non sans terreur, apaisant ses esprits,
Je cherchais le secret de ce trouble incompris ;
La nature, bientôt m'expliquant cet orage,
M'en montrait dans son sein et la cause et l'image.

Un nuage amassant la foudre et les éclairs
Déploie avec lenteur ses flancs noirs dans les airs ;
Les forêts devant lui, de leur frisson sonore,
Tremblent comme Hermia sans qu'un vent souffle encore ;
Il éclate, et soudain à torrent sur les bois
L'eau, la grêle et le feu descendent à la fois ;
Le tonnerre grondant sur les hauteurs prochaines
Fait voler en éclats le granit et les chênes.
Adieu feuilles et fruits, et vignes et moissons,
Dans les sillons fangeux broyés par les glaçons ;
Sur les monts décharnés, de pierres et de branches
Les eaux avec fracas roulent des avalanches.
O nature ! Hermia ! ce repos que j'aimais
A-t-il de votre sein disparu pour jamais?

Non, déjà le soleil revient panser vos plaies,
Les oiseaux reparus chantent au bord des haies ;
D'un feuillage plus vert et de plus frais pensers
Je vois se parer l'âme et les rameaux blessés ;
Les fleurs ont relevé leur front dans les prairies ;
L'esprit s'est émaillé de tendres rêveries,
L'œil, lavé par les pleurs, dans son ardent azur
A des cieux plus sereins offre un miroir plus pur,
Et l'hymne au double chœur qu'à Dieu la terre envoie,
Un instant suspendu, monte avec plus de joie ;
Mais chaque être a souffert, et cet instant fatal,
Nature, en toi suffit pour attester le mal !

L'orage ainsi descend sur les plus saintes choses ;
La douleur germe au sein des vierges et des roses ;

Et quoiqu'un divin souffle y coule à tous moments,
La terre ainsi que l'âme a ses déchirements!

O mal, d'où venez-vous? qui sait ce que vous êtes?
Dans quelles régions se forment les tempêtes?
Quand l'orage s'abat sur nos fronts foudroyés,
Est-ce vous, ô mon Dieu! vous qui nous l'envoyez?
Mais vous êtes l'amour, mais vous êtes la vie,
Et la perfection d'elle-même assouvie;
Être, pour vous, ô Dieu! c'est créer, c'est bénir;
Non, ce n'est point d'en haut que le mal peut venir!

C'est de ton propre sein que sortent les nuages
Et les noirs éléments du trouble et des orages,
O terre! en toi dormaient tous ces éclairs brûlants
Que t'arrache le ciel pour en frapper tes flancs!
Ainsi crainte, remords, doute, orages suprêmes,
Votre invisible cause habite dans nous-mêmes.
Des assauts répétés que subit notre cœur
En vain nous accusons le monde extérieur;
L'homme en lui, comme toi, porte, ô triste nature !
Le germe renaissant du mal qui le torture.

Et cependant, ô père, ô créateur d'heureux !
De toi, pour y rentrer, nous sortons tous les deux !
Dans l'œuvre où tu te plais, et qui vit de ton être,
Si rien n'est que par toi, d'où vient le mal, ô maître ?
Comment au fond du bien le mal s'est-il produit ?
De ce problème en vain j'interrogeai la nuit;
Ni les bois, ni les mers, ni ma vierge divine,
Ne m'ont rien révélé de la triste origine.

Dieu garde ce secret; mais, ô sainte Hermia !
Nature que mon cœur de parler supplia !

Ce que vous m'avez dit dans vos deuils, dans vos fêtes,
Ce que vous m'avez dit même au fort des tempêtes,
Ce que l'onde, et la feuille, et les oiseaux des bois,
Et son cœur, me chantaient avec toutes leurs voix,
Ce que je veux redire en paroles sans nombre,
C'est qu'au sein du grand tout le mal n'est rien qu'une ombre,
Qu'il sera par l'amour à jamais effacé.
Oui, le mal finira, car il a commencé ;
Oui, l'être est bon, oui, tout doit bénir l'existence ;
Le bien seul est réel, le bien seul est substance ;
Et, sans cesse agrandi, chaque être doit, un jour,
De l'amour émané, retourner dans l'amour !

Sous l'œil de Dieu, perdus au fond des solitudes,
Et des plantes faisant nos charmantes études,
Par l'attrait du désert sur les sommets conduits,
Tout l'été nous passions les jours, souvent les nuits.
Mais sitôt que le froid dépouillait les collines,
Et refoulait la sève au profond des racines,
De son chaume Hermia ne passait plus le seuil,
Objet d'étonnement pour nous tous, et de deuil,
Se cachant même aux siens, et comme enveloppée
Dans le sommeil pesant dont l'hiver l'a frappée.
Une blancheur de neige avait glacé son teint ;
Comme l'azur des flots que la gelée éteint,
Ses grands yeux sans rayons, et d'où l'âme s'absente,
Perdaient leur profondeur lumineuse et vivante.
Son souffle et sa parole, enchaînés et taris,
N'embaument plus sa lèvre où meurt son fin souris ;
La mauve, ouvrant sa feuille avec mélancolie,
Remplace le corail de sa bouche pâlie ;
Et, tel que le soleil enfui sur d'autres bords,
Son esprit semble avoir abandonné son corps.

Tant que dure l'hiver on la voit, morne et sombre,
Au foyer qu'elle attriste assise comme une ombre.

Dormiez-vous tout ce temps d'une étrange sommeil ?
Votre esprit suivait-il les courses du soleil ?
Peut-être il descendait dans ces grottes profondes
Où l'hiver enfouit les séves et les ondes.
Là, du gouffre divin où tous les éléments
Confondus en un seul bouillonnent écumants,
Sous l'effort de l'amour excitant la puissance
Vous avez vu jaillir la divine substance,
Se répandre à grands flots en des moules divers
Cet unique métal dont est fait l'univers,
Et compris par quel art la force intelligente
Varie à l'infini cette unité changeante ;
Comment tour à tour onde, oiseau, granit, ou fleur,
Elle sait combiner la forme et la couleur.

A vos yeux, dans chacun des grands sillons de l'être,
Les graines se triaient pour les moissons à naître.
Vous saviez quel rocher ferait jaillir des flots,
Combien chaque buisson verrait de nids éclos,
Et de toutes les fleurs que le printemps nous donne,
Ce qui nous resterait de fruits mûrs pour l'automne.
Tous ces germes confus, qu'enchaînent les frimas,
En attendant leur jour, sont-ils oisifs là-bas ?
Dans l'ombre préludant au concert qui doit suivre,
Déjà bourdonnent-ils, impatients de vivre ?
Car, dans tous ses degrés, et jusqu'au noir chaos,
L'immortelle nature ignore le repos :
Dans l'espace sans borne où Dieu la fait s'étendre,
Elle détruit sans cesse, et toujours elle engendre
Et partout, dans son sein, ton âme, en s'abîmant,
A trouvé, n'est-ce pas, l'éternel mouvement ?

Tu nous raconteras tes merveilleux voyages
Dans les flancs de la terre et dans ceux des nuages.
Le peuple des esprits, sur la brume bercé,
Dans sa langue, avec toi, n'a-t-il pas conversé?
Les ombres t'ont guidé sur leurs grèves funèbres ;
Tu sais ce que la mort couve dans ses ténèbres.
Tu connais la cité des rêves, leurs travaux ;
Tu vis, avec les·fils de leurs mille écheveaux,
Leurs doigts industrieux tresser les broderies
Dont le sommeil déroule à nos yeux les féeries.
Dans leurs champs nébuleux quelles fleurs cueillent-ils,
Pour en tirer ces sucs et ces philtres subtils
Qui, versés par les airs de leur urne d'ivoire,
Font certains jours chargés de vague et d'humeur noire ?
Créant, à notre insu, dans nos cœurs agités,
L'aversion sans cause ou les affinités,
Quelle main lie et rompt ces invisibles trames
Qui, du premier regard, unissent quelques âmes?
Car dans tous ces secrets tu lis à découvert
Sur ce pâle rivage où t'emporte l'hiver.

Mais ne montais-tu pas vers la sphère meilleure
Que le soleil de vie enveloppe à toute heure,
Dans un globe encor pur et dont les habitants
Portent au fond du cœur un éternel printemps,
Dans un de ces palais où l'âme se repose,
Quand l'idéal l'attire et la métamorphose,
Quand, reine après la lutte où le mal est dompté,
Elle dépose en Dieu sa libre volonté,
Et que, prêt à s'unir avec sa créature,
Pour l'ineffable hymen Dieu la juge assez pure ?

III

Or, sous un soleil libre, au désert, chaque été,
Mon amour grandissait ainsi que sa beauté.
Excité par les feux de l'ardente jeunesse,
Pour la femme souvent j'oubliais la prêtresse,
Et des secrets divins le grave enseignement
Pour le tendre sourire et les propos d'amant.
Mais elle, près de moi sans désirs et sans crainte,
Me rendait d'une sœur l'amitié calme et sainte,
Et cette sympathie étrange dont les fleurs,
Les oiseaux et moi seul partagions les douceurs.
Elle m'aimait ainsi que menthes et verveines,
Lilas avec son souffle échangeant leurs haleines,
Cerfs et lévriers dans l'herbe à ses pieds accroupis,
Et ramiers à sa main becquetant les épis.
Pour chaque être c'était une affection pure,
Allant des fleurs à moi, sans changer de nature :
Car la jeune sibylle au mystique savoir,
Par qui Dieu même en tout se laisse percevoir,
Dont l'œil voit, à travers la roche et les écorces,
Des éléments sacrés se pondérer les forces,
Dont la main, s'emparant des fluides vitaux,
En fait couler l'effluve au sein des végétaux,
Elle, qui sent germer et prédit toute chose,
Ignore le tourment des désirs qu'elle cause,
Et, pleine de candeur en ses rêves puissants,
N'a jamais soupçonné le trouble de mes sens.

Elle avait avec moi l'abandon de cet âge
Où, semblables tous deux de taille et de visage,

Et de même vêtus, l'un près de l'autre assis,
Nos longs cheveux laissaient nos sexes indécis.
Des forêts, sur mes pas, elle affrontait les ombres ;
Sur les fleurs en amour, au bord des grottes sombres,
A l'heure où midi vient chargé de voluptés,
D'un paisible sommeil dormait à mes côtés.
Dans ma barque entraînée, elle suivait son rêve
Sans jeter, inquiète, un regard vers la grève ;
Chaste couple, flottant étroitement uni,
Comme deux alcyons seuls dans le même nid.
Et quand de mes soupirs, de mes airs de tristesse,
La plainte répétée alarmait sa tendresse,
Etonnée, et croyant à quelque mal soudain,
Et des larmes aux yeux, et me prenant la main,
Elle m'interrogeait : « Est-ce le corps ou l'âme ?
Pour tous deux le soleil verse un puissant dictame.
Le printemps ne peut rien, ami, sur vos douleurs ?
Dites où vous souffrez. Les arbres sont en fleurs,
L'air embaume, les flots chantent, le ciel rayonne ;
Les hommes sont bien loin, et Dieu nous environne,
Et vous êtes mon frère, et nous sommes tous deux :
Que vous faut-il de plus, ami, pour être heureux ? »
Et moi, plus ivre encore, et par tant d'innocence
Troublé, je l'accusais de froide indifférence,
Et parlais de bonheurs inconnus, et qu'un jour
Je voudrais être enfin aimé d'un autre amour.
Elle : « Entre Dieu, ce monde et tous ceux que l'on aime,
L'amour est divisé ; mais c'est toujours le même.
Comment désirer plus, et pourquoi me blâmer ?
Est-il dans votre cœur deux manières d'aimer ?
J'aime de cet amour dont les plantes nouvelles
Chérissent le soleil, et s'unissent entre elles,
Que les flots caressants ont pour les grands roseaux,
Qu'avec l'ombre et les fleurs échangent les oiseaux,

Dont le souffle éternel, courant d'un pôle à l'autre,
Vient effleurer toute âme, et fait chanter la vôtre.
Ce que Dieu m'a donné de sa vie en m'aimant,
Moi je le rends à tous, quoique inégalement;
Et vous qui vous plaignez, vous n'avez de rivale
Que ma mère : sa part à la vôtre est égale. »

Et, pour un jour encor, j'enchaînais dans mon sein
Des profanes désirs le turbulent essaim.

Un matin, du printemps les effluves errantes
Sur les sens réveillés tombaient plus pénétrantes;
Des gouttes de cristal, scintillant sur les prés,
Les avides rayons s'étaient désaltérés;
Un zéphir déjà tiède, entr'ouvrant les calices,
Dès l'aube avait des fleurs savouré les prémices,
Et s'envolait, chargé de fécondes senteurs;
La terre tressaillait dans ses flancs créateurs ;
La nature exhalait comme un trop plein de vie,
Et d'aimer avec l'air on respirait l'envie.

Elle et moi, nous glissions sur le lac flamboyant
Qu'embrase au loin le feu dardé de l'Orient;
L'eau, de ses vifs reflets empourprant la nacelle,
Sous la lame éclatante en flots d'or étincelle ;
Ivres des fleurs, de l'air, de toutes ces splendeurs,
Du monde rajeuni partageant les ardeurs,
Vers les pieds sinueux de ces monts où nous sommes,
Nous allions adorer le printemps, loin des hommes.

Notre barque attachée à cet aune encor vert,
Pour gravir les hauts lieux et trouver le désert,
Nous marchons par les prés tout blancs de marguerites.
Dans les gazons touffus mille fleurs plus petites
Tentaient de soulever leur front pâle ou vermeil,
Pour prendre aussi leur part des baisers du soleil.

16

Dans la vigne, où déjà les feuilles sont écloses,
Où les pêchers hier ont répandu leurs roses,
La violette abonde et la pervenche aux pieds
Des ceps sur la lisière aux ormeaux appuyés;
Et plus haut, des vergers où finit la culture
La neige des pommiers argente la ceinture.
Déjà, dans la bruyère et dans les genêts d'or,
Les taillis clair-semés, et nous montons encor.

Bientôt, de cette grotte aujourd'hui consacrée,
Légers et souriant, nous atteignons l'entrée.
Un soleil plus précoce et de plus tièdes eaux
Hâtent dans ce doux lieu les fleurs et les rameaux ;
La paix féconde y règne et mai vient d'y conduire
Tous les êtres pressés d'aimer et de produire;
Le gazon en fourmille, et tout chargé de nids
Chaque arbre offre au printemps des hymnes infinis ;
Des baisers de l'époux la terre au loin s'enivre.
Levant au ciel son front plein de bonheur de vivre,
Belle à faire descendre un dieu pour l'écouter,
La Vierge alors s'arrête et se prend à chanter :

« Soleil, ô créateur ! la terre te salue;
L'être coule de toi, l'être vers toi reflue;
Le monde épanoui sous tes yeux bienfaisants
Vient t'offrir un tribut riche de tes présents.
Avec toutes leurs fleurs les prés joyeux te louent,
L'arbre avec ses rameaux où mille voix se jouent,
L'onde avec la splendeur des torrents irisés,
La nue avec ses flancs de ta pourpre embrasés.
L'esprit de toute chose à tes flammes s'envole.
L'herbe avec ses parfums, l'homme avec sa parole,
Et tous avec la vie, et tous avec l'amour,
Tous t'adorent, ô Dieu qui nous fis ce beau jour.
La forme te sourit, marbre, écorce ou plumage,

Pour toi dans l'univers la forme est un hommage ;
En des tons variés, sur les flots et les fleurs
Chante en te célébrant le concert des couleurs.
De leur plus pur encens les âmes et les roses
Chargent les doux rayons dont elles sont écloses,
Et chaque atome d'air se balance, animé
Du rhythme par ton souffle à son aile imprimé.

» Car c'est ta flamme, ô roi ! qui meut tout, et qui verse
Au sein du froid chaos la vie une et diverse.
C'est toi qui donnas l'âme aux éléments grossiers ;
Tu fais courir la séve en fleuves nourriciers ;
Chacun de tes regards jette à la terre avide
Et lumière et chaleur en un même fluide.
L'arome intérieur dans tout objet caché,
Ne saurait en jaillir, si tu ne l'as touché ;
Sans toi pas d'œil qui voie et pas de cœur qui sente ;
Tout se renferme en soi quand ton rayon s'absente ;
Et ces esprits féconds qui se cherchaient entre eux
Rentrent dans un repos stérile et ténébreux.
Mais, égal en ta course, autour de tes domaines,
Vigilant et paisible, ô roi! tu te promènes,
Jetant du haut d'un char à ton peuple indigent,
Sans t'appauvrir jamais, des flots d'or et d'argent ;
Et la terre, à ta suite, amasse une étincelle
De ces chaudes clartés dont ta face ruisselle.

» Pour toi l'ombre n'a pas d'infranchissable seuil ;
De flots ou de granit tu perces son linceul ;
Tu fais dans la montagne aux entrailles de pierre
Germer les diamants d'un grain de ta lumière ;
Sous le noir Océan une perle qui luit
Nous atteste un rayon déposé dans sa nuit.
Seul tu peux traverser de tes flèches de flammes
La triple obscurité qui recouvre nos âmes.

Dans les détours du cœur, comme en ceux des vallons,
Tu parais, et les blés jaillissent des sillons,
L'eau coule des rochers, les nids se font entendre,
La feuille printanière exhale une odeur tendre,
Et l'homme tout entier est rempli d'un doux feu
Qu'il répand sur chaque être et qui remonte à Dieu!

» Père de la beauté, toi seul nous la révèles;
Dans ton sein créateur tu portes ses modèles.
C'est par toi qu'au désir l'intelligence naît,
Roi sage et lumineux, par toi qu'elle connaît.
C'est toi qui fais sortir tout être de lui-même,
Et de chacun à tous fais le lien suprême;
Tout s'ouvre, et tout se mêle, à ta sainte chaleur:
O père de l'amour! tu fais vivre le cœur.
Sans toi la nuit, le doute, et les terreurs funèbres,
Et l'immobilité dans le froid des ténèbres,
Et l'esprit infécond dans son isolement:
Par toi l'espoir, la foi, l'épanouissement,
Et le ciel en largesse, et la terre en prière,
Et la communion au sein de la lumière!

» Mais, dis-moi, tous ces dons versés à pleines mains,
La vie à la nature et la vie aux humains,
Ces effluves d'amour en qui flottent les mondes,
Où les vas-tu puiser, toi qui nous en inondes?
Quand tes feux sont taris, pour les renouveler
Quelle âme plus divine en toi sens-tu couler?
Mais il donne sans perdre, et de sa propre essence
Tire éternellement les rayons qu'il nous lance;
Ce n'est pas un flambeau prêt à s'évaporer;
Il n'a rien de mortel, et je puis l'adorer!
Non, ce torrent de vie animant tout l'espace,
Ce n'est pas dans l'azur un globe en feu qui passe;

Sa lumière qui luit et qui crée en tout lieu,
C'est ton regard lui-même et ton verbe, ô mon Dieu!

» Répands, répands, ô toi par qui le printemps règne!
Cet or fluide et tiède où la terre se baigne,
Dont tout être vivant s'imprègne et se nourrit;
Enveloppe-nous tous, ô radieux esprit!
C'est ton heure, ô soleil! les plantes et les âmes
S'ouvrent de toutes parts pour absorber tes flammes;
Toute écorce est gonflée, et toute séve bout;
Mêlée à tes rayons, la vie entre partout.
O vie! ô douce vie! oh! qu'il est heureux d'être
Quand de ses longs baisers le soleil nous pénètre!
Au sein des prés fumants, sous cet azur serein,
Des choses qu'il est doux d'aspirer le trop plein,
Et ce double courant d'haleine ardente et pure
Qu'avec le Créateur échange la nature!
Souffle amoureux, parfums de la terre exhalés,
Passez en moi, mon cœur s'élance où vous allez!
Chaste fluidité de l'eau qui s'évapore,
Frémissement de l'air et du rameau sonore,
Embrasement des pics par la neige blanchis,
Rayonnement des flots dans mes yeux réfléchis,
Ame avec qui je sens mon âme correspondre,
Nature, viens à moi t'unir et te confondre!
Je te dois, ô désert chaque jour visité,
Ce que j'ai de lumière et de sérénité;
Par toi de l'infini l'image m'est connue,
Et la divinité dans mon cœur s'insinue.
Mais, ô forêts! ô brise! ô fleurs! à votre tour,
Recevez, recevez mon souffle et mon amour.
De ma bouche reçois les rumeurs embaumées
En verbe intelligent dans mon sein transformées,
O nature! et, mêlés dans le père commun,

16.

Que chacun vive en tous comme tous en chacun !

» Soleil, sur les hauts lieux j'irai te voir sourire :
C'est là que l'air est pur, et c'est là qu'on respire.
Là, qu'avec mon esprit plus libre et plus léger
L'esprit universel est prompt à s'échanger.
Là, sur toutes les fleurs mon âme se disperse,
Là, de tous ses rayons le soleil la traverse ;
Et comme cette cime exposée à tout vent,
Je sens de toutes parts ton souffle, ô Dieu vivant ! »

Moi, j'ouvrais tout mon être aux langueurs printanières,
Baigné d'ardents parfums et de chaudes lumières,
J'aspirais à longs traits ces regards, cette voix,
Et les brises d'amour qui s'exhalaient des bois.
Elle, cet enfant calme, aux visions profondes,
Ce chaste nénuphar trempé de froides ondes,
Ce lis ferme et sans tache et de rosée empli,
Ce cœur de pur cristal semblait s'être amolli.
Tout tremblait près de nous d'un amoureux vertige,
L'onde entre les cailloux et les fleurs sur leur tige ;
Les oiseaux frémissaient mêlés dans les buissons...
Or, s'animant comme eux à ses propres chansons,
La vierge a respiré des voluptés nouvelles,
Un rayon inconnu jaillit de ses prunelles,
Sa main brûle la mienne, et je crois que son cœur
Comme moi du désir sent l'aiguillon vainqueur.
Le printemps, le soleil, ces bois pleins de délices,
De ma fatale erreur, hélas ! furent complices...
J'aspire en un baiser son âme, et sens frémir
Avec bonheur sa lèvre et doucement gémir...
Mais, ô terreur ! ô prix de mon amour farouche !
C'est un frisson mortel qui passe sur sa bouche !
Sous son front sans couleur se ferme un œil glacé ;

Sur ses reins fléchissant son cou s'est renversé,
Et, vierge, sur les fleurs et la mousse odorante,
Le lit prêt pour l'hymen la reçut expirante !

J'implorai tous les dieux; des rameaux bienfaisants
Pour elle j'exprimai les sucs les plus puissants;
Comme l'âme d'un lis, que le zéphyr emporte,
De ce premier baiser mon amante était morte !

Dieux que je sers ici ! dieux des grandes forêts,
Seuls vous avez connu l'horreur de mes regrets,
Et quelle vision, obstinée à me suivre,
Depuis ce jour cruel sut me forcer à vivre.
Son ordre, et de l'oubli votre culte sauvé,
Et votre sacerdoce à mes mains réservé,
Seuls m'ont pu retenir sur la terre attristée
Que par mon crime, hélas ! votre fille a quittée.
Je reste pour garder, sous ces arbres chéris,
Vos rites éternels qu'elle m'avait appris,
Et répandre, en son nom, les vertus salutaires
Dont les fleurs du désert lui livraient les mystères.

Je tressai de feuillage un verdoyant linceul,
Et le soir, de la grotte ayant creusé le seuil,
J'y couchai de mes mains la blanche trépassée,
Gravant sa douce image au fond de ma pensée.
L'invisible nature a repris, dès ce jour,
Et cache dans son sein tout ce que j'ai d'amour.

Sur la tombe, à genoux, durant la nuit entière,
J'y versai devant Dieu mes pleurs et ma prière.
Vers l'aube, un sommeil plein de songes merveilleux,
Sans assoupir mon cœur, descendit sur mes yeux ;
Et quand vint le soleil et l'hymne qui s'élève
Des sources et des nids, faire envoler mon rêve,

Sous l'émail odorant d'un gazon déjà vert
De son lit de repos le sol était couvert,
Et cet arbre divin, l'orgueil de la contrée,
Tout en fleurs de la grotte ornait déjà l'entrée.

Dès lors, hôte assidu de ce temple nouveau,
Je vis loin des humains, veillant sur ce tombeau ;
Des sources, des rochers, des fleurs, j'y fais l'étude ;
Les oiseaux qu'elle aimait peuplent ma solitude ;
Ils me fêtent comme elle, et de son souvenir,
Dans leurs chants, près de moi, viennent s'entretenir ;
Nous avons un langage avec eux et les plantes ;
Ensemble nous faisons des prières ferventes ;
Nous parlons d'Hermia, du soleil et de Dieu.
Jaillissant du rocher, cette source au flot bleu
Où se baigne la lune, où les chevreuils vont boire,
De la divine enfant garde aussi la mémoire,
Et, comme ces rameaux par son âme agités,
Murmure avec amour les airs qu'elle a chantés.
Mêlant sa voix plus grave aux bruits que je consulte,
L'arbrisseau merveilleux, à qui je rends mon culte,
De feuilles et de fleurs paré dans tous les temps,
Verse à mon front blanchi l'espoir d'un beau printemps.

Ainsi, je vis au fond des forêts fraternel'es,
J'attends le jour certain des noces éternelles ;
Le jour où, pardonnant mon précoce larcin,
Hermia doit m'ouvrir l'asile de son sein.
Dans cet antre sacré reste, toi qui m'écoutes,
Recueille les pensers qui pleuvent de ces voûtes,
Et parfois, si tu veux, sur ces lointains rochers,
Visiter les jardins dans les neiges cachés,
Je t'y ferai choisir ces fleurs humbles et pures
Que Dieu sème au désert pour toutes nos blessures.

LIVRE TROISIÈME

I

AMITIÉ

A MON AMI BARTHÉLEMY TISSEUR

Tous vos dieux sont les miens ; vous aimez ce que j'aime ;
Nos espoirs sont pareils, notre doute est le même ;
Où vous le signalez, je vois aussi le mal,
Et nous marchons tous deux vers le même idéal.

Dans l'océan divin cherchant les perles neuves
Et les parcelles d'or dans le sable des fleuves,
Au fond des grandes eaux nous plongeons de concert ;
Nous gardons en commun le trésor découvert.
Quand l'idée, en son vol, échappe à mes pieds frêles,
Mon âme, pour monter, vous emprunte vos ailes.

Aux régions d'en bas je m'égare souvent ;
Vous que Dieu mène et qui pénétrez plus avant,
Quand mon esprit s'arrête aux choses relatives,
Vous m'ouvrez tout à coup de larges perspectives,
Et, dans un horizon où vous seul avez lu,
Par delà nos soleils vous montrez l'absolu.

Quand j'écris, je ne sais, — tant l'un sent comme l'autre,
Si la page tracée est mon œuvre ou la vôtre.
De ces vers fraternels je vous rends la moitié,
Et sur l'humble fronton j'inscris notre amitié.

Marchons unis toujours ; la nuit tombe, nous sommes
Des étrangers perdus dans la cité des hommes ;
Nous y parlons tout seuls une langue à nous deux,
Et nous comprenons mal ce qu'ils disent entre eux.
Nous ne sommes pas faits aux chemins de traverse ;
Le but n'est pas le même où la route est diverse ;
Si des noirs carrefours nous tentons les hasards,
Nous serons terrassés et broyés par les chars.

Veillons ! plus d'un assaut se prépare dans l'ombre ;
Le présent est mauvais et l'avenir plus sombre,
Plein d'outrages, d'effroi, de labeurs desséchants...
— Nous pourrons être heureux si nous sommes méchants !
Mais, ô frère en douleurs, restons dans notre voie,
Sans renier, pourtant, ni blasphémer la joie.
Il est, même ici-bas, des vestiges de Dieu,
Et le monde meilleur, parfois, s'y montre un peu ;
Il est dans la tourmente, au bout de la mer triste,
Un phare ardent et fixe allumé pour l'artiste
Et versant des rayons pleins de sérénité...
— Viens ! homme de désir, marchons vers la beauté !

II

INVOCATION SUR LA MONTAGNE

A MON AMI BARTHÉLEMY TISSEUR

Sachez ce que j'ai dit pour vous sur la montagne,
Ami dont la pensée est partout ma compagne.

Un matin de janvier, par un temps vif et clair,
Où je me sentais fort de la vigueur de l'air,
Un de ces jours dorés, bleus, et tels que d'avance
Son soleil, l'hiver même, en donne à la Provence,
Je sortis de la ville où, — souvenir sacré! —
Pour la première fois je vous ai rencontré.
De nos ans révolus je repassais l'histoire ;
Pèlerin, je voulais gravir Sainte-Victoire.
Jusqu'à l'étroit vallon fermé d'un mur romain,
Si connu de nous deux, je suivis le chemin ;
Et de là, pour seul guide ayant le pic sublime,
Sur un sol non foulé j'allai de cime en cime.
La lumière en tons chauds jouait sur les hauteurs ;
Mes pieds dans les taillis soulevaient des senteurs ;
Je marchais dans les buis, les houx et les genièvres ;
Pour seuls bruits au lointain les clochettes des chèvres,
Et le cri de la grive entre les chênes verts,
Et le vent dans les pins semblable au bruit des mers.

En montant, je cueillais un peu de chaque arbuste,
Et quand j'eus du rocher atteint la crête auguste,
J'y posai mon bouquet religieusement.
Je sentais du désert le saint enivrement;
Avec l'air, et par flots odorants et sonores,
L'esprit de vie entrait en moi par tous les pores.
A genoux, je pleurai pour que Dieu nous bénit;
Ma bouche se colla sur le sacré granit;
Je priai sans parole, et mon baiser austère
S'imprima sur ton front, ô ma mère la terre!
Enfin je me dressai; de mes deux bras ouverts
Sur ce trépied géant, j'embrassai l'univers;
Comme un prêtre épanchant l'extase qui l'inonde,
J'envoyai mes baisers aux quatre points du monde;
Quatre fois saluant et changeant d'horizon,
De notre Père au ciel je redis l'oraison,
Et, m'unissant d'amour à la nature entière,
A longs traits j'aspirai la vie et la lumière.
Puis je courbai mon front sur mes deux mains en feu,
Et mon âme un moment s'anéantit en Dieu.

« Penche-toi sur mon cœur, toi d'où l'être ruisselle,
Verse à flots de tes yeux les fluides vivants;
Coulez d'en haut, torrents de vie universelle,
Venez pour m'abreuver, venez des quatre vents!

» O lumière, ô couleurs, ô rayons de sa face,
Regards de l'infini de caresses chargés,
Rosiers de l'Orient effeuillés dans l'espace,
Sourires amoureux d'astre en astre échangés;

» Notes, qui refluant des étoiles lointaines,
Glissez de ce rocher aux bois, aux champs, aux mers;
Bruits des troupeaux errants, des arbres, des fontaines,
Aromes et vapeurs mêlés dans les déserts;

» Haleine des forêts, des cités et des ondes,
Souffle que tout respire et qu'on ne peut tarir ;
Des jardins inconnus semences vagabondes,
Germes qui demandez une place où fleurir ;

» Rayons, accords, parfums que les vents précipitent,
Voix qui montez du globe et qui tombez du ciel,
Mélodieux roulis des sphères qui palpitent,
Mouvement cadencé sur un rhythme éternel !

» Et vous, lumière interne, espoir, saintes pensées,
Grâces que l'invisible envoie à son amant,
Eaux vives de l'esprit par Dieu même versées,
Qui des sources d'en haut coulez à ce moment ;

» Vous, prières, douleurs, travaux, vertus secrètes,
Parfums nés pour le ciel qui montez de là-bas,
Actions des élus et chansons des poëtes,
Courant de l'idéal qui ne tarissez pas ;

» Paroles qui flottez de l'âme à la nature,
Echanges de l'amour qui donne et qui reçoit,
Part de l'être accordée à chaque créature,
Forces du Dieu caché que le cœur aperçoit !

» Affluez, affluez autour de cette cime,
D'un nuage vivant que j'y sois revêtu,
Unissez-vous à moi dans un mélange intime,
Vertus du monde entier, devenez ma vertu ! »

Ainsi, j'ouvrais mon âme aspirant dans l'espace
Ce grand souffle de Dieu qui passe et qui repasse,
Et, le sentant couler dans mes sens agrandis,
Je saluai trois fois le ciel, et j'étendis
Mes deux bras secouant l'effluve magnétique,
Au nord, vers le Jura, vers la ville helvétique,

Où Dieu vous a conduit loin de toute amitié,
Vous avec qui toujours je pense de moitié.

« Recevez, recevez l'esprit qui me pénètre
Et le surcroît de vie ajoutée à mon être ;
Soyez, autant qu'aimé, soyez calme et puissant ;
Recevez à la fois et ma force et ma joie ;
Mon âme a recueilli, mon âme vous envoie
D'ici tout ce qui monte et tout ce qui descend.

» Entrez en lui, rayons, parfums, musique, aurore !
Clartés dont l'horizon s'anime et se colore,
Coulez avec lenteur pour qu'il n'en perde rien ;
Esprit de Dieu flottant sur l'océan des mondes,
Lumière où je me baigne, extase qui m'inondes
Descendez dans son cœur, en passant par le mien !

» Divin balancement des flots, des bois, des nues,
Sphères qui décrivez des danses inconnues,
Bruits des astres lointains, des fleuves, des forêts,
Accord universel, musique saisissante
De tout ce qui se meut et de tout ce qui chante,
Vous qui des cœurs guidez les battements secrets ;

» Esprits qui dirigez l'ascension des séves,
Urnes qui répandez la pensée et les rêves,
Essor auquel mon cœur s'abandonne aujourd'hui,
Donnez-lui le vouloir, l'action forte et sûre,
Réglez de tous ses pas le mode et la mesure,
Versez à travers moi votre harmonie en lui.

» Haleine du désert, senteurs dont je m'enivre,
Souffle de l'idéal qui m'avez fait revivre,
Par qui toute blessure est prompte à se fermer ;
Aromes fécondants que la brise balaie,
Descendez dans son cœur et pansez chaque plaie ;
Autant qu'il a souffert faites qu'il puisse aimer !

» Tombez, grains et rosée, en cette âme choisie,
Ravivez les moissons qu'attend la poésie ;
Qu'en lui l'homme nouveau sorte de l'homme ancien ;
Mûrissez, ô soleil, les épis qu'il nous cache
Dans les sillons secrets : car il faut qu'on le sache,
Le beau fut dans son cœur semé comme le bien.

» Que chacun de mes doigts, d'où mon âme ruisselle,
Du feu que j'aspirai lui verse une étincelle ;
Qu'il soit fortifié des forces que je prends ;
Que je fasse, investi pour lui d'un sacerdoce,
Du trépied solennel où mon amour m'exhausse,
Les bénédictions s'épancher par torrents ! »

Ami dont la pensée est partout ma compagne,
Voilà ce que j'ai dit pour vous sur la montagne.

III

A UNE BRANCHE D'AMANDIER

Déjà mille boutons rougissants et gonflés,
    Et mille fleurs d'ivoire,
Forment de longs rubans et des nœuds étoilés
    Sur votre écorce noire,

Jeune branche ! et pourtant sous son linceul neigeux
    Dans la brume incolore,
Entre l'azur du ciel et nos sillons fangeux
    Février flotte encore.

Une heure de soleil, le bleu de l'horizon,
　　La tiède matinée,
Vous ont fait croire, hélas! que la belle saison
　　Nous était ramenée.

Parfois l'hiver stérile a des soleils trompeurs,
　　Et sa face est dorée;
Mais il ne peut mûrir une seule des fleurs
　　Dont vous êtes parée.

Après ce doux rayon qui brille avec amour
　　La nuit sera mortelle;
Pour fixer le printemps il faut plus d'un beau jour
　　Et plus d'une hirondelle.

Ne laissez pas jaillir tous vos boutons vermeils
　　Que le froid ne s'achève;
Pour la saison féconde et pour les vrais soleils
　　Gardez bien votre séve.

L'hiver va de vos fleurs ternir la pureté,
　　Et leur règne s'abrége;
Leurs calices fondront, comme ferait, l'été,
　　Une coupe de neige.

Puis, quand le jour luira, qui doit tout ranimer,
　　Les plantes et les âmes,
Il usera sur vous, sans rien faire germer,
　　Sa rosée et ses flammes.

Alors tout sous le ciel, tout sera réveillé;
　　Toutes les autres branches
Lèveront au grand air leur ébène émaillé
　　Et leurs couronnes blanches;

Et le soleil viendra peindre leur front charmant,
　　Leurs lèvres nuancées,

Et le vent les fera pencher languissamment
    Comme des fiancées.

Les coteaux rougiront; les sillons bigarrés
    De fleurs et de verdure,
Tous les arbres des bois, tous les gazons des prés
    Seront dans leur parure.

Partout des bruits joyeux, du miel dans chaque fleur,
    De l'or sur chaque nue;
Mais vous, dans ce concert, sans voix et sans couleur,
    Serez honteuse et nue.

Jamais d'oiseau chanteur sur vous n'aura guetté
    L'insecte qui bourdonne;
Vous ne donnerez pas de verdure à l'été
    Ni de fruits à l'automne.

Un jour vous a tout pris : ses rayons déjà morts
    Brillaient pour vous séduire;
Et vous avez perdu tous vos jeunes trésors
    Joués sur un sourire.

IV

LIMPIDITÉ

Il est des sources d'eau si bleue et si limpide,
Que rien n'en peut ternir la transparence humide,
Que sur un noir limon leurs ondes de cristal
Roulent sans altérer l'azur du flot natal,

Qu'à travers les débris qui sur leurs bords s'amassent,
Elles savent choisir les fleurs lorsqu'elles passent,
Et que, vierges encor de toute impureté,
L'Océan les reçoit dans son immensité.

Près d'elles l'ombre est douce aux affligés; près d'elles
Les oiseaux chantent mieux, les plantes sont plus belles;
Près d'elles, au matin, les femmes vont s'asseoir
Pour nouer leurs cheveux devant un clair miroir.

Il est des âmes qui, dans nos sentiers de fange,
Glissent sans y tacher leur blanche robe d'ange,
Sans laisser, comme nous, se prendre à chaque pas
Une sainte croyance aux ronces d'ici-bas;
Des cœurs qui restent purs quand l'ennui les traverse,
Qui gardent leur amour dans la fortune adverse.
L'air vicié du monde en passant autour d'eux
Se charge de parfums; et, comme des flots bleus,
Sans entraîner un grain de nos terres infâmes,
Ils coulent en chantant vers l'océan des âmes.

V

HOROSCOPE

Sur le chevet des jeunes filles,
Si les Péris venaient encor
Toucher leurs filleules gentilles
Avec une baguette d'or;

Le soir, dans la flamme bleuâtre,
Si les Follets et les Lutins
Dansaient sur les chenets de l'âtre,
Au son des grelots argentins;

Si l'on voyait sortir Morgane
Du lis et du camélia,
Et sur les branches de liane
Se balancer Titania;

Si de l'air les joyeuses reines,
Aux yeux des pères fortunés,
Se penchaient encor, les mains pleines,
Sur le berceau des nouveau-nés;

Enfant! vous auriez des corbeilles
D'émeraudes et de rubis;
Vous auriez des robes vermeilles
Faites pour vous par les Trylbis;

Des oiseaux d'or et d'écarlate
Pour vous endormir chanteraient,
Et dans une conque d'agate
Les Sylphides vous berceraient!

Hélas! les Péris étouffées
Sont mortes depuis six cents ans,
Et l'on n'invite plus les fées
Pour le baptême des enfants!

Mais il est d'amoureux génies,
Parlant un langage inappris,
Qui soumet à leurs voix bénies
Le peuple immense des esprits.

Ils ont le secret des puissances;
Les astres sont leurs familiers:

Ils vont dérober les essences
Au fond des divins ateliers.

Ils moissonnent partout en maîtres ;
La terre s'émeut sous leurs mains :
Ils se mêlent avec les êtres
En de mystérieux hymens.

Ils montent avec la fumée
Dans l'air diaphane et vermeil ;
Sous la mer de forêts semée,
Ils plongent avec le soleil.

Ils se bercent avec l'écume
Sur les lacs et les océans ;
Ils s'étendent avec la brume
Sur la crête des monts géants.

Ils circulent avec les séves
Dans les fentes et les sillons ;
Avec les brises sur les grèves,
Dans l'éther avec les rayons.

Ils enchaînent avec leurs charmes
L'âme des fleurs et des oiseaux ;
Ils font germer les blanches larmes
Sur la tombe et sur les berceaux !

Ils vous aiment, petite fille !
A vous les présents les meilleurs :
Car vous êtes de la famille,
Et votre père est un des leurs.

Enfant ! toutes les créatures
Auront des sourires pour vous ;
Toutes les sources seront pures,
Et tous les hommes seront doux.

Les boutons d'or naîtront dans l'herbe
Des prés que vous aurez foulés ;
Si vous dormez sur une gerbe,
Les épis seront centuplés.

L'eau des marais sera limpide
Si vous y trempez votre main ;
Si vous pleurez sur un nid vide,
L'amour le peuplera demain.

Les fleurs braveront les gelées
Dans les jardins par vous plantés ;
Avec les brises des vallées
Vos airs vivront si vous chantez.

Le soleil dorera vos tresses ;
Enivrant vos sens ingénus,
Le vent vous fera des caresses :
L'onde baisera vos pieds nus.

Vous aurez, la nuit, sans mystère,
Des entretiens pleins de douceur ;
Vous direz au bouvreuil : Mon frère !
Le rosier vous dira : Ma sœur !

Aux êtres vous seréz unie
Par des liens doux et puissants,
Aux oiseaux par leur harmonie,
Comme aux plantes par leur encens ;

A l'azur par la transparence,
Au jour par la tiède clarté ;
Aux bons anges par l'innocence,
Aux hommes par la charité !

Car sur votre tête rosée
Un poëte, écartant le lin,

17.

Aura secoué la rosée
Avec le rameau sibyllin!

VI

AUX ABSENTS

Ce soir au bord du lac, à l'ombre, sur la mousse,
La nature est si belle et la vie est si douce,
Cette forêt de pins murmure un chant si pur,
Cette prairie exhale une odeur si calmante,
En tons si délicats de cette onde dormante
Les roses du couchant on nuancé l'azur;

D'un air si transparent la montagne est baignée;
Mon âme de ta paix est si bien imprégnée,
Que je ne songe plus, nature, à t'admirer.
C'est un désir plus doux qu'avec l'air je respire;
Je cherche autour de moi des yeux à qui sourire,
Ma main cherche des mains que je voudrais serrer.

Que ne puis-je, ô nature ! à tes autels en flammes,
Convier avec moi toutes les saintes âmes,
Avec elles goûter cette extase à genoux !
Seul, ainsi, s'enivrer de la beauté d'un monde,
C'est un bonheur impie où l'amertume abonde,
Et tout cet infini laisse du vide en nous.

Cette ivresse, pourtant, je la puise en Dieu même;
Mais, pour y prendre part, où sont tous ceux que j'aime ?

Mon cœur ici les nomme et parle à chacun d'eux ;
Jamais tant qu'à cette heure, à travers mes nuages,
Si douce leur parole, et si doux leurs visages,
N'ont échauffé mon cœur et lui devant mes yeux.

La pensée a peut-être, affrontant la distance,
Des ailes pour voler vers ceux à qui l'on pense
Sans se perdre à travers le monde aérien !
Vous tous, absents chéris, qui manquez à ma joie,
Des effluves d'amour que mon cœur vous envoie,
Ce vent et ce soleil ne vous portent-ils rien ?

Où va donc, où va donc, si nul ne le devine,
Ce qu'exhale mon sein d'émotion divine ?
Pourquoi ce doux concert, s'il n'est pas entendu ?
Des plantes du désert qui respire la feuille ?
Que deviennent ces fruits que nulle main ne cueille ?...
Donne tous tes parfums, mon cœur, rien n'est perdu !

Vois ! chaque goutte d'eau, que la terre la boive,
Que le vent sur son aile en vapeurs la reçoive,
Retourne à l'Océan, et s'y mêle à son jour !...
Ainsi chaque soupir, chaque extase cachée,
Chaque larme pieuse au coin de l'œil séchée,
Vont enrichir au ciel les sources de l'amour.

VII

DANS LES ROSEAUX

Si je brise un jour mes chaînes,
Je veux m'enfuir vers les eaux ;

Mieux que les nids sur les chênes,
Mieux que les aires hautaines,
J'aime un nid dans les roseaux.

J'aime une terre mouillée
Par un lac profond et clair ;
Pour tenir l'âme éveillée,
Il faut que, sous la feuillée,
Les eaux chantent avec l'air.

S'il n'a point de rive humide,
Je fuis un site admiré,
Comme un front pur et sans ride,
Mais dont l'œil serait aride
Et n'aurait jamais pleuré.

La colline la plus verte,
Si l'onde n'est son miroir,
Est comme une âme déserte,
A qui jamais n'est ouverte
Une autre âme pour s'y voir.

Otez les flots à la terre,
La terre sera sans yeux,
Et jamais sa face austère,
Pleine d'ombre et de mystère,
Ne réfléchira les cieux.

Dans ton cœur si quelque chose
Bat des ailes pour voler,
Désir ou douleur sans cause,
Musique ou parfum de rose
Qui demande à s'exhaler ;

Si tu nourris d'une flamme
Le souvenir ou l'espoir,
Si l'image d'une femme

Pleure ou sourit dans ton âme,
Près d'un lac il faut t'asseoir.

Écoute, si le flot chante ;
Si l'eau dort, regarde au fond ;
Miroir où l'azur t'enchante,
Écho d'une voix touchante,
Toujours l'onde te répond.

Les plaines ont l'alouette,
La montagne a l'aigle roi,
Les jardins ont la fauvette ;
Mais, ô lac, le doux poëte
Et le cygne sont à toi !

Si je brise un jour mes chaînes,
Je veux m'enfuir vers les eaux ;
Mieux que les nids sur les chênes,
Mieux que les aires hautaines,
J'aime un nid dans les roseaux.

VIII

LA COUPE

Amis, le temps brumeux fait les songeurs moroses !
Tout exhale l'ennui, ce soir, même ces roses ;
Des yeux les plus aimés le sourire a pâli ;
Nos pensers de ce ciel ont pris la morne teinte...
Mais venez ! Dans le vin cherchons la verve éteinte,
Et la joie, et l'espoir, compagnons de l'oubli.

Une âme est dans le vin ! un dieu d'humeur charmante
Remplit de son esprit cette pourpre écumante ;

Lui-même a teint la grappe avec son doigt vermeil;
Au feu de ses rayons toute ombre s'évapore;
Le vin, c'est sa lumière et sa chaleur; l'amphore
Cache en ses flancs obscurs des gouttes de soleil.

Toi, par qui, d'une lèvre où le rire étincelle,
La chanson radieuse à plus grands flots ruisselle;
Toi, dont ma coupe pleine atteste le pouvoir,
Je t'ai vu, le carquois sonnant sur tes épaules,
Descendre, ô dieu joyeux, sur nos coteaux des Gaules,
Et tes cheveux flotter, et les rubis pleuvoir!

Comme sous le baiser frémit un sein d'amante,
Sous tes yeux printaniers la terre au loin fermente;
Les féconds éléments s'y combinent entre eux;
La flamme du silex, les pleurs de la rosée
Se mêlent dans le cep; et la séve embrasée
A gonflé les bourgeons d'un esprit généreux.

Bientôt la jeune vigne au vieil orme s'enlace;
Le pampre offre aux amours, sous son ombre, une place,
Près du Faune enivré la Nymphe y vient le soir;
L'été voluptueux brunit l'ardente grappe;
Puis, buvant à deux mains le doux sang qui s'échappe,
L'automne au front pourpré danse autour du pressoir.

Nous, maintenant, tirons du sommeil et des ombres
Ce soleil enfoui, trésor pour les jours sombres,
Séve de feu qui vient réchauffer nos hivers.
Dans le cœur le plus morne, à briller toute prête,
Peut-être, avec ce vin, d'une veine secrète,
La gaîté va jaillir, sur l'heure, et les beaux vers.

Partout où la sema la nature en largesse,
Cueillons la joie, amis, germe de la sagesse;
D'une fleur au jardin et d'une étoile aux cieux,

Du chant sacré d'un maître, ou des yeux d'une belle,
De toute chose, enfin, ou divine, ou mortelle...
De ce cristal bleuâtre où rougit le vin vieux !

A table ! avant d'ouvrir la solennelle amphore,
Que d'habits éclatants l'amitié se décore ;
Dans le plaisir des yeux naît le charme du cœur.
Le vin vaut mieux quand l'urne est de fleurs couronnée.
Qu'en nos festins, surtout, daigne la Muse ornée
Des plus aimables dieux nous amener le chœur.

A nos graves discours que le rire entrecoupe,
Qu'Aphrodite et Pallas vident la même coupe ;
Le sage admet aussi les amours enjoués.
Amenons au banquet, charmantes entre mille,
Daphné, Glycère aux yeux d'émeraude, et Camille,
Mais que leurs noirs cheveux restent toujours noués.

Glycère chantera quelque folle élégie ;
Du toit joyeux, pourtant, chassons bien loin l'orgie,
Poëtes ! nous avons la Ménade en horreur.
Des soupers effrénés les Muses sont absentes ;
Amis, ne faisons pas fuir les Grâces décentes ;
Car, après sa gaîté, le vin a sa fureur.

Dans l'excès de la coupe où nous trouvons la verve,
L'esprit s'appesantit, le corps même s'énerve ;
Un stupide sommeil gonfle la lèvre en feu.
Des hautes voluptés, nous que la soif altère,
Fils de la Muse, au vin rendons un culte austère,
Buvons-le chastement sous le regard d'un dieu.

Le poëte aime mieux l'extase que l'ivresse ;
Un sévère échanson à sa table se dresse,
Il invite parfois l'amour à s'y placer ;
Mais c'est pour nous dicter ses chansons immortelles ;

Amis, qu'en nos banquets les ivresses soient telles
Qu'Elvire ou Béatrix pourraient nous les verser.

Venez! la table est prête où l'amitié s'épanche ;
De verdoyants rameaux parons la nappe blanche,
C'est l'autel de la joie et du rire innocent ;
C'est là, dans l'abandon des longues causeries,
Qu'entre les luths d'ébène et les coupes fleuries
Le feu sacré nous touche et que l'esprit descend.

O vin! source d'amour, nous dirons tes louanges!
Nous sommes ouvriers pour les grandes vendanges,
Nous conduisons la bêche autour des ceps divins ;
Prends-nous à ta journée, ô ma France féconde !
Toi qui, pour le salut ou la gaîté du monde,
Fais couler tour à tour ton sang et tes bons vins.

A l'œuvre, tous à l'œuvre et préparons la fête,
Bras d'acier du soldat, bouche d'or du poëte.
A l'œuvre les marteaux, les socs, les avirons !
De froment et de miel que les pains se pétrissent ;
Et vous, sculpteurs, à qui les métaux obéissent,
Ciselez dans l'or pur la coupe où nous boirons.

Gravez sur ses contours les exploits de l'épée ;
Des géants paternels chantez-nous l'épopée.
Dites leur sang versé, leurs travaux, leurs douleurs ;
Tracez-nous le tableau de l'héroïsme antique ;
Faites-nous voir, aux flancs de l'urne pacifique,
L'âge des grands combats déroulés sous des fleurs.

A ceux donc qui sont morts, soldats ou capitaines,
Pour un bonheur promis à des races lointaines,
Ce calice doit rendre un hommage éternel ;
Qu'il fasse, amis, le tour de la cité des hommes,
Et qu'enchaînés de cœur, comme ici nous le sommes,
Tous boivent à la ronde un nectar fraternel !

IX

AU PRINTEMPS

Sors de ta ruche obscure et vole, ô jeune essaim !
Doux rêves que l'hiver enchaînait dans mon sein,
    Allez, chantez sur l'aubépine !
Le soleil vous invite, ô mes oiseaux chéris ;
L'herbe est verte aux sillons, et les pêchers fleuris
    Teignent de rose la colline.

Pour me les dire après, écoutez tous les sons ;
Volez du thym au myrte, et du chêne aux buissons ;
    Effleurez de vos pieds l'eau vive.
La fumée a terni votre aile aux cent couleurs ;
Baignez-vous dans l'air plein d'ineffables senteurs :
    L'âme s'y lave et s'y ravive !

Dansez sur les rameaux jaillissants ou ployés ;
Buvez-y la rosée et la séve. Voyez
    Dans le berceau de toutes choses ;
Voyez les nids se faire et les bourgeons s'ouvrir,
Voyez comment l'on aime et comme on doit fleurir,
    O mes colombes, ô mes roses !

Car c'est le beau printemps, charme de l'univers !
O mes rêves, partez ! les jardins sont ouverts
    Où l'abeille se rassasie ;
Puisez à tout calice, allez dans les ravins,
Sur les coteaux de vigne et sous les noirs sapins ;
    Allez chercher la poésie !

X

LE BAPTÊME DE LA CLOCHE

A MON AMI B. DE SAINT-BONNET

I

Monte à la tour sonore, ô reine des cantiques!
Répands les grands soupirs de ton sein débordants;
Dieu touchait d'un feu pur les lèvres prophétiques,
Il t'a fait naître aussi dans les charbons ardents.

Le temple t'accueillit tiède encor de la flamme;
Comme un fils des humains, d'eau, d'encens et de sel,
Le prêtre te baptise en te donnant une âme;
Prends désormais ta place au cœur universel.

Tu reçois la parole, auguste ministère;
Sur ton front, comme au front d'un pontife ou d'un roi,
L'huile sainte, en coulant, livre à ta bouche austère
Le droit de réunir un peuple autour de toi.

Monte, pour dominer de plus haut nos murmures;
Pour verser, de ton urne aux flancs mélodieux,
Tes notes s'épanchant plus fraîches et plus pures
Dans des flots d'air puisés plus avant dans les cieux.

Vers la cime où ton maître à jamais t'a placée,
Mille bruits monteront du hameau, du désert;
Toi, tu feras, fidèle à sa grande pensée,
Un accord immuable en ce changeant concert.

A tes pieds, les rumeurs et les échos varient;
Du sein de ces forêts et des prés d'alentour
S'élèvent bien des voix qui pleurent ou qui rient ;
Les chants et les soupirs en montent tour à tour.

Dans la chapelle, ici, gémissent les prières,
Près du mur des passants se disputent entre eux.
Des baisers ont frémi sur le bord des clairières;
Là-bas le laboureur excite ses grands bœufs.

Ainsi l'homme se mêle aux sons que tu disperses ;
Et, dans le calme essor de tes vibrations,
Ainsi meurt et renaît, en des notes diverses,
Le bruit de nos travaux et de nos passions.

Et la nature aussi, cette voix éternelle,
Ce clavier infini que nul n'a mesuré,
Des tons, en un moment, parcourt la grande échelle,
Gémit, gronde, et sourit après avoir pleuré.

Selon que la forêt ou grandit ou décline,
Le vallon rend là-bas des accords différents ;
Dans ces ravins, coulant de la même colline,
L'eau soupire en ruisseaux ou mugit en torrents.

La nature avec nous regrette, invoque, aspire,
Tour à tour, doute, espoir ou crainte, y sont vainqueurs ;
Et, pour longtemps encor, sur cette immense lyre,
L'harmonie est changeante, ainsi que dans nos cœurs.

Toi, pourtant, quels que soient la saison, le jour, l'heure,
Dans le calme ou l'orage ayant le même son,
Tu nous diras, du haut de la sainte demeure,
Toujours le même mot et la même leçon.

Parole incorruptible, enseignements suprêmes !
Grande voix, dominant tous les bruits d'ici-bas,

Semblable à cette voix qui parle dans nous-mêmes,
Nous suit, et cependant ne nous appartient pas!

Ce mot qui te remplit, ce nom que tu proclames,
Pensée à ton métal mêlée au sein du feu,
Souffle d'éternité qui soulève nos âmes,
C'est le nom, la pensée et le souffle de Dieu.

Et tu la sèmeras ton immuable idée,
Des cités aux forêts, des sommets aux vallons;
Et, comme d'harmonie une mer débordée,
Ta voix nous poursuivra partout où nous allons.

De l'encens et du sel si le prêtre t'honore,
C'est qu'il consacre en toi le psaume fait airain;
De tous les instruments, tu n'es le plus sonore
Que pour proclamer Dieu d'un ton plus souverain.

Répands donc, répands donc par toute la nature
Ce nom qu'au fond du cœur chaque homme doit sentir;
Et qu'il ne soit pas d'antre et d'âme assez impure,
Où ton pieux écho n'aille au loin retentir.

II

Et moi, l'oisif amant des bois et des prairies,
Qui, de leurs doux esprits enivré trop souvent,
Laisse fuir ma pensée en molles rêveries,
Et disperse ma vie au souffle de tout vent;

Moi, qu'avec un bruit d'onde, une haleine des roses,
La brise, dont ce tremble à peine est agité,
Mêlant mon âme errante avec l'âme des choses,
Peut emporter si loin hors de l'humanité;

Lorsque j'irai, perdu, dans les forêts prochaines,
Des actives cités déserteur affaibli,

Enviant le repos des rochers et des chênes,
Et laissant là ma tâche et la vie en oubli ;

Alors, tu parleras, voix de la vieille église,
Voix comprise de tous comme un appel humain,
Et tu m'éveilleras, et mon âme indécise
S'arrachant au désert prendra le vrai chemin.

Et je n'entendrai plus la sirène énervante
Qui chante avec le vent, les rameaux, le flot bleu ;
Un plus ferme conseil m'arrêtant sur ma pente,
Je me rapprocherai des hommes et de Dieu.

Car ta voix, c'est la voix des hommes agrandie,
Leurs sueurs ont coulé pour fondre ton métal ;
C'est leur esprit qui parle avec ta mélodie ;
Ton front reçut comme eux le baptême natal.

A la cité des cœurs cette voix me convie,
Me dit que je suis homme et dois porter mes fers,
Et me ramène enfin au combat de la vie
Que j'ai tenté de fuir pour la paix des déserts.

Par toi chantent l'appel des travaux, des prières,
Et l'écho solennel de la joie et des pleurs ;
En t'écoutant, j'irai demander à mes frères
Ma part de leurs destins, surtout de leurs douleurs.

III

Va donc, fille du feu sur les tombeaux assise !
Donne à chacun sa place en tes hymnes fervents ;
Chante pour ceux à qui la lumière est promise ;
Parle aux vivants des morts comme aux morts des vivants.

Prends ton poste au donjon, sonore sentinelle,
Veille sur ces vallons, veille sur ces sommets ;

Garde à ces bois chéris une paix éternelle;
Que la sainte amitié les habite à jamais.

Qu'au loin en t'écoutant la terre soit bénie;
Comme à la voix de Dieu qu'elle enfante à ta voix;
L'abondance du ciel tombe avec l'harmonie :
Verse aux sillons le grain et le feuillage aux bois.

Garde cette maison, tu dois chérir son hôte,
Grand cœur où, comme en toi, l'esprit divin descend;
C'est lui qui t'a bâti la tour solide et haute;
Il est de l'œuvre sainte un ouvrier puissant.

Et tous nous aimerons vos deux voix fraternelles;
Car Dieu, sur ce sommet qui voit poindre le jour,
Vous mit pour nous parler des choses éternelles,
Et saluer de loin le règne de l'amour.

XI

ADIEUX SUR LA MONTAGNE

A MON AMI BARTHÉLEMY TISSEUR

I

Dans les villes, tombeaux dont le peuple croit vivre,
Où s'agitent des morts par des morts coudoyés,
Où l'âme aspire un air qui la tue ou l'enivre,
Ceux qui sont nés à Dieu sont bientôt oubliés.

Là, des spectres faisant de l'ombre et du tumulte,
Vous cachent à mes yeux, vous-même, ô mon ami!

Et j'omets tout un jour de vous rendre mon culte,
Vous l'hôte de mon cœur, vous d'hier endormi !

Les bruits humains font taire en moi le saint murmure
De votre esprit qui souffle et qui veut me parler,
Et la foule tarit sous son haleine impure
Chaque larme aussitôt qu'elle cherche à couler.

Mais à peine ai-je fui tout seul vers la campagne,
Et trouvé la nature et vu le jour vermeil ;
Sitôt que je respire une odeur de montagne,
Et que Dieu dans mon âme entre avec le soleil ;

Sitôt que l'infini se fait dans ma pensée,
J'y revois, près du Dieu que je viens adorer,
Votre ombre lumineuse un instant éclipsée
M'appeler, me sourire ; et je puis vous pleurer.

Tout alors, fleur qui s'ouvre et rayon qui s'allume,
Arbres, flots exhalant un soupir triste et doux,
Sillons où court la brise et toit lointain qui fume,
Tout semble s'animer et se peupler de vous.

Les cimes des forêts d'un bruit large inondées,
Les buissons fourmillant de chansons et de cris,
En écho tour à tour redisent les idées
Dont votre âme féconde emplissait nos esprits.

Aux êtres vous parliez dans leur langue divine ;
Vous les sentiez tous vivre ; ils vous sentaient rêver :
Car vous aviez l'amour qui voit ou qui devine,
Et leurs secrets accords, vous les saviez trouver.

Tout se réfléchissait dans votre âme profonde ;
Torrent, fleuve et ruisseau, tout vous payait tribut :
Vous deviez promptement épuiser tout un monde,
Et toucher dans un autre à l'invisible but.

Votre esprit visitait les chênes et les roses;
Et, sans doute, sachant qu'à mon tour j'y viendrai,
Vous avez en partant laissé sur toutes choses
Des vestiges de vous : je les recueillerai!

II

Avec l'odeur montant de ces prés en corbeilles,
Avec l'oiseau qui fuit et va chanter là-bas,
De l'herbe et des rameaux, avec un bruit d'abeilles,
Un souvenir de vous s'élève à chaque pas.

L'atmosphère s'emplit d'une vivante flamme :
C'est vous qui de vos yeux la versez par éclair;
Sa chaleur m'enveloppe, et j'ai senti mon âme
S'épanouir en vous comme mon corps dans l'air.

Alors la part de vous que Dieu nous a ravie,
Celle en qui rien ne change, et dont rien n'est distrait,
Celle qui goûte au ciel une meilleure vie,
Ce qu'en vous nous aimons, votre cœur m'apparaît.

Vous êtes revêtu de la forme plus pure
Que prend l'homme là-haut quand son corps y renait;
Mais sous ce vêtement, quoiqu'il vous transfigure,
Vous êtes bien le même, et l'on vous reconnait.

C'est bien lui! cet esprit plein de mansuétude,
Parole qui charmait ma joie ou ma douleur,
A qui toute science arrivait sans étude,
Comme l'onde à la source et le miel à la fleur!

C'est lui! Dans tous ses maux toujours paisible et grave,
Que j'ai tant vu souffrir sans se plaindre jamais!
Cet homme à la raison puissante, au cœur suave,
Mont de granit couvert de fleurs jusqu'au sommet!

C'est lui! Pour vivre en nous s'oubliant à toute heure ;
Lui qui prenait pour siens mes travaux, mes combats ;
C'est lui dont la pensée, onde supérieure,
Fertilisait la mienne, et ne tarissait pas !

De ces forêts vers moi je vous ai vu descendre
Ainsi qu'un blanc nuage, et glissant lentement ;
Le sol autour de vous s'éclaire d'un jour tendre,
De votre corps nouveau divin rayonnement.

Les plantes s'inclinant baisent vos pieds de neige ;
L'air est rempli d'oiseaux et de joyeuses voix ;
Les bois semblent marcher pour vous faire cortége ,
La nature vous rend votre amour d'autrefois.

Vous, calme et traversant son peuple qui s'assemble,
Vers moi, sans lui parler, vous voilà parvenu ;
Et, comme aux jours heureux où nous pensions ensemble,
Vous avez pris mon bras, cet appui si connu.

Et nous marchons tous deux en dominant la plaine
De mon pays natal, que je vantais souvent ;
Les monts à l'occident nous déroulent leur chaîne,
Beaux lieux que j'espérais voir avec vous vivant !

Vous m'êtes si présent que nous causons encore
D'hier et de demain, de nos projets nombreux :
Hélas! comme si Dieu, dans un but que j'ignore,
N'avait pas déjà mis un monde entre nous deux !

Le mobile entretien vole en sa fantaisie
Des étoiles du ciel aux herbes des chemins ;
Nous parlons de mon cœur et de ma poésie,
Coursiers dont vous teniez les rênes dans vos mains.

Car je croyais en vous, que nul n'a su connaître !
Source au modeste flot qui dans l'ombre a coulé,

18

J'ai vu vos profondeurs, et vous fûtes mon maître :
Tous mes doutes fuyaient quand vous aviez parlé.

Dieu vous donna le sens des clartés éternelles;
Jamais, idée ou fait, vous ne jugiez en vain ;
Tandis que nous errions dans les choses mortelles,
Vos yeux, à travers tout, allaient droit au divin.

De la sphère idéale où vous viviez d'avance
Pour moi vous revenez; et, comme aux anciens jours,
Vous m'en communiquez aujourd'hui la science ;
Vous rallumez ma foi du feu de vos discours.

Et longtemps nous restons assis près des fontaines ;
Nous allons sur la mousse et le gazon nouveau,
Méditant de savoir, dans les luttes humaines,
Réaliser le bien et contempler le beau.

Mais trop tôt, étouffant la voix dont je m'enivre,
Un bruit d'hommes s'élève et nous a séparés,
Moi pour aller mourir, et vous pour aller vivre
Dans ces mondes d'amour au sage préparés.

III

Je le sais, votre part, sans doute, est la meilleure ;
Mon esprit dort encor, le vôtre eut son réveil ;
Cette vie est mauvaise... et pourtant je vous pleure,
Vous qui ne verrez plus les fleurs ni le soleil!

Grande âme à ses amours avant l'heure arrachée,
Onde pour nous tarie avant les jours d'été,
Fort ouvrier laissant l'œuvre à peine ébauchée,
Harmonieux oiseau mort sans avoir chanté !

Peut-être en te pleurant je gémis sur moi-même,
Resté seul dans la lutte où tu viens d'expirer;

Mais les décrets de Dieu sont sacrés pour qui t'aime,
Et, plein de ton esprit, je les dois adorer.

Comme tu le serais, je suis fort dans mes larmes ;
Je garde ta doctrine, et ta foi m'agrandit ;
En de mâles adieux tu me lègues tes armes ;
Ta voix parle, j'entends ; voici ce qu'elle dit :

« Frère ! si Dieu te laisse ici-bas seul et triste,
C'est que l'homme nouveau dans ton cœur n'est pas né ;
La main de la douleur, cette sublime artiste,
Au gré du maître encor ne t'a pas façonné.

» Dans la sphère où je monte avant que de me suivre,
Il te reste à livrer de plus rudes combats ;
Ce n'est que pour lutter que tu dois encor vivre,
Et les adversités ne t'épargneront pas.

» Il te faut, comme moi, prendre la voie étroite ;
L'ombre abonde et les fleurs sur la route du mal ;
Celle où tu marcheras, plus âpre, mais plus droite,
Mène par le désert plus près de l'idéal.

» Tu porteras le poids de ton cœur solitaire ;
Déjà ton front penché se dépouille et pâlit ;
Nul œil ne sourira près de ta lyre austère,
Et la seule insomnie habitera ton lit.

» Jamais tu ne verras un champ dont tu sois maître
Se couvrir à ton gré de rameaux ou d'épis ;
Et jamais en des bois plantés par un ancêtre
Tes bras ne berceront des enfants assoupis.

» Sans même que l'oiseau pour son nid les recueille,
Tu verras, sous les pas de l'homme indifférent,
Tes stériles chansons s'envoler feuille à feuille,
Et jusqu'aux mers d'oubli couler dans le torrent.

» Le monde tient pour vils les objets de ton culte ;
Il cherche d'autres biens qu'un son mélodieux ;
Tu n'auras rien de lui qu'ironie et qu'insulte...
Toi, ne le maudis point ! sois fidèle à nos dieux.

» Passe au milieu de lui sans haine et sans murmure :
La sagesse est amour : mais garde la fierté ;
Que ton front de l'orgueil porte la noble armure,
Et pour trésor au moins choisis la liberté.

» Marche inflexible au but, je t'ai tracé la route ;
Mon esprit vit en toi, suis ce guide sacré ;
Songe, en te relevant dans tes heures de doute,
Que, de près ou de loin, pour toi je combattrai !

IV

Partout ainsi, partout son ombre m'accompagne ;
Sans cesse à mes côtés je l'entends, je le vois,
Tel qu'il me dit adieu du haut d'une montagne,
Sans le savoir, hélas ! pour la dernière fois !

Par l'amitié conduits sur un sommet auguste,
Exempt des bruits du monde et par Dieu visité,
Nous habitions tous deux dans la maison d'un juste,
Et trouvions dans son cœur une hospitalité.

Là, tout penser grandit, tant cette cime est haute.
Dans les bois solennels nous allions, tour à tour
Écoutant la nature, ou l'âme de notre hôte,
Homme entre tous choisi pour enseigner l'amour.

Là, nous avons vécu de divines journées,
Parlant des vérités et des biens éternels ;

De célestes lueurs nous y furent données :
La sagesse descend dans les cœurs fraternels.

Vous aviez vos desseins sur nos dernières heures,
Seigneur ! en nous menant vers ces sommets bénis !
Sans doute, ainsi tous trois vers des sphères meilleures,
Un jour, en votre nom, nous serons réunis !

Je partis le premier, rappelé dans les villes ;
Et lui, pour prolonger notre cher entretien,
Me suivit jusqu'au bout de ces forêts tranquilles ;
Et son bras ne pouvait se détacher du mien.

Il nous fallut enfin rompre la douce chaîne.
Alors restant, malgré le soleil lourd et chaud,
Debout au bord des pins, et tourné vers la plaine,
Il me voyait descendre et me parlait d'en haut.

Longtemps, sur ce trépied de mousse et de bruyère,
— Cette image à jamais vit dans mon souvenir, —
Je l'aperçus baigné d'une ardente lumière,
Tenant son bras levé comme pour me bénir.

Et Dieu m'a retiré cette main forte et pure,
Ce rayon tout-puissant qui m'aurait rajeuni !
Dans ces bois, altérés de ton souffle, ô nature !
Nous n'irons plus tous deux respirer l'infini.

Seul je vous cherche encor, désert, forêt divine !
Chaque arbre y fait surgir son ombre à mon regard ;
De chaque émotion qui gonfle ma poitrine,
A son esprit, là-haut, je fais monter sa part.

Et toi, tu la reçois, n'est-ce pas, ô chère âme?
Ces brises, ces parfums des pins mélodieux,
Cet horizon qui roule un océan de flamme,
Tu les sens par mon cœur et les vois par mes yeux.

Eh bien! j'irai souvent, pour te faire une offrande,
M'imprégner des rayons et des bruits des sommets;
Et prier dans ces bois, dont la paix est si grande,
Et qu'il est bon d'aimer, puisque tu les aimais!

LIVRE DÉTACHÉ

I

FAUSTA

POËME

A MON AMI JOSEPH AUTRAN

I

Dans l'écho des ravins, ton nom, par intervalles,
Liberté! vient répondre au sifflement des balles;
C'est le cri des vaincus qui vont mourir pour toi,
Et leur dernier soupir atteste encor leur foi.

Vas-tu, dans leur tombeau, dormir ensevelie,
Seule beauté que Dieu refuse à l'Italie,
Muse qui pourrais seule, en un digne réveil,
Achever sur son front l'œuvre de son soleil,
Liberté? Le Teuton, dans sa morne insolence,
Sur la terre des arts plante à nos yeux sa lance;
Et nous, ici, tout près d'absoudre le destin,
Ne sentons pas frémir notre vieux sang latin!

18.

Italie, oh ! pardon ; le poète est sans arme,
Mais il t'aima d'enfance et t'offre cette larme,
Il se doit aux vaincus ; à tes nobles revers
Laisse-moi consacrer l'obole de mes vers.

Près de ce lac heureux d'où l'œil charmé regarde
Fuir jusqu'à l'Apennin la campagne lombarde,
Ils tombent vaillamment, tous ces fiers insurgés ;
Leur dernière cartouche, au moins, les a vengés.
Maintenant, viens, ô Mort ! et sois leur prompt refuge ;
Viens des mains du soldat, moins cruel que le juge ;
Viens ! épargne au vaincu les lenteurs du bourreau
Ou l'infernale nuit du « *carcere duro.* »

Vers les flots, à travers le taillis qui surplombe,
Sanglant, Marco se traîne ; il veut cacher sa tombe.
Moins fier, pour mourir libre et tromper le chasseur,
Le loup, blessé, des bois sait gagner l'épaisseur ;
Les chiens flairent en vain l'herbe que son sang mouille,
L'homme avide et cruel n'aura pas sa dépouille.
Mais ton corps s'affaissant tombe, et bien loin du bord.
Est-ce enfin, ô proscrit, le repos de la mort ?
Ah ! son sein brûle encor du feu de la pensée,
Plus rongeur que la balle en sa chair enfoncée.
Il souffre tous les maux si longuement soufferts ;
Il voit sa mère en deuil et sa patrie aux fers.
Le délire lui rend toute sa sombre histoire,
Tous ses efforts trompés, tous ses travaux sans gloire,
Et ressuscite au cœur du soldat, de l'amant,
Les douleurs qu'on avoue... et le secret tourment.
Car à tous les amours, sous ce ciel, à cet âge,
L'âme, sans s'appauvrir, se donne et se partage ;
Et parfois un sourire, y réveillant l'honneur,
Jette à la liberté son plus fier défenseur.

Mais tandis que la mort, qu'il espère et qu'il presse,
Dans les flancs du proscrit lutte avec la jeunesse,
La nuit descend, la nuit d'un beau jour de l'été;
Elle éclaire le lac d'un reflet argenté,
Près des flots étoilés, dans la forêt plus sombre,
Elle étend sur Marco le voile de son ombre,
Et verse avec l'air pur, soufflant des monts Alpins,
Dans le sang du blessé la saine odeur des pins.

II

En son fort, dont le lac a verdi la muraille,
Herman, le pâle chef, vainqueur dans la bataille,
Rentre, et dans la grand'salle aux ténébreux arceaux,
A la hâte il suspend son épée aux faisceaux.

Son épouse, au métier assise à sa fenêtre,
N'a pas jeté sa laine en le voyant paraître;
Son bras au cou d'Herman ne s'est pas attaché;
A peine sur son front, qu'elle garde penché,
Laisse-t-elle poser, sans émoi, sans attente,
Le baiser qu'elle glace à la lèvre hésitante.
Debout devant Fausta, le chef aux cheveux blonds
Sur ce marbre sans voix fixe des yeux profonds;
Et, retenant l'essor d'un amour qui le tue,
Contemple avec douleur l'orgueilleuse statue,
Ce front dont le dédain soumis cruellement,
S'offre en docile esclave à sa lèvre d'amant.

Pour arracher un père à sa prison germaine,
D'un hymen sans amour Fausta subit la chaîne;
Sauvant le cher captif qu'elle n'a pu venger,
Elle accepta le nom de ce chef étranger.

Mais dès que cette main voulut serrer la tienne,
Le remords souleva ton âme italienne ;
L'époux est à tes pieds amoureux et craintif :
L'Allemand n'a rien fait que changer de captif !
Ses soins n'ont pu fléchir la fille ardente et forte
Dont le cœur s'est livré comme une rançon morte.
Bientôt le noir soupçon, vainement repoussé,
Fait au maître un tourment des ombres du passé.

Fausta, dans cet exil qui cache leurs blessures,
Emportant sa froideur, suit l'époux sans murmures.
Docile avec orgueil, elle a bientôt quitté
Milan et les splendeurs de la belle cité.
Qu'importe à ce cœur fier un plaisir qui s'envole?...
Mais peut-être qu'il garde une secrète idole?

Dès lors en ces vieux murs, durant les longues nuits,
La sombre voix du lac a bercé leurs ennuis.

Or, depuis que le chef a tiré son épée,
Qu'au sang italien cette main s'est trempée,
Attestant de deux cœurs le morne désespoir,
Un plus mortel silence a glacé le manoir.
Car, plus haut que l'amour et tes rêves de femme,
Fausta, ton cher pays règne sur ta grande âme.
Résignée aux douleurs de ce fatal hymen,
Quand tu vois dans l'époux l'usurpateur germain,
Tes yeux lancent la flamme, ô noble enfant du Dante,
Et ton indifférence éclate en haine ardente.

III

Une barque apparaît sur le lac rougissant ;
On croirait voir glisser, aux feux du jour naissant,

La conque où se balance une vierge marine
Sur l'écume des flots moins blancs que sa poitrine.
La rame dans son vol trahit un bras nerveux ;
Des aiguilles d'argent parmi de noirs cheveux,
Le tissu transparent du voile noir qui flotte,
Annoncent qu'une femme en est l'adroit pilote.

C'est Fausta : sur les flots, au fond des bois amis,
Des rêves non troublés lui sont au moins permis.
L'époux, loyal et fier, respecte ces retraites ;
Elle y va s'enivrer de ses peines secrètes,
Ou sur d'âpres sentiers cherche, en sa sombre ardeur,
A fatiguer son corps pour endormir son cœur.
Elle choisit le bord des périlleux abîmes.
A l'ombre des sapins, sur la neige des cimes,
Souffle un air froid et pur qu'elle aime à respirer ;
Sa lèvre y puise en vain sans s'y désaltérer.
Car, ô vents, ô forêts, ô musique profonde,
O parfums du désert, ô frais soupirs de l'onde,
Nature où l'infini flotte de toute part,
Vous ne sauriez remplir l'âme autant qu'un regard !

La barque au tronc d'un saule est, là-bas, attachée.
Dans les taillis, Fausta monte à demi cachée ;
Sans choisir un sentier entre les chênes verts,
Elle marche au hasard. Tout à coup, à travers
Les branches dont ses mains écartent la barrière,
Un homme est aperçu, sanglant, sur la bruyère.
Des cheveux noirs, un simple et sombre vêtement...
C'est un frère tombé sous le fer allemand !
Son souffle gémissant atteste encor la vie ;
Dieu ! sauvez ce soldat, ce fils de l'Italie !
Sur lui Fausta s'incline à genoux. Mais pourquoi,
Pâle, écarter ainsi les mains avec effroi ?

On dirait, à la voir s'appuyant à cet arbre,
Sur le gazon des morts une vierge de marbre.
Un soupir de Marco la réveille et lui rend,
Dans un rayon d'espoir son courage expirant ;
Elle se lève et court. Là-bas, sous ces vieux aunes,
La maison du pêcheur a connu ses aumônes ;
Elle y vole ; elle a su, chez ces hommes obscurs,
Se créer des amis aux bras forts, aux cœurs sûrs.
Sa voix a fait bondir des serviteurs alertes ;
Ils montent, et bientôt un lit de branches vertes
A franchi l'humble seuil, et la flamme, au foyer,
Pour l'hôte au pied de glace est prompte à flamboyer ;
Il a repris ses sens après un court délire ;
Et le réveil de l'âme en ses yeux peut se lire.

<h2 style="text-align:center">IV</h2>

D'où vient cette pâleur cachant un vague effroi,
Ce regard concentré, jeune femme, et pourquoi
Saisir la rame ainsi, d'une main convulsive,
Quand tu pars les matins, providence attentive,
Portant la guérison au proscrit ? L'on dirait
Que ton pieux devoir n'est rempli qu'à regret,
Et que l'humble cabane où la pitié t'amène
Te garde un hôte, objet de terreur ou de haine.
Et cependant, Fausta, c'est un éclair joyeux
Qui colore ta joue et fait briller tes yeux,
Dès qu'au loin la maison du pêcheur, sous les branches,
Montre son toit de chaume et ses murailles blanches.

Et Marco, quand tu viens, ne te semble-t-il pas
Contre un péril tout proche invoquer le trépas ?
Il boit, comme un poison qu'on redoute et qu'on aime,
Les sucs réparateurs préparés par toi-même ;

Il tremble à ton aspect, à ton nom il pâlit ;
Pourtant, si tu parais au chevet de son lit,
Parlant, à ton insu, de ta voix la plus douce,
Ce fier désir de mort en son esprit s'émousse.

Bientôt sur le rivage, aidé par le pêcheur,
Il put venir des flots respirer la fraîcheur,
Et voir à l'horizon, où la vague étincelle,
Poindre en un sillon d'or la rapide nacelle ;
Puis, dans l'ombreux sentier, et chaque jour plus loin,
Il marche avec Fausta sans guide et sans témoin.

Mais, comme s'ils portaient quelque chaîne secrète,
Sur le bord des aveux chacun tremble et s'arrête.
Souvent l'un d'eux hésite en parlant du passé,
Et refoule en son cœur, subitement glacé,
Cette étrange terreur des l'abord ressentie ;
Ils se taisent ; Fausta sans retour est partie ;
Elle se l'est juré, c'est leur adieu ! Pourtant,
Le lendemain l'amène à Marco, qui l'attend.
« Si faible encor ! Sa vie est à peine sauvée ;
Fuir ainsi lâchement cette œuvre inachevée !
Non ! C'est moi qui, veillant aux abords du chemin,
Dois remettre à Marco son glaive dans la main. »

Et d'un pas moins timide, enfin, les causeries
Entraînent le blessé jusqu'au bout des prairies ;
Chaque jour l'attirant pour un plus long repos,
Un arbre plus lointain entend plus doux propos.

« Vous sembliez, disait-il, l'ange de la patrie
Posant un bras sauveur sur ma tête flétrie.
Vous m'apportiez la vie et je n'en voulais pas ;
Mais je la garderai pour de meilleurs combats.

Je le sais, la pitié que votre cœur s'impose
N'a vu dans le blessé que notre sainte cause;
Bien heureux qui tiendrait de la douce amitié
Cette vie et ces soins dus à votre pitié ! »

Et Fausta : « Dans ce temps fait pour des cœurs austères,
Occupés sans faiblir d'héroïques mystères,
Nous n'avons qu'un devoir, venger le sol natal.
Étouffons dans nos cœurs tout sentiment rival.
Non ! je ne voudrais pas amollir sous mes larmes
La main italienne à qui j'offre des armes. »

Ainsi vont leurs discours; et l'ombre des forêts
Les couvre au bord du lac de ses voiles discrets;
Ainsi fuit, goutte à goutte et d'une âme oppressée,
Leur parole, disant bien peu de leur pensée.

Et la rame tardive, aux murs du vieux château,
Plus lente chaque jour, ramène le bateau.
Debout, Herman l'attend. Le sombre capitaine
Rapporte son ennui de la chasse lointaine.
Le repas est distrait, bref et silencieux.
L'époux timide et fier, sans rayon dans les yeux,
Porte en un cœur profond cet amour qui le ronge;
Il souffre sans se plaindre et paraît vivre en songe.
Un peu d'ardent soleil manque à ce noble sang
Pour le faire éclater en un cri tout-puissant ;
Peut-être il eût parlé sous un regard plus tendre,
Et la céleste voix s'y serait fait entendre;
Mais ce regard sur lui jamais ne s'arrêta.
Qu'importent les secrets de cette âme à Fausta !
Qu'importe au prisonnier le trésor que recèle
Le mur sombre où se rive une chaîne éternelle !

V

Oh ! l'instant des aveux ! ce cri, ce mot furtif
Qu'éternise un écho dans le ciel attentif !
Mot qui tout bas murmure en tremblant sur la lèvre,
Ou gronde avec l'éclair et jaillit dans la fièvre ;
Triomphe de l'amour par un mot attesté ;
Pouvoir d'une syllabe où tient l'immensité !

Le lac d'azur et d'or, quand le vent se repose,
Reflète au loin des monts chargés de neige rose.
Fausta, Marco sont là, dans cette paix du soir ;
Baignés dans la nature, ils parlent sans la voir.

Et quel vague récit des songes de leur vie,
Quel rayon d'une flamme à ce beau ciel ravie
Emporta leur secret après tant de combats ?
Quel espoir les enivre ? Ils ne le savaient pas.
Leur âme a laissé fuir quelque rapide image,
Un accent plus ému vibre dans leur langage ;
Enfin l'aveu sacré part, et la chaîne d'or
A lié ces grands cœurs qui résistaient encor ;
Et jamais ni le temps, ni l'homme, ni Dieu même,
N'en briseront l'anneau fait d'un seul mot : Je t'aime !
Ainsi ce joug d'amour, qu'on méprisait hier,
S'impose, au gré du sort, à l'esprit le plus fier !
Si le dieu vous choisit, ou funeste ou propice,
Il faut que son mystère entre vous s'accomplisse.
Armez-vous de rudesse et bravez le péril,
Demandez vos vertus au plus lointain exil...
Le sort au but fixé tous les deux vous ramène.
Partis de la tendresse, et souvent de la haine,

On se trouve au chemin par où l'on crut se fuir,
Pour aimer quelquefois, mais toujours pour souffrir!

VI

« Tu partiras, Marco, je t'ai donné mon âme,
Mais ta vie est ailleurs qu'aux genoux d'une femme.
Je cède à mon pays ton cœur qui m'appartient.
Honte, en ces jours de guerre, à celle qui retient
Sur les coussins oisifs le fer de bonne trempe,
Et souffre qu'à ses pieds le lion dorme ou rampe!
Tu partiras sans moi; soyons forts, effaçons
De notre fier sentier l'ombre des vils soupçons.
Entre de pures mains une cause est plus belle;
Fils de la liberté, gardons-nous dignes d'elle.
Pars! mon cœur te suivra; rien n'a pu l'enchaîner,
Il reste, en sa prison, libre de se donner.
Mais pars! Fais au devoir une sublime offrande;
Du sacrifice obscur notre âme sort plus grande.
L'amour choisit nos cœurs dans ses nobles desseins,
Non pour les rendre heureux, mais pour les rendre saints.
Pars! Du joug étranger qu'une femme tolère,
Laisse-moi la douleur, gardes-en la colère.
Pars! Une autre maîtresse, en tes heures d'ennuis,
Seule a droit d'approcher de tes austères nuits,
De vivre aux yeux de tous, avec toi, sous la tente,
De briller à ton flanc comme une arme éclatante :
C'est la haine, ô Marco, la dernière vertu
Qu'il faille au moins sauver chez ce peuple abattu;
La haine, qu'on délaisse en ce temps misérable;
La haine, de l'amour compagne inséparable,
La haine qu'à ses fils, de son sein chaste et fier,

Doit verser l'Italie en aiguisant le fer!
J'accepte dans ton cœur ma place à côté d'elle;
Que notre double voix à ton œuvre t'appelle.
Pars! Mais cette blessure, hélas! qui saigne encor;
L'aigle voudrait en vain reprendre son essor.
Eh bien, pour quelques jours qu'il ferme encor les ailes;
Qu'il dorme sous l'abri de ces rameaux fidèles.
Reste au bord de ce lac, qui doit garder toujours
Le reflet triste et pur de nos saintes amours.
Tu me verras encor; je veux encor répandre
Dans ton sein douloureux mon souci le plus tendre,
Et goûter à tes pieds, ô mon noble vaincu,
Ces courts instants, les seuls où mon âme ait vécu.
Je suis sûre de nous; j'aime, et je me confie
Aux forces de l'amour, ce feu qui purifie;
Non, tu ne voudras pas me ravir la splendeur
Que l'image adorée emprunte à la pudeur.
Tu ne veux pas me rendre à moi-même avilie;
Moi qui suis pour ton cœur comme une autre Italie! »

VII

Un rocher qui surplombe, à quelques pas des eaux,
Et penche un front touffu couronné d'arbrisseaux,
Répand la clématite et la vigne sauvage,
En un large rideau traînant jusqu'au rivage.

Des soupirs, des sanglots, sous cet abri charmant,
Aux douces voix du lac répondent par moment;
Sous l'ombrage entr'ouvert que les zéphyrs balancent,
Des syllabes de feu se croisent et s'élancent;
L'un à l'autre jetés et se faisant écho,
Volent, dans l'air ému, deux noms: Fausta! Marco!

Perfides vents d'été! parfum des fleurs qui brûle,
Où le poison d'amour en poudres d'or circule,
Lit de mousse enivrant sous l'ombrage attiédi,
Plainte du flot plus tendre à l'heure de midi,
Murmures de la feuille et de l'aile affaissées
Qui, réveillant les sens, endormez les pensées;
Doux climat, si fatal aux desseins des grands cœurs,
Pourquoi répandez-vous ces divines langueurs?

Hier encor, cette voix, qui s'éteint dans les larmes,
Vibrait d'un accent fier comme celui des armes.
Tous les deux s'excitant aux plus mâles vertus,
D'un invincible acier se croyaient revêtus;
Et voilà que tous deux, sous le trait qui les blesse,
Ont trop bien reconnu leur humaine faiblesse;
Et, s'avouant vaincus dès le premier effort,
Maudissent le devoir plus cruel que la mort.
C'est vous qui du martyre aviez rêvé naguère,
Et vous iriez tomber d'une chute vulgaire;
C'est vous, nobles enfants! mais sur cet abandon,
Votre âge et le soleil jetteraient le pardon.

Ah! si la passion, toujours froide et sensée,
N'exaltait pas chez vous le sang et la pensée,
Quel autre enthousiasme, en des cœurs de vingt ans,
Ferait ce que n'ont pu l'amour et le printemps?
Et quel autre soleil, ouvrant des âmes closes,
Eût fait germer en vous l'ardeur des grandes choses?
Mais puisqu'un noble essor vous fit apercevoir
Les hautes régions où plane le devoir,
Votre amour y montant par un élan suprême,
Trouvera la vertu de se dompter lui-même.

Ombres des vieux héros qu'ils admiraient tous deux,

Descendez, ô martyrs, et veillez autour d'eux ;
A leur lèvre égarée arrachez ce calice ;
Faites parler bien haut la voix du sacrifice ;
Dans cette heure d'oubli, venez leur rappeler
Vos exemples fameux, qu'ils devaient égaler.
Et toi, qu'ils adoraient dans la blancheur des cimes,
Tu sais ce qu'ils ont dit à tes Alpes sublimes,
Et s'ils ont aspiré, libres du poids des sens,
Vers ce monde d'en haut, Esprit d'où tu descends !
Des lâches voluptés écarte d'eux les piéges,
Et sur leurs fronts brûlants verse tes chastes neiges.
Soyez bénis ! Fausta, dans un effort vainqueur,
A repris tout l'empire exercé sur son cœur,
Et, fuyant le péril où sa vertu chancelle,
Elle s'arrache et court vers l'agile nacelle,
Repousse d'un seul coup la grève, et déjà fuit
Dans un sillon rapide où le soleil reluit ;
Debout encore, agite une main convulsive,
Et jette avec un cri son adieu vers la rive.

VIII

Quels assauts de désirs l'un de l'autre ennemis
Dans ton grand cœur naguère au devoir si soumis !
Désormais, indocile à la tâche prescrite,
Contre un sang révolté ton âme en vain s'irrite ;
Tu frémis de sentir, Marco, tes yeux en pleurs,
Ton front rouge ou glacé de soudaines pâleurs,
Tes flancs brûlés de feux dont l'esprit n'est plus maître,
Et que ta sainte haine, hélas ! n'y fait pas naître.

Toute la nuit, sans trève, exaspérant son mal,
Il sentit dans son cœur gronder l'adieu fatal.

Le matin, comme un homme égaré dans ses rêves,
Il part, il court sans but, dans les bois, sur les grèves;
Il cherche avec l'espace à dévorer le temps;
Mais l'oubli pourrait seul abréger les instants.

Voici l'heure, à la fin, l'heure où la barque aimée
Apparaît, chaque jour, sur l'onde accoutumée;
Il interroge en vain cet horizon connu,
Le soleil s'est éteint sans que rien soit venu.
Et l'attente, plus longue au milieu des ténèbres,
Mêle aux cuisants désirs des images funèbres.
Pour la première fois, tout un jour sans la voir!
D'un retour, d'un pardon faut-il perdre l'espoir?
Mais peut-être un danger la retient? Il s'élance,
Le bateau du pêcheur le conduit en silence;
Et, pour montrer la route allumant ses fanaux,
Au loin le clair de lune a blanchi les créneaux.
Aux vitres du donjon des feux luisent dans l'ombre.
Marco s'approche, observe, arrêté sur l'eau sombre;
Pour mieux se dérober au soldat attentif,
Immobile il se couche en son étroit esquif.
Les fenêtres, bientôt, perdant leurs vives teintes,
Attestent le sommeil et les lampes éteintes;
Mais veillant seule aux flancs du manoir endormi,
Une chambre s'éclaire et l'amant a frémi...
C'est elle! pour la joindre et lui parler encore,
Pour cet adieu plus doux que ton exil implore,
Quels rêves, quels projets, hélas! sans horizon,
N'as-tu pas fait, Marco, sous sa morne prison!

Le jour seul, éteignant cette lampe qui veille,
Effaça l'ombre errante à la vitre vermeille;
Et le flot, jusqu'à l'aube, avec un long soupir,
Berça ton désespoir et ne put l'assoupir!

Tes fureurs, ô Marco, sous ces murs enchaînées,
Usèrent, cette nuit, le sang de dix années.

Mais le soleil levé rend le péril certain
Pour l'amant, le proscrit, ennemis du matin.
Marco fuit en longeant les sinueuses côtes ;
Un cap offrait l'abri de ses roches plus hautes ;
Il s'arrête, il y tient son esquif attaché ;
Et lui, sur le sommet, dans les genêts caché,
Mettant dans son regard son âme tout entière,
Du château plus lointain cherche à percer la pierre.
Quelque espoir lui revient ; car, c'est trop le punir ;
Pour un adieu suprême elle doit revenir !
Il attend ; c'est ici la moitié de la route
Jusqu'au toit du pêcheur. Il va la voir sans doute ;
Ce ciel joyeux le dit ; ces parfums, cet air pur
Pénètrent dans son cœur comme un présage sûr.

Mais au pied des remparts une barque... oh ! c'est elle !
Sur son blanc vêtement le soleil étincelle.
Beau lac, brise si douce et si lente à souffler,
Ah ! portez-la plus vite où son cœur veut aller !
Déjà du promontoire elle a doublé la ligne ;
Là, parmi les rochers, bassin fait pour un cygne,
S'arrondit une baie au lit profond et pur
Dont les bords verdoyants assombrissent l'azur.
La barque détournée à ce port se dirige.
T'a-t-elle deviné, Marco ? par quel prodige,
De si loin, en ce lieu ! ton cœur bat ; mais pourquoi
Lâcher ainsi la rame encor trop loin de toi,
Au milieu de cette anse ; et, dans la barque étroite,
Tout à coup se lever et rester ainsi droite ?
Elle écoute peut-être, à l'heure du réveil,
Elle invoque le dieu dont elle prend conseil,

Le dieu des profondeurs de cette eau pure et vaste,
Cet invisible amant qui la conserve chaste.
On voit qu'elle interroge un hôte habituel;
Nul effroi ne la trouble en son muet appel;
L'azur du flot est clair moins que ses yeux limpides,
Moins uni que son front sans ombres et sans rides;
Sa lèvre est de corail, et du frais Orient
Le ciel n'est pas plus rose et pas plus souriant.
A peine soulevé, son sein paisible exhale
Le facile courant de son haleine égale;
Blanche, immobile, avec un marbre on la confond.
Quel repos! en est-il un autre plus profond?
Un seul, et c'est celui que, d'un élan sublime,
Elle va demander, ô lac, à ton abîme!

Et la nappe d'azur, oscillant jusqu'aux bords,
D'un tombeau diaphane enveloppe son corps.

Brisant des flots émus la tremblante surface,
Un rapide plongeur fend l'onde sur sa trace.
Sous les plis orageux de leur vivant linceul
Deux hôtes dormiront, ô lac, ou pas un seul!
Veux-tu, les unissant dans ta demeure avare,.
Les y garder, afin que rien ne les sépare?
Pour un plus long hymen as-tu donc convié
Sur tes algues, ce couple à nos fleurs envié?
Non! tu veux nous les rendre, ô lac, et tu secondes
Les forces de l'amant qui lutte sous tes ondes.
Marco la reprendra! l'amour est aussi fort
Pour aider à mourir que pour vaincre la mort.
Plus prompt que l'alcyon, sur la vague écumante
Le plongeur reparaît rapportant son amante;
Par les cheveux noués à son bras triomphant
Il la tient élevée hors de l'onde qu'il fend,

S'élance, et, d'un effort suprème, en deux coups d'aile,
Sur le sable prochain retombe à côté d'elle.
Est-ce elle, est-ce un cadavre, ô lac, qu'il te ravit ?
L'oreille sur son cœur, Marco tremble.. Elle vit !

IX

« Oui, Marco, cet abîme où j'ai voulu descendre,
Du bonheur d'être à toi pouvait seul me défendre.
La vie est plus facile à fuir que tes baisers.
Un Dieu veille aujourd'hui sur nos cœurs apaisés.
Enlevée au tombeau, je dois te rester sainte.
Désormais je te parle et tiens ta main sans crainte;
Et si je faiblissais, après de tels aveux,
J'attends de toi l'effort qui nous sauve tous deux.
Oui, j'ai voulu mourir pour la vertu que j'aime;
Mais non pour m'en parer et triompher moi-même.
Tout est à toi, Marco, ma vertu, mon devoir;
Prends les, si tu le peux à tes yeux sans déchoir.
L'honneur, c'est toi! Sois grand. et je suis assez pure.
C'est toi qu'il faut garder sans chaîne et sans souillure.
D'un remords, d'un regret, dans la lutte où tu cours,
Je ne veux pas charger tes destins déjà lourds.
J'aime mieux de ma mort te laisser la souffrance,
Car elle peut au moins se changer en vengeance,
Et servir l'Italie et tes complots sacrés.
Il faut un chef austère à nos fiers conjurés.
Je te connais, Marco; ta pensée est trop haute
Pour qu'un furtif amour soit bien longtemps son hôte.
Je t'aime ainsi! pour toi, pour ta mâle grandeur,
Et veux servir ta gloire au prix de mon bonheur.
Tu m'aimes, je le sais; tes larmes sont loyales;
Mais tu m'aimes en homme, et j'ai bien des rivales.

19

L'honneur et la patrie et cettte ardeur d'exploits,
Tu les portes plus haut que l'amour... tu le dois !
Mais moi, qui garde aussi la haine héréditaire ;
Moi qui sais que l'amour aujourd'hui doit se taire,
Moi fille d'un soldat martyr de l'étranger,
Moi qui place avant tout l'Italie à venger,
Moi qui t'ai dit : Va, meurs, la liberté t'appelle !
Je ne puis partager ton cœur même avec elle !
Pour ma vie et mon sang dépensés à t'aimer,
Il me faudrait tes jours, ton âme à consumer.
Ne crains rien ; cette ivresse où s'éteindrait ta gloire,
Aux lèvres de Fausta n'espère pas la boire.
Je vivrai loin de toi ; cependant je vivrai,
Ton repos le commande et je te l'ai juré.
Pars donc ! sans redouter qu'un tombeau volontaire
Enchaîne ta pensée avec moi sous la terre.
Tu ne laisses, ici, ni spectres ni remords ;
Mais un cœur désormais au-dessus de la mort,
Qui vivra de ta vie, et, dans sa foi plus ferme,
Des douleurs, sans les fuir, veut attendre le terme ;
Qui te suit dans la lutte où vous allez rentrer,
Et qui, demeuré pur, a le droit d'espérer. »

Tels furent leurs adieux, ou plutôt leurs paroles,
Celles qu'on peut traduire avec des sons frivoles.
Quels mots reproduiraient l'éloquence des yeux,
Et sauraient de l'amour peindre les vrais adieux?

Il partit ; ce qu'en lui de vertu mieux trempée,
De vaillance à porter sa haine et son épée,
D'ardeur plus invincible à servir son pays
Mettra l'orgueil sacré des devoirs obéis...
Tu le sais, et toi seule, ô mère de la Force,
Toi qui des voluptés foules aux pieds l'amorce,

Et, gardant un sang pur aux générations,
Fais croître et fais fleurir les grandes nations ;
Toi par qui la jeunesse est longue au cœur de l'homme,
Toi, Pudeur, qui veillais aux grands siècles de Rome !
Qui des lits nuptiaux, sous tes yeux restés saints,
De ses héros de bronze as tiré les essaims ;
Toi qui des bras guerriers durcis les nobles fibres,
Toi qui seule maintiens ou fais les peuples libres,
Vertu des vieux Latins dans leurs jours triomphants,
Tu le sais ; viens l'apprendre à leurs derniers enfants !

X

L'ombre d'un bois, tombant du coteau sur la grève,
Abrita des adieux l'heure cruelle et brève.
Après qu'ils sont partis, et l'amante et l'amant,
Un homme du taillis s'éloigne lentement,
Sous ses longs cheveux blonds pâle, un orage interne
Trouble l'azur vitreux de son œil fixe et terne ;
Il semble ne pas voir et marcher dans la nuit ;
A son morne flambeau quel rêve le conduit ?

C'est Herman. Dans cette ombre, à midi rare et douce,
Le chasseur s'endormait affaissé sur la mousse,
Mais une voix connue a fait fuir le sommeil.
Quelle affreuse lumière a glacé son réveil,
Quand le fatal secret, qu'il ne veut pas entendre,
Dans la paix de son doute est venu le surprendre !
Lui qui rêvait encor de la fléchir un jour !
Pure, mais à jamais brûlant d'un autre amour !
Plus d'espoir ! c'est bien là sa fierté surhumaine,
Fidèle à sa pudeur, mais fidèle à sa haine !

Quel penser de pardon, de vengeance ou d'oubli,
Demeure au cœur d'Herman sourdement établi ?
Nul n'entendra le son de cette âme incomplète
Qui tient comme l'amour la colère muette.
A peine une pâleur sur son front, dans ses yeux,
Trahit des passions le choc silencieux ;
Et, quand la foudre au fond peut-être le ravage,
Jamais l'éclair n'a lui pour révéler l'orage.

XI

Le sang de tes enfants, encore infructueux,
Va tremper de nouveau la terre des aïeux ;
Ceins ton front de lauriers pour cette auguste fête,
Et rends gloire, Italie, à leur noble défaite !
Sur ton vieux Capitole avant de remonter,
Par plus d'un jour pareil il faut le mériter,
Et ne pas te lasser, patiente nourrice,
D'enfanter des martyrs aux honneurs du supplice.
Oui, vous mourrez vaincus, dans l'exil, dans les fers ;
Le gibet vous attend, frères, soyez-en fiers !
Votre sang généreux, que l'étranger prodigue,
Doit couler sous ses mains jusqu'à rompre la digue.
Donnez, donnez toujours de ce sang pur et fort !
La liberté naîtra de quelque illustre mort.

Dans le pays lombard, près de ces eaux si belles,
Où l'on rêve de paix, de fêtes éternelles,
Où l'âge d'or naîtrait avec la liberté,
Près de ce lac riant par l'amour habité,
D'un sacrifice humain se prépare l'offrande.
Des glorieux vaincus voici la noble bande ;
Calmes et le front haut, tels qu'on aime à les voir,

Les stoiques martyrs du droit et du devoir.
Autour d'eux les soldats, stupide multitude,
Marchent à rangs pressés et font la solitude.
Pour contenir les flots d'un grand peuple insoumis,
Un rempart s'est dressé d'escadrons ennemis :
Herman en est le chef. Toujours pensif et triste,
Il semble absent de l'œuvre à laquelle il assiste,
Et son regard errant, ou vaguement fixé,
Sur ceux qui vont mourir s'est à peine abaissé.
Son corps abandonné se balance et se ploie
Aux pas lents du cheval, et son panache ondoie
Sur son cou fléchissant. Le long convoi de mort,
Dirigé vers le lac, s'arrête près du bord
Où s'étend une plaine à la pente adoucie.
Là, sur un fin limon, meurt la vague amincie ;
Et, quelques pas plus loin, sort du milieu des eaux
Une épaissse forêt de grands joncs, de roseaux.

Le groupe des martyrs, soldats au fier visage,
Docile et méprisant s'est rangé sur la plage.
Ils sont jeunes et beaux, hélas! ceux qui mourront ;
Au milieu d'eux, Marco les dépasse du front.
La plaine exhale au loin des odeurs printanières ;
Son doux pays lui fait ses caresses dernières ;
Avec l'ardent regard du ciel italien,
Son œil pleins de rayons semble échanger le sien.

Salut, Marco ! les chefs ont éloigné la foule ;
Ils étouffent ta voix sous le tambour qui roule
Mais, parlant par tes yeux en cet instant sacré,
Ton cœur sur ton visage en éclairs s'est montré.
Pour rallumer l'honneur aux âmes langui-santes,
Un rayon suffirait de tes flammes puissantes.
N'est-ce pas, de ce monde il est doux de partir,

19.

Sûr qu'on est aimé d'elle et fier d'être martyr ;
A tous les dieux du cœur gardant sa foi certaine,
Et doublement vivant par l'amour et la haine !
Heureux qui, plein d'espoir, fort et jeune lutteur,
Apporte une âme intacte au fer libérateur ;
Et meurt, même vaincu, même en butte à l'insulte,
Mais sans avoir douté des objets de son culte !
Son sang, quoique ignoré, ne sera pas perdu ;
Il ne voit pas, avant le triomphe attendu,
Des générations dans la fange accroupies
Renier ou salir ces saintes utopies ;
Et, dans son propre cœur, avant la fin du jour,
Il ne sent pas tarir la pensée et l'amour.
Son temps d'épreuve est court : quand la balle le frappe,
Prompte ainsi qu'elle, au but l'âme en un vol s'échappe.
Là-haut sur son pays, il voit, dès ce moment,
Briller le jour lointain de l'affranchissement,
Et sourire en ses bras, fraîche comme une aurore,
Sa fiancée en deuil, qui, chez nous, pleure encore.
Voilà ce que la mort a d'extase à donner
Au martyr dont le front commence à rayonner.
Mais si tu crois qu'au seuil d'une tombe héroïque,
Une larme en coulant ternisse un nom stoïque,
Si tu veux, ô Marco, retenir par orgueil
Cette perle du ciel qui tremble dans ton œil...
Il fallait de ta mère écarter la pensée,
Oublier ton amante à sa prison laissée,
Et, près de ton cercueil, ne pas les voir du cœur
S'éteindre et longuement mourir de leur douleur.

Le fer a retenti des armes qu'on apprête,
Et, distrait de son rêve, Herman lève la tête ;
L'indifférent regard que son œil promenait,
Sur le front de Marco tombe ; il le reconnaît...

De quel pli de son cœur sort cet éclair rapide,
Le premier dont rougit ce front terne et livide?
Ce sursaut que le mors imprime a ton cheval,
O chef, est-ce d'un lâche ou d'un noble rival?
Est-ce un bouillonement du sang ou de la boue?
Le fusil des soldats déjà touche leur joue ;
Toi, tu couves Marco sous le même regard;
Ta lèvre étrangement se plisse... le feu part!
Et, pour s'offrir à lui soudainement dressée,
Dans les touffes de joncs où sa barque est glissée,
Comme un oiseau plongeur qui lève enfin le cou,
Grande et blanche, Fausta se montra tout à coup,
Et, sur son large sein qu'un noble orgueil enivre,
Elle a reçu sa part du plomb qui les délivre.

Elle est encor debout dans sa robe de lis,
Tandis qu'un flot de pourpre en inonde les plis.
Avec son premier sang et sa suprême flamme,
Marco! ce nom jaillit et précède son âme.
Tombant sur les genoux et les bras étendus,
Elle a vécu pour voir ses adieux entendus,
Et son amant couché sur la fatale grève,
Et cette chère main, qui vers elle se lève,
Semble chercher la sienne, et sur l'étroit canal,
Se balance et s'affaisse en un dernier signal.

Mais entre ces deux cœurs tout obstacle s'efface,
Car la mort vient entre eux d'anéantir l'espace;
Et, loin d'un monde esclave, unis selon leur vœu,
Ils s'aiment librement dans les jardins de Dieu.
Quelle terre a gardé leur cendre et leur mémoire?
Qu'importe, ô jeunes gens oublieux de la gloire!
Laissez leurs noms, leur cendre au vent se disperser,
Si vous n'avez pour eux que des pleurs à verser.

II

A LA PROVENCE

Puisque assis au foyer de tes chaudes collines,
J'en ai bu les parfums dans l'or de ton soleil,
Puisque tes pins, touchés par les brises marines,
Bercent si doucement mon rêve ou mon sommeil;

Puisqu'en me réchauffant, comme eût fait une mère,
A ton hôte engourdi tu rends force et gaîté,
Je dois, en mes adieux, selon le vieil Homère,
Payer d'une chanson ton hospitalité.

N'es-tu pas, à l'égal de la blonde Ionie,
Riche de l'olivier, de la vigne et du miel;
N'offres-tu pas, comme elle, aux pinceaux du génie
L'azur au bord des mers, la pourpre au fond du ciel?

A l'abri de tes caps ruisselants de lumière,
Heureux de contempler des horizons connus,
Les fils des Phocéens, debout sur leur galère,
Dans le golfe natal se croyaient revenus.

Tes coteaux verdoyants sous le myrte et l'acanthe,
Pareils aux coteaux grecs en ont reçu les noms ;
Et tes rochers de marbre à la cime éclatante
Semblent faits pour porter aussi des Parthénons.

Sous ton ciel, qui des mers enflamme l'étendue,
D'Athène à Sunium on croit errer encor ;
La Muse ionienne est chez toi descendue ;
Elle vient m'y parler devant les îles d'Or.

Elle habite à jamais ton rivage, ô Provence !
Elle y donne à tes fils, comme aux Grecs leurs aïeux,
Le fleuve du parler et la vive éloquence,
Et l'âme qui s'épanche à flots mélodieux.

Comme l'huile et le vin coulent de tes amphores,
Tes chantres, à ton ciel empruntant ses couleurs,
Sèment, à pleines mains, les riches métaphores :
Leurs faciles chansons naissent comme tes fleurs.

Ton azur plus profond fait leurs ailes plus grandes.
Chez toi, sous ton soleil, le long des chênes verts,
Dans l'air tout embaumé de sauges, de lavandes,
J'ai senti de mon cœur voler mes premiers vers.

J'avais couvé longtemps, sous mon ciel incolore,
Mes pensers endormis par la morne saison ;
Dans ma terre natale ils germaient sans éclore :
Ta lumière a percé leur humide prison.

Depuis qu'à tes rayons j'ai vu s'ouvrir mon âme,
La neige et le brouillard n'ont pu la refermer ;
Quand mon corps s'alanguit et quand s'éteint ma flamme,
A ton foyer connu je viens tout rallumer.

Car tu m'as conservé des amitiés sacrées,
De chastes oasis habités à vingt ans,
Des souvenirs, pareils à tes cimes dorées,
Qui brillent, comme toi, d'un éternel printemps.

Sans y trouver de cœur ou de saison contraire,
Dans tes heureux jardins je fais d'amples moissons,
De poëte en poëte accueilli comme un frère,
J'échange avec tes fils mon cœur et mes chansons.

Tu fis naître pour moi, sur tes plages sereines,
Ce frère harmonieux, aux splendides couleurs,
Qui sait rendre à tes flots la voix de leurs sirènes,
Et l'accent de Virgile à tes bruns laboureurs.

Mêlant tous deux notre âme et nos rêves sans nombre
Dans ces chants alternés à la Muse si chers,
L'élégant Phocéen parle au druide sombre :
Moi je dis les grands bois, et lui les blondes mers.

Vers ton soleil, ainsi, lorsque je m'oriente,
Quand le morne brouillard étend chez moi son deuil,
La poésie en fleurs, l'amitié souriante,
Sous ton ciel sans hivers viennent me faire accueil.

En tes fleurs, ô Provence ! en tes fils que j'embrasse,
En tes mille vaisseaux voguant vers l'avenir,
En tes flots, en tes monts dentelés avec grâce,
A l'heure des adieux, laisse-moi te bénir.

Chez toi, sur ces sommets qui surplombent la grève,
Où le myrte jaillit du rocher qui se fend,
Je veux dresser ma tente... au moins j'en fais le rêve,
Car j'y devins poëte, et presque ton enfant.

III

BÉNÉDICTION NUPTIALE

SUR LA MONTAGNE

A MON AMI B. DE SAINT-BONNET

Ami, Dieu se complaît dans votre œuvre et dans vous;
Il vient de l'attester par un signe bien doux :
Il vous a fait connaître, il vous a donné celle
En qui, dès ici-bas, son sourire étincelle,
La main qu'il vous fallait, même à vous sage et fort,
Pour garder votre cœur du désir de la mort;
Et l'homme cette fois a, sans erreurs étranges,
Mêlé deux noms unis au livre d'or des anges.
Le prêtre vous a dit ces mots si pleins d'espoir;
Ces mots sacrés qui font de l'amour un devoir ;
Tandis que sur vos fronts, suivant l'usage antique,
L'amitié, par mes mains, tenait le lin mystique.

Oh! comme avec ferveur, dans l'auguste moment,
Mon cœur dardait sur vous tout son rayonnement!

Comme j'offrais au ciel, dans ma vive prière,
Pour la verser en vous, ma force tout entière;
Afin que, sans plier sous les dons du Seigneur,
Votre âme pût suffire à porter son bonheur!

Sur vous ainsi, de l'homme ou d'en haut descendues,
Les bénédictions à flots sont répandues.
Eh bien, pour consacrer et fêter votre choix
Il vous manquait, ô Maître, une sublime voix!
Pour parler à vos cœurs des amours infinies,
Dieu se réserve encor de chères harmonies ;
Car du mont paternel en sa tranquillité
Les forêts sur vos fronts n'ont pas encor chanté.
La nature vous doit son hymne nuptiale;
Or si jamais, s'ouvrant aux accords qu'elle exhale,
Mon âme a bien compris les chênes et le vent,
Voici ce qu'ils ont dit, Maître, en vous recevant :

Viens, montre aux bois joyeux l'ange que Dieu te donne,
    Et qu'attendaient ces monts.
Nous aimerons cette âme, où ton amour rayonne,
    Autant que nous t'aimons.

Notre été versera des ombres attiédies
    Sur ta nouvelle sœur;
Et chaque arbre pour elle aura des mélodies
    Pures comme son cœur.

Quand elle ira, le soir, à travers la bruyère,
    Formant quelque doux vœu,
Nos zéphyrs prêteront leur aile à sa prière
    Pour s'envoler vers Dieu.

Elle a, nous le savons, puisque tu l'as choisie,
    Un cœur pareil au tien ;

Aimant de la nature et de la poésie
        Le sublime entretien.

Nous la ferons parler à la Muse attentive
        Qui se cache aux déserts ;
Réveillant sous ses pas l'écho qui nous arrive
        Des célestes concerts.

Dans les genêts en fleurs, seule et toute au silence,
        Au coin des bois rêvant,
Elle entendra les airs qu'a chéris son enfance
        Dans le souffle du vent.

Nous saurons deviner sa plus douce chimère
        Et ses penchants secrets ;
Si bien qu'elle oubliera le pays de sa mère
        Dans tes chères forêts.

Puis tout, dans ces beaux lieux où ta chaste jeunesse
        Verdit sous notre loi,
Les sources, les rochers, les vieux chênes, sans cesse,
        Lui parleront de toi.

Nous avons recueilli, précieuses reliques,
        Les fleurs de ton printemps,
Larmes et cris joyeux, rêves mélancoliques
        De ton cœur de vingt ans.

De ces élans vers Dieu, vers l'amante éternelle,
        Nous n'avons rien perdu ;
Nos sommets ont gardé tous ses trésors pour elle,
        Tout lui sera rendu.

Ici, pas de sentier, de ravin et de cime,
        Pas de source et de fleur,

20

Qui n'ait reçu de toi sa confidence intime
De joie ou de douleur.

Rêvant déjà du ciel, tout enfant, sous ces hêtres
Tu venais te cacher;
Tu bâtis cet autel; les os de tes ancêtres
Dorment sous ce clocher.

L'amitié te faisait ses adieux pleins de charmes
Au bout de ce chemin.
Ce bois t'a vu sourire, et cet autre a de larmes
Mouillé ta forte main.

Plus celle qui t'est chère aimera nos retraites
Et vivra parmi nous,
Plus elle comprendra les merveilles secrètes
De ton cœur grave et doux.

Car ton âme puissante est faite à notre image;
L'ange de ce beau lieu
De notre intime séve a nourri ton jeune âge
Sous le regard de Dieu.

Si ton livre aux penseurs enseigne les mystères
De l'hymen des esprits,
C'est qu'en nos entretiens, sous ces forêts austères,
Tu les avais appris.

Ta main pétrit chez nous tes robustes ouvrages
Du granit des sommets,
De la moelle du chêne et du feu des orages
Qui ne dorment jamais.

Tout homme simple et droit, et dont le cœur écoute
Tes hauts enseignements,

Croit entendre parler sous la céleste voûte
    Nos vagues instruments.

Tu retrouvas chez nous le Verbe qui fait vivre
    Et que l'homme a banni;
Comme sur nos sommets on respire en ton livre
    Un souffle d'infini.

Car c'est la même voix que, sous nos grands ombrages,
    L'homme écoute en rêvant,
Et qui dans les cœurs purs et les âmes des sages
    A son écho vivant.

Viens! nous serons aimés par ta douce compagne
    D'un amour filial;
Viens, Dieu même a dressé sur ta chère montagne
    Votre lit nuptial!

Nos bois l'ombrageront de paix et d'harmonie.
    Restez-nous pour toujours;
Nous éterniserons l'allégresse infinie
    De vos saintes amours.

Vos cœurs, sur nos sommets, seront ce que nous sommes,
    Purs, sublimes et doux;
Car l'esprit du Seigneur, qui se perd chez les hommes,
    Se conserve chez nous.

Ta race est notre bien; il faut qu'elle renaisse!
    Sous ces bois triomphants,
Le souffle vigoureux qui forma ta jeunesse
    Bercera tes enfants.

Ils croîtront parmi nous libres d'indignes chaînes,
    De rêves amollis;

Nous voulons leur donner la vigueur de nos chênes,
    La candeur de nos lis.

Il faut qu'en les voyant jouer parmi le seigle,
    Groupe agile et hardi,
Le passant sache bien que dans le nid de l'aigle
    Leur couvée a grandi;

Et lorsqu'ils descendront dans l'humaine bataille,
    Levant vers Dieu le front,
Qu'on les juge tes fils à leur voix, à leur taille,
    Aux coups qu'ils frapperont.

Il faut des hommes forts pour soutenir encore
    Ce peuple qui s'en va,
Pour faire retentir comme un clairon sonore
    Le nom de Jéhovah.

Toi, dont la voix annonce aussi haut que la nôtre
    Le Dieu que nous chantons,
Lègue ton sang d'athlète et ton verbe d'apôtre
    A de fiers rejetons.

Sois donc béni par nous, et qu'elle soit bénie
    Cette fleur de l'été
Qui vient sur les hauteurs de ton mâle génie
    Fleurir en sa beauté.

Oui, ce sol est joyeux du bonheur de ses maîtres :
    Le clocher de granit,
La source et les buissons, les blés verts et les hêtres,
    Tout aime et vous bénit !

IV

A LYON

Si j'ai conduit, souvent, la Muse loin des villes,
Amoureux du désert et des sentiers secrets;
Si j'enlaçais, hier, dans mes loisirs tranquilles,
L'olivier de Provence au chêne du Forez;

Si j'ai trop écouté l'esprit des solitudes;
Si, des sapins neigeux aux myrtes toujours verts,
Errant parmi ces bois où j'ai mes habitudes,
J'ai perdu tant de jours et glané tant de vers;

Si l'oiseau, tout trempé de brouillard et de suie,
Cherche à baigner sa plume en un rayon vermeil;
Si pour verdir encore, après nos mois de pluie,
Mes chansons et mes fleurs ont besoin de soleil...

Ne croyez pas, amis, que sa douce lumière
Soit seule à m'apporter la vie et la chaleur,
Et que ma poésie, en sa séve première,
Soit le fruit du printemps... et non pas de mon cœur!

Je n'ai pas tout reçu de la verte nature,
Des champs et des forêts où je me plais encor,
De l'Alpe au front d'argent, à la noire ceinture,
Des jardins du soleil semés de pommes d'or.

Non ! je ne dois pas tout, ma pensée et mon rêve,
Même au sol des aïeux où j'ai tant fait moisson,
A ces bois où je vais, quand l'automne s'achève,
De la bise et du pâtre écouter la chanson.

J'entends aussi la Muse au pied des toits qui fument,
Autour des flots humains dans la ville endormis,
Dans ces murs où, pour moi, chaque hiver se rallument,
A défaut du soleil, tant de foyers amis.

J'y vois la poésie en sa fleur m'apparaître
Avec un brin de mousse au front de ce portail,
Avec la giroflée à cette humble fenêtre,
A cette vitre où luit la lampe du travail.

Je la poursuis, sans cesse, au bord de vos deux fleuves,
Je la trouvais, jadis, sous vos tilleuls en fleurs.
La Muse a pris sa part de toutes vos épreuves ;
Dans l'ombre à tous vos deuils elle a donné des pleurs.

Sur les pas de l'aumône, en sa douce visite,
Elle apporte un sourire aux plus sombres quartiers ;
Dans vos ardents faubourgs je l'entends qui palpite
Avec cent mille cœurs et cent mille métiers.

Souvent, à l'improviste, au détour d'une rue,
Un jour où l'air est plein de brume et de soucis,
Une vieille amitié, devant moi reparue,
Fait rayonner sa flamme en mes yeux éclaircis.

De vivants souvenirs partout m'y font escorte ;
La Muse à ses concerts les invite à jamais :
Je la vois, le matin, sortir de chaque porte
Dont j'ai franchi le seuil avec ceux que j'aimais.

Je la découvre, au son des cloches matinales,
A la lueur de l'aube et des cierges fumants ;
Partout sur vos coteaux comme dans vos annales,
Ses traits m'ont apparu, sévères ou charmants.

Là soupiraient les vers et le cœur de Louise ;
Ici venait prier et repose Gerson.
Le vieux temple d'Auguste a doté cette église
Des piliers où Bayard pendit son écusson.

C'est là qu'eut son autel et son ardente arène,
Là qu'a fleuri chez vous, pour y grandir encor,
Cette éloquence, accent d'une vertu sereine,
Qui vient de nous parler avec ses lèvres d'or.

Sous ce ciel vaporeux habité par la fée
Qui dans la paix du rêve endort la passion,
L'harmonieux Ballanche avec l'hymne d'Orphée,
Du prophétique Hébal chantait la vision.

Là-haut, Rome a laissé des noms et des ruines :
Le Christ inexpugnable y garde ses remparts.
La poésie, à flots, de ces saintes collines,
Comme la charité, descend de toutes parts ;

Elle y remonte avec l'encens de la prière ;
Elle entoure, à jamais, de rayons et de fleurs,
L'autel aérien d'où la divine Mère
Se penche nuit et jour sur toutes nos douleurs.

Des martyrs ont gravé, là-haut, votre épopée ;
Et, dans la plaine, au bruit du Rhône mugissant,
Aux lueurs de la bombe, aux reflets de l'épée,
J'ai lu tout un poeme écrit de votre sang.

Là, vers cette chapelle où le deuil nous rassemble,
Fiers, léguant aux bourreaux la honte et les remords,
Vos pères et les miens, qui reposent ensemble,
Vengeaient la liberté par d'héroïques morts.

Ainsi dans votre histoire errant comme l'abeille,
Sur vos grands souvenirs heureux s'arrêter,
Le poëte y moissonne et remplit sa corbeille...
Il y vient pour gémir, il y vient pour chanter.

Là fleurit pour mon cœur l'amitié sans épines ;
J'y trouve à m'appuyer au chêne, aux arbrisseaux.
J'ai poussé dans ce sol mes plus fermes racines ;
J'y tiens par une tombe et par quatre berceaux.

Là, j'ai connu la vie et le Dieu qui l'envoie,
J'ai goûté le calice à toute lèvre offert...
J'y tiens par la douleur, plus forte que la joie,
Et qui fait que l'on aime autant qu'on a souffert.

J'ai pris de vos penseurs, de vos maîtres mystiques,
Un idéal austère et caché dans les cieux ;
Vos échos, tout vibrants de la voix des cantiques,
Ont fait rendre à mes vers leur son religieux.

Quand la Muse a besoin, pour un jour de parure,
D'air vif et de soleil et de chaude couleur,
Elle demande, ailleurs, son luxe à la nature,
Mais elle a pris, chez vous, ses vrais biens dans le cœur.

Le cœur ! c'est la lumière et la moisson féconde,
C'est la source d'eau vive où l'on est rajeuni ;
Il t'offre, à toi, poëte, un monde, un vaste monde...
L'univers est borné, le cœur est infini.

V

UTOPIE

AU COMTE ALFRED DE VIGNY

I

Quand la lumière eut percé l'ombre
Des éléments tumultueux,
Quand l'homme apparut dans le nombre
De tes habitants monstrueux,
O Terre, ô puissante nature,
Dans cette infime créature
Qui te contemple avec effroi,
Dans ce dernier né de la fange,
Sous la brute as-tu senti l'ange,
O Terre, as-tu connu ton roi ?

Perdu dans son terrible empire,
Vois-le, seul en sa nudité ;

Tout le menace, et tout conspire
Contre sa frêle royauté ;
Sous ses pas le sol tremble et fume,
Un mont croule, un volcan s'allume,
La mer vomit les grandes eaux ;
Impur géant des premiers âges,
L'hydre, autour des longs marécages,
Souffle la mort de ses naseaux.

Un arbuste, un fruit sans défense,
Un insecte au venin subtil,
Tout cache à sa débile enfance
Quelque mystérieux péril ;
Que pourra sa main désarmée ?
D'ennemis la terre est semée ;
Vivra-t-il même une saison ?
Pour lutter avec la matière,
Pour vaincre la nature entière,
Quelle est sa force ? la raison.

II

Il pense, la nature est dès lors sa vassale ;
L'âme agite la masse inerte et colossale.
La pensée asservit le granit et l'airain.
L'esprit fait circuler la séve dans la plante,
Il déchaîne la neige ou la lave brûlante ;
Des éléments discords l'esprit est souverain.

Pensée, esprit, raison, c'est la force qui crée ;
C'est, après les six jours, la parole sacrée
Qui dit : c'est bien ! devant son ouvrage accompli.
La raison, c'est l'essieu sur qui tourne le globe,

C'est le germe des fleurs dont l'été peint sa robe.
Le souffle lumineux dont l'espace est rempli.

Dans l'univers, à flots elle s'est élancée ;
Et, sur la terre, elle a son siége en ta pensée,
Homme, sa voix te parle à toute heure, en tout lieu ;
Toi seul peux librement l'aimer et t'y soumettre ;
De l'aveugle matière elle te rend le maître ;
La nature obéit, car la raison c'est Dieu.

III

Va donc, esprit humain, dans cette arène immense,
Dieu même en toi soutient la lutte qui commence ;
A ton tour, imitant l'œuvre de ton auteur,
O fils semblable à lui, tu seras créateur !
Mais lui seul est sans borne en sa toute-puissance ;
Tu n'enfanteras rien qu'à force de souffrance,
Tu devras lentement prendre à Dieu ses secrets.
Patience et douleur, c'est la loi du progrès.

Ah ! que la terre a bu de sueurs et de larmes,
Depuis l'heure où contre elle un homme a pris les armes ;
Où ses chênes, vaincus pour la première fois,
Ont fait place aux cités qui germaient sous les bois ;
Où, du fer tout récent chargeant nos mains craintives,
La hache a fait trembler les forêts primitives,
Et de leur temple obscur crevé l'épais rideau ;
Où les leviers ont pu mouvoir le lourd fardeau
Des blocs cyclopéens redressés en murailles ;
Où la bêche a des champs entamé les entrailles !

Déjà les animaux servent l'homme, contraints

De prêter à nos bras la vigueur de leurs reins.
Bientôt tous tes pouvoirs, soumis l'un après l'autre,
Nature, contre toi, viendront en aide au nôtre.
Chaque jour, au travail l'homme courbe à son gré
Un être qu'en naissant il avait adoré.

C'étaient ses jeux d'enfants ! les nations adultes,
O nature, ont compris tes puissances occultes,
Et jusque dans tes flancs déchirés et meurtris,
Des fluides secrets le travail est surpris.
L'homme sait évoquer et copier la vie ;
Il enferme en des corps la force ainsi ravie,
Et désormais sans crainte, avec le feu fatal,
La main de Prométhée anime le métal.

IV

De quelle ambition plus haute
Peux-tu donc t'enivrer encor,
Homme, infatigable Argonaute
De l'éternelle toison d'or ?
Tes pères, sur leurs nefs rapides,
Ont déjà dans les Hespérides,
Dans les mystiques Atlantides,
Cueilli le fruit de l'inconnu ;
Ton cœur, que nul effort n'épuise,
Rêve un autre monde et méprise
Tous ceux dont il est revenu.

Le volcan rentre en sa caverne ;
L'hydre expire en son lit fangeux ;
Ton bras emprisonne et gouverne
Le cours des fleuves orageux.

Depuis les monstres d'Érymanthe,
Le lion, la louve écumante,
En vain la nature fermente,
Tu n'as point d'ennemis nouveaux;
Et cependant, pour ton Hercule,
Un désir infini recule
La borne des douze travaux.

Les vallons, la plaine assainie,
Roulent des flots d'épis pour toi.
Des caps lointains le vieux génie
Te voit passer avec effroi.
Les bois, ces voiles de la terre,
Les antres n'ont plus de mystère.
Ta maison couvre le cratère;
Et la colline au flanc divin,
Au lieu de cendre et de fumée,
Des prés, de la vigne embaumée
Fait couler le lait et le vin.

Avec des monts que tu déplaces,
Sur d'autres sommets, tous les jours,
Tes mains, qui ne sont jamais lasses,
Dressent les villes et les tours;
Sur leur cime démesurée
Tu lèves ta tête assurée;
Des astres la plaine azurée
S'abaisse au niveau de tes yeux;
Et si, pour te réduire en poudre,
Un dieu, là-haut, cherchait sa foudre,
Tu sais la dérober aux cieux.

Tu sais fabriquer un tonnerre;
A ton caprice, il frappe ou dort,

Et caché, du fond de ton aire,
Au loin tu promènes la mort ;
Le salpêtre que tu déchaînes
Fait, sur les montagnes prochaines,
Partir le granit et les chênes,
Voler Pélion sur Ossa ;
Au ciel, qui garde le silence,
C'est un nouveau Titan qui lance
Les rochers que l'autre entassa.

Sous terre, dans les lacs de soufre,
Tu plonges ton avide main ;
Les grandes mers n'ont pas un gouffre
Qui puisse barrer ton chemin ;
Au bout d'un horizon sans borne,
Où la nuit voile, en un ciel morne,
L'Ours, la Vierge et le Capricorne,
Ton vaisseau sait trouver le port,
Et tu vois ces nouvelles grèves
Vers qui se tournaient tes longs rêves,
Comme l'aimant se tourne au nord.

Plus haut que l'aigle et le nuage,
L'air léger que tu rends captif,
Comme une étoile qui voyage,
Berce dans les cieux ton esquif.
Tu perces d'une agile sonde
Du globe l'écorce profonde,
Et des premiers âges du monde
Tu ressuscites les débris ;
Jusqu'à la centrale fournaise
Tous les secrets de sa genèse,
Ta sagesse les a surpris.

V

Laisse enfin reposer ta pensée inquiète,
Homme, que manque-t-il encore à ta conquête ;
Tu perçois le tribut des éléments soumis,
Qu'exiges-tu de plus de ces vieux ennemis?

VI

« Je veux, prompt comme un dieu, sillonnant mon domaine,
Qu'un flamboyant coursier sans trêve m'y promène
Des sables du Tropique au glacier boréal.
Je veux, le même jour, suivre à ma fantaisie,
Sous le chêne d'Europe ou le palmier d'Asie,
Mon rêve où j'entrevois le soleil idéal.

Je me veux affranchir de tous travaux serviles ;
Je veux pour ouvriers, dans mes champs, dans mes villes,
Animer des métaux le peuple souterrain.
Avec mes lourds taureaux, mes chevaux, mes molosses,
Je veux à m'obéir dresser d'ardents colosses
    Au cœur de flamme, aux bras d'airain.

Puisque ici-bas mes jours, dont nul ne doit renaître,
Sont si courts pour aimer, pour agir, pour connaître,
Que l'œuvre plus rapide allonge les instants!
Je veux faire tenir dans une heure de vie
Un siècle tout entier du bonheur que j'envie,
Anéantir l'espace, éterniser le temps! »

VII

Tel est notre âge, épris de superbes pensées ;
Qui donc ose sourire et les dire insensées ?
Dieu seul peut mesurer la carrière à nos pas ;
L'Océan a son lit, notre âme ne l'a pas.

Prométhée a trouvé dans sa forge profonde
L'inflexible levier qui doit mouvoir le monde,
Et qui, par le secours de quelques gouttes d'eau,
Peut d'Atlas fatigué soutenir le fardeau.
Quel pouvoir, tout à coup, donne à cette eau paisible
Des poumons du volcan le souffle irrésistible ?
Ce n'est qu'un charbon vil, mais touché par le feu,
Et le feu c'est l'agent du soleil et de Dieu.

VIII

Le feu, le vrai nom, le symbole
De l'amour souverain moteur !
Il s'élance avec la parole
De la lèvre du Créateur.
Verbe qui rayonne et pénètre,
Dans l'espace à flots sème l'être,
Il est l'éternelle action,
Le feu, père de toute force,
Qui de ce globe ouvre l'écorce,
Élément de l'expansion !

La vie en flammes jaillissantes
Court sur la terre et dans les cieux,
Des sphères d'or retentissantes

Le feu fait tourner les essieux;
C'est l'amour du Dieu qui nous aime;
Il est sorti de son sein même,
Il a fécondé le chaos;
Il tira les cieux et la terre
Du fond de l'être solitaire
Dont l'esprit flottait sur les eaux.

Dès qu'à l'homme enfant le révèle
Du génie un heureux larcin,
Les arts dans la cité nouvelle
Arrivent en joyeux essaim.
C'est le feu qui métamorphose;
Il fait obéir toute chose,
Il donne une âme au corps grossier;
Du vase, à son toucher magique,
L'eau fuit d'un essor énergique
Et meut une forêt d'acier.

IX

Voyez! un homme encore, un ouvrier fragile
A fait vivre le fer comme autrefois l'argile.
Le ciel cède, à la fin, ses secrets au Titan.
De l'antre créateur la machine animée
     Sort plus rapide et mieux armée
     Que Mammouth et Léviathan.

Regardez, sans terreur, sous ses noires écailles,
Du monstre obéissant palpiter les entrailles;
Son cœur est un brasier béant comme l'enfer,
Et l'onde qui l'abreuve en vapeurs dilatée,
     D'une haleine précipitée
     Soulève ses poumons de fer.

Quel coursier chimérique et dévorant l'espace,
Quel dragon dans son vol, quel aigle le dépasse?
Soit que des longs rails-ways il suive les réseaux,
Ou qu'ébréchant les flancs des larges promontoires,
    Il fasse, au coup de ses nageoires,
    Une tempête sur les eaux.

Quand l'hydre aux mille anneaux dans les plaines rampante
Roule d'énormes chars un convoi qui serpente,
Lorsqu'au loin dans le ciel sa crête rouge a lui,
A sa masse, à son bruit de lave souterraine,
    On dirait un volcan qui traîne
    La chaîne des monts après lui.

Et le monstre, docile aux caprices de l'homme,
Se plie aux vils travaux de la bête de somme;
Naguère il poursuivait le mobile horizon,
Il va bientôt, aveugle et le mors dans la gueule,
    Tourner une incessante meule
    Dans l'atelier, morne prison.

Ou bien, près du cratère où la fonte s'allume,
De son bras de cyclope il fait sur une enclume
Bondir, à temps égal, les noirs et lourds marteaux,
Ou, puisant au milieu de la lave qui coule,
    Il sait dans les contours du moule
    Pétrir du doigt les durs métaux.

Il a tourné la roue et mû l'agile rame;
Sur le métier soyeux où l'écharpe se trame
Il conduit la navette; et des fibres du lin,
La vierge aux doigts légers, qu'à sa lèvre elle mouille,
    Sur le fuseau de sa quenouille
    Forme un fils moins souple et moins fin.

Avec Dieu même ainsi l'art humain rivalise ;
De l'homme et du destin la lutte s'égalise ;
Notre science engendre un être et le nourrit ;
Dans son creuset magique, au feu qui les amorce,
    Les charbons se changent en force,
    La matière devient esprit.

X

Quel penseur radieux, à l'aube de ses veilles,
Vit poindre le premier ces fécondes merveilles :
Quel nom de demi-dieu l'homme reconnaissant
Donnera-t-il au siècle à ces clartés naissant,
Et, pour un Panthéon où peu doivent descendre,
Quel peuple avec orgueil peut réclamer sa cendre ?
Italie est-ce toi, prêtresse du vrai beau,
Dont le soleil de Grèce alluma le flambeau ;
Sibylle aux longs regards qui des déserts de l'onde
Par les yeux de Colomb a vu surgir un monde ?
Allemagne ! ou bien toi, qui, dans les champs du ciel,
Cueilles la pure idée aux confins du réel,
Et dont le doigt profond creuse avec patience
Les puits mystérieux d'où jaillit la science ?
Ou toi, dont les métiers, prompts comme tes vaisseaux,
Travaillent jour et nuit défendus par les eaux,
Angleterre ? ou bien toi, dont le nom à ma bouche
Semble un souffle du ciel embrasant ce qu'il touche,
Toi, France, dont mes vers, en disant les grandeurs,
D'une lave sans fin verseraient les ardeurs ?

XI

Mais, dans la pacifique arène

Ouverte aux sages curieux,
Où l'humanité devient reine
De ces pouvoirs mystérieux,
Il faut que des mains différentes
A ces luttes persévérantes
Viennent s'appliquer tour à tour ;
Il faut, pour enrichir ce globe,
Des secrets qu'au ciel on dérobe,
Plus d'un seul peuple et d'un seul jour.

Ce hardi ravisseur qui dompte
L'onde et le feu comme un coursier,
Qui donne une âme souple et prompte
A ce monstre aux muscles d'acier,
Il n'est pas fils de l'Allemagne,
De la France ou de la Bretagne ;
Pour lui le temps n'est pas compté ;
Il est plus vieux que notre histoire,
De son vaste laboratoire
L'horizon est illimité.

Nul penseur, nul divin artiste
De l'âge qui naît aujourd'hui
Ne peut, dans sa gloire égoiste,
Revendiquer le nom pour lui.
Ce sage, à la foi longue et ferme,
Qui découvrait hier le germe
Pour le faire éclore demain,
Il habite, en sa longue étude,
De l'une à l'autre latitude,
Il se nomme l'esprit humain !

XII

Fils de l'homme, c'est bien ! la nature est soumise ;
Ta liberté grandit des forces qu'elle y puise.
Un nouveau serviteur, docile et tout-puissant,
Fait passer sous ton joug l'univers frémissant ;
Et l'inerte matière, en te livrant sa flamme,
Augmente à ses dépens le domaine de l'âme.

Quand ton coursier s'élance à ton signal, ô roi,
L'espace t'appartient et le temps est à toi ;
Tu vas, et des rochers ton front perce les bases,
Tu remplis les vallons des sommets que tu rases,
L'éclair traîne ton char, la foudre est dans tes mains ;
Homme, que feras-tu de ces dons surhumains ?

XIII

Dans le fer des leviers quand l'âme semble entrée,
De ton cœur endurci s'est-elle retirée ;
Faut-il voiler la lyre et les autels en deuil ?
Ces ouvriers d'airain, qu'un feu pur a fait naître,
Ne vont-ils préparer des loisirs à leur maître
Que pour remplir ses jours de luxure et d'orgueil ?

Des éléments vaincus as-tu fait tes complices,
Pour mettre leur armée aux ordres de tes vices ?
Sous le joug de la chair, à ton tour, tu descends.
Dieu ne t'a-t-il donné la ferme de sa vigne,
Que pour t'y voir cueillir, ô serviteur indigne !
    La vendange impure des sens ?

XIV

La richesse, à flots entassée,
S'accroît dans tes mains chaque jour ;
Mais sera-t-elle dispensée
Par l'égoïsme ou par l'amour ?
Verrons-nous, les croyant bannies,
L'injustice et les tyrannies
Dans nos foyers rentrer plus tard ;
Des fruits de la terre promise
Que tant de douleurs ont conquise
Le pauvre obtiendra-t-il sa part ?

Verrons-nous une ère avilie,
Un siècle avare et sans essor
Où toute grandeur s'humilie
Sous la main qui possède l'or ?
La science a trouvé des mondes,
Aplani les monts et les ondes,
Dompté leurs fauves habitants ;
Vers un autre Éden elle aspire ;
Est-ce pour en livrer l'empire
Aux sordides mains des traitants ?

Nos travaux rapprochent les villes,
Unissent les deux Océans ;
Verrons-nous des haines civiles
Les abîmes toujours béants ?
Toujours l'un à l'autre contraires,
Ferons-nous du mal de nos frères
Le but de nos ambitions ?
Abjurons enfin nos discordes ;

Comme une lyre a plusieurs cordes,
La terre a plusieurs nations.

Tous enfin, la famille entière,
Riches, pauvres, grands et petits,
Avons-nous dompté la matière
Pour en garder les appétits?
L'âge d'or vu par nos prophètes,
N'est-ce que du pain et des fêtes?
Le cœur n'a-t-il donc pas ses maux?
L'homme veut-il dans la nature
Ne rien chercher que la pâture
Qu'y trouvent de vils animaux?

XV

O poëte, ô pasteur des humaines pensées,
Qui leur montres du doigt les haltes avancées;
Qui, suivant de l'amour le flambeau toujours sûr,
Sais, loin du sable aride et du marais impur,
A ta flûte entraînant les jeunes rêveries,
Les attirer aux fleurs des divines prairies;
Toi, dont le pas enseigne au troupeau rallié
Du céleste bercail le chemin oublié;
Toi, dont la voix s'élève, entre les voix charnelles,
Chaste et docile écho des lyres éternelles;
Toi, qui portes, dans l'or de ton cœur filial,
Un rayon toujours chaud du soleil idéal;
Gardien du feu pur, non, tu n'as pas à craindre
Qu'un souffle épais des sens ne vienne à nous l'éteindre;
Tu le sais mieux que nous: un dieu nous tend la main,
Chaque siècle vers lui pousse le genre humain.

Donc, malgré cette nuit qui l'obscurcit encore,
De l'âge industrieux salue aussi l'aurore ;
Dis-nous l'Antée impur par Hercule étouffé ;
Chante le dieu du jour dont l'arc a triomphé ;
Vois Python expirant dans sa fange se tordre,
Et des siècles meilleurs naître le nouvel ordre.
Du haut des monts sacrés, dominant nos combats,
Montre-nous cette terre où tu n'entreras pas ;
Fais-nous voir, embrassant l'un et l'autre hémisphère,
Du champ donné par Dieu ce que l'homme a su faire.

C'était peu de dompter les taureaux écumants,
Il a mis sous le joug même les éléments ;
Comme un dieu, désormais, il crée à son image,
Et des êtres nouveaux viennent lui rendre hommage ;
Un peuple industrieux façonné de sa main
Des plus rudes labeurs l'affranchira demain.
La terre, cultivée avec art et prudence,
De moissons et de fruits se couvre en abondance ;
Dans les vastes cités qui n'ont plus de remparts,
La joyeuse concorde en fait de justes parts,
Comme entre ses enfants la mère de famille ;
Car d'un sourire égal la loi pour chacun brille,
Et l'amour, plus divin, fait dans un but commun,
Que chacun vit pour tous, comme tous pour chacun.
Le temps a renversé les jalouses frontières
Qui séparaient les cœurs des nations altières.
Les ennemis lointains, réunis et charmés,
En se voyant de près bientôt se sont aimés,
Et foulant tous aux pieds leurs idoles contraires,
Les fils du même Dieu se sont connus pour frères.
Délivré de la glèbe et des plus durs besoins,
Aux champs intérieurs l'homme apporte ses soins.
Le plus humble a sa part du pain de la science,

21

Un soleil plus serein luit dans sa conscience.
Son esprit s'initie à de nobles plaisirs,
Et bénit l'art divin qui lui fait ces loisirs.

XVI

Une voix d'en haut vient conduire
L'hymne par cent peuples chanté;
Toute âme a des sons pour la lyre,
Tout front a sa part de beauté.
Écartant ses voiles austères,
La nature a moins de mystères,
Chaque homme y peut lire à son tour;
Avec le cœur on l'étudie.
La science vole, agrandie,
Sur l'aile sainte de l'amour.

L'esprit, souverain plus paisible,
Des sens perce mieux la prison;
Devant lui, du monde invisible
Il voit s'élargir l'horizon.
Le jour luit sur chaque problème.
L'homme écoute mieux dans lui-même
Ce verbe à notre chair uni;
Son regard, que l'amour épure,
En Dieu contemplant la nature
Va plus avant dans l'infini.

Plus haut vers le ciel il s'élève,
Plus il descend au fond de soi,
Dans son étude et dans son rêve
Il retrouve la même loi;
L'art la grave dans ses symboles;

Dans les actes et les paroles
Elle vit et règne en tout lieu ;
Un souffle envoyé sur la terre,
Renouvelant sa face entière,
Fait tout à l'image de Dieu.

Car l'avenir qui s'édifie,
L'espoir de nos travaux puissants,
Notre but que tout sanctifie,
Ce n'est pas l'âge d'or des sens.
Oui, le seul progrès véritable
Est dans la loi plus équitable,
Est dans l'idéal mieux compris ;
Dans la paix chère à la sagesse,
Qui distribue avec largesse
La lumière à tous les esprits.

Les bruits du siècle en vain t'effraient,
Poëte qui vis par le cœur ;
Sur tous ces chemins qui se fraient
C'est Dieu qui passera vainqueur.
Ceux qui travaillent à ces voies
Ne rêvent que charnelles joies,
Ivresse, orgueil et vils plaisirs ;
Pour eux la nature asservie
N'est qu'une table mieux servie,
Un lit pour leurs prochains loisirs.

Répandez cet impur présage,
Vous que flatte un tel avenir ;
Et vous qui dévorez notre âge,
Rêvez qu'il ne doit pas finir !
Un bras plus puissant vous gouverne ;
Passez, ô race subalterne,

Malgré vous l'œuvre se fera,
Et vous y travaillez vous-même ;
Travaillez ! c'est la chair qui sème,
C'est l'esprit qui récoltera.

Préparons sa moisson féconde
De justice et de charité ;
Mais n'espérons pas en ce monde
Bâtir l'éternelle cité.
La vie est un voyage austère :
L'homme embellit en vain la terre,
Il n'en fera jamais le ciel !
Pourtant, quand la vague est moins forte,
Parons cette nef qui nous porte
Vers le monde immatériel.

Sous les plus riantes étoiles,
Le pilote encor soucieux,
Qu'il déploie ou serre ses voiles,
A l'esprit tendu vers les cieux.
Il peut, lorsqu'un bon vent s'y joue,
D'or et de fleurs orner sa proue,
Y dormir comme en un berceau ;
Mais il n'aura de paix certaine
Qu'au bout de cette mer lointaine,
En quittant son frêle vaisseau.

FIN

TABLE

FIN DE LA TABLE

Paris. — Typ. de ÉDOUARD BLOT, rue Saint-Louis, 46.

(Ancienne Maison Dondey-Dupré.)

www.ingramcontent.com/pod-product-compliance
Lightning Source LLC
Chambersburg PA
CBHW070259030726
47505CB00004B/857